王庆杰 / 著

往事片羽

昔我往矣，杨柳依依
今我来思，雨雪霏霏
一位学者悲天悯人的情怀就这样次第绽放在您的面前……

中国言实出版社

图书在版编目（CIP）数据

往事片羽／王庆杰著 . -- 北京：中国言实出版社，
2015.6

ISBN 978-7-5171-1358-4

Ⅰ.①往… Ⅱ.①王… Ⅲ.①散文集—中国—当代
Ⅳ.①I267

中国版本图书馆 CIP 数据核字（2015）第 104342 号

责任编辑：马晓冉

出版发行　中国言实出版社

　　　地　　址：北京市朝阳区北苑路 180 号加利大厦 5 号楼 105 室

　　　邮　　编：100101

　　　编辑部：北京市西城区百万庄大街甲 16 号五层

　　　邮　　编：100037

　　　电　　话：64924853（总编室）64924716（发行部）

　　　网　　址：www.zgyscbs.cn

　　　E - mail：zgyscbs@ 263. net

经　　销　新华书店

印　　刷　北京天正元印务有限公司

版　　次　2015 年 10 月第 1 版　2015 年 10 月第 1 次印刷

规　　格　710 毫米 ×1000 毫米　1/16　15.25 印张

字　　数　286 千字

定　　价　45.00 元　　ISBN 978-7-5171-1358-4

自　序

　　这个世界会变好吗？这是自古以来知识分子永久的追问。当我读到鲁迅先生的一句话，"要做天堂里的一只苍蝇，让天堂里的人知道天下活得不舒服的人多着呢!"冥冥之中，我知道自己将来写一本书的名字就叫"天堂里的苍蝇"，西方称文人为"世界的牛虻"，但是我总觉得做一只"天堂里的苍蝇"正合我意。文人命途多舛，盖缘于性格使然。满肚经纶，一肚皮不合时宜，原因就在于他总是用审美的眼光来审视这个世界，吹毛求疵，横挑鼻子竖挑眼。文人柔弱中带着刚强，思想里裹挟着拷问。东汉赵壹的《刺世疾邪赋》里感叹道："文籍虽满腹，不如一囊钱。伊优北堂上，扠脏倚门边。"但是，文人自恋，那些残片断简，也总爱敝帚自珍，自我储存。文人肝火炽旺，眼中容不得细小沙粒，牢骚太盛出文章，忧愤过度出诗人，千百年来，多少锦绣华章大都是发牢骚、出闷气的产物，这莫非是身为文人永远摆脱不了的宿命。还是多年前，一位友人看到我写的时评文字，评判我的文字有失厚道太偏颇尖刻，恨不得"一剑封喉"，笔尖带毒，文字里有砒霜，我真是这么狠吗？有时候也检点自己的文字，收敛自己写作的锋芒，但是平时见人唯唯诺诺的我拿起笔来却是飞扬跋扈、霸气冲天，一副天王老子真理在握的气派，这莫非也属于文人的德行吧。但是有时也自我劝慰，能否火气小些，绵里藏针，行文再温和从容些，但是一到运笔行文，便身不由己，故伎重演，文人秉性，改之难矣!

　　那还是大学时期，偶然与一位我崇拜的学长谈起写作，他说了一句影响我甚大的话，宁愿偏激也不折中，宁愿遭人骂也不愿遭人笑。多年后，文兄的话一直萦绕耳边，难以忘怀。文兄的文风也一直是我效仿的对象，他后来发在报

1

纸上的很多文字我都精心地保存起来，文笔犀利，语言幽默，见解深刻，我总是爱不释手，视若珍宝。如今，文兄迁居他乡，但是他写的每一本书我都视如珍宝奉为圭臬，时常品咂，常常玩味，文兄的思想与文风浸入骨髓，成为我生命血肉的一部分。这些年，惰怠的我写的文字质劣量少，很是感到惭愧汗颜。我本一书生，写作是我立身处世的资本，也是我生命赖以维系的精神支柱，但是我蹉跎时光，荒废光阴，一事无成；文字是我至爱，但是我这些年在文字上下的功夫微乎其微，没有深度，没有文采，没有咄咄逼人的锐气与锋芒，心老文心衰，志短文气弱，功利文风衰。鲁迅先生曾写过一篇《文人无文》的杂文，对文人进行了一针见血的剖析："拾些琐事，做本随笔的是有的；改首古文，算是自作的是有的。讲一通昏话，称为评论；编几张期刊，暗捧自己的是有的。收罗猥谈，写成下作；聚集旧文，印作评传的是有的。甚至于翻些外国文坛消息，就成为世界文学史家；凑一本文学家辞典，连自己也塞在里面，就成为世界的文人的也有。然而，现在到底也都是中国的金字招牌的'文人'。"先生的文字总是让人如芒在背，人之一生，写下的文字湮灭失传，本是自然而然的事情，我如今收罗自己写下的文字编成这薄薄的一本小书，何为哉？别无他，只是敝帚自珍罢了，但书中的很多文字当时确实是怀着满腔热血写下的。我也曾一度要当一名以笔为旗的文人，写些指点江山、激扬文字的宏大篇章来，就如小时候也曾把自己写的习作抄写在一个精美的笔记本上，想过一过出书瘾，但心血来潮之后，时过境迁，没有坚持多久，就夭折了。也如年轻时我做过的很多梦，现在大半都忘却了。命运决定着文运，多少自己信笔涂鸦的文字都淹没在历史的风尘中去了，但是我还是把这些将要成为灰烬的文字收藏起来，为了忘却的记忆，为了记录下自己曾经走过的沧桑岁月，为了满足自己向人炫耀的虚荣心，为了表征自己文人的身份，这些文字暂时保存下来了。我知道，谁能经得起时光无情的过滤呢？正如我老家人的一句俗话，"五十年后，谁认识谁啊！"真好，我相信，这句话是真理。

王庆杰

2015 年 10 月 8 日于郑州市郑东新区龙子湖畔

目 录

Contents

第一章

乡土文化的考察：故乡生命的淘洗

第一节　乡土的培育

　　在世界文化史上，恐怕哪个民族没有比中华民族对"土地"更加敬重了。"土地"在古代字义有区别，在《说文解字》中，"土"指的是"聚土为社祭地神。""地"指的是"吐生万物者也。"关于土地，古人有很多尊称、美称、敬称。《左传·僖公十五年》："君履厚土而戴皇天。"从此"皇天后土"就成为中国人对土地最高的尊称。汉·杨雄《司空赋》："普彼神灵，侔天作则，分制五服，划为万国。"从此，"坤灵"也成为中华民族对大地的美称。《易·说卦》："坤为地，为大舆。"孔颖达疏"为大舆，取其能载万物也。"遂后称地为坤舆。南朝·陈·张正见《从永阳游虎丘山》诗："瑞草生金地，天花照石梁。""金地"更是对大地的美称。"乡土"是中华民族生命哲学的精髓，是破解民族文化心理的一把金钥匙，更是解读中华民族文化内涵的"关键词"。乡土在《说文解字》中，"乡"原本指"二人相向对食"，后来引申为"乡里"。宋·朱熹《秀野》诗："出处知公有馀裕，未应辛苦谢灵丘。"这里的"灵丘"

就是对家乡的美称。此后，见诸古典文献的"枌榆"、"栎社"、"桑梓"都是古人对家乡的敬称。乡土既是物质生存的根基，又是精神皈依的神灵，不仅仅是地理学意义上的土地，还是文化学意义上的"情土"、"神土"。

关于人类思乡的原因，目前说法不一。作家阿城先生在《常识与通识》一本书里，饶有兴趣地诠释了人类思乡的生理原因。他认为人类思乡来自人体胃里的"蛋白酶"，"思乡这个东西，就是思饮食。思饮食的过程，思饮食的气氛。为什么会思这些？因为蛋白酶在作怪"。"基本上是由于吃了异乡食物，不好消化，于是开始闹情绪。"[①] 这很有点像中医上所讲的"水土不服"，是指人不适应当地的环境和气候所引起的生理与心理反应。当代著名学者焦国标先生把人类思乡归结为政治意义层面的民族迁移，"乡恋是历史的产物，是稳定的农业社会和宗法社会特有的人文景观和心理体验。游牧者逐水草居，家乡且没有，遑及乡恋。吉普赛人天下为家，绝对体验不到中国文化中的这份情感，到工业社会，中世纪田园中长成的乡恋被冲击得七零八落"。[②] "还乡"也成为文学最重要的母题，所谓"温饱思淫欲，富贵思故乡。"睢景臣的《高祖还乡》是富贵后的身份炫耀；陶渊明的《归去来兮辞》则体现出了个体生命渴望有所寄托的焦虑，是中国传统文人深层心理结构、政治策略、生存方式具体而微的现实表达。沈从文、汪曾祺、刘绍棠的小说以及后来周同宾、刘亮程、黑陶、冯杰等人的乡土散文，他们笔下的故乡"是生命出发之乡，也是与都市相对的乡村之乡，与异域文化性相对立的本土文化之乡，与道德沦丧、人性衰退、精神荒芜相对的道德人伦醇美、人性自然、精神健康之乡。"也如学者林贤治先生所言："工业化、城市化是一个痛苦的过程。技术主义和集约化的每一次凯旋，都是对农业文明和生产个体的进一步侵略和征服。它可能给整个社会带来富足，但是，仅此并不等

---

① 阿城：《常识与通识》，作家出版社，北京，1999.
② 焦国标：《奉献与义务的边际》，中国华侨出版社，北京，1998.

于人性的完善和人类的进步。一种意识形态特别强调历史发展的'必然性'，霸权就建立在这上面，使一切人为的剥夺合理化，于是，作为弱势者，无论群体或个体，独立和自由的丧失便变得无可抵御。"①

在世界文化史上，没有哪个民族像中华民族那样把"土"当成寄托生命的文化载体，生生死死都寄托在了这一抔黄土上，这里都涉及到了"土"的文化内涵。"土"在中国五行中居于中央，显示了中华民族文化心理学意义上严重的"土地崇拜"情结，《吕氏春秋·应同》曰："土气盛，故其色尚黄，其事则土。"到了西汉的董仲舒，土德在五行中更有了突出地位。《春秋繁露》云："土居中央，谓之天润。""土者，天之股肱也，金木水火虽各职，不因土方不立。"东汉班固在其《白虎通》一书中更是对"土德"进行了进一步的演绎，"土在中央者，主含万物，比于五行最尊，故不自居部职也。土尊，尊者配天。"至此，土德上升为了天子之德。"生"是"草民"，需要土里刨食，需要需找到适宜自己生存的一块乐土，就如《诗经》中所言："乐土乐土，爱得我所。""死"需要"入土为安"，"人吃黄土一辈子，黄土吃人只一口。"《红楼梦》里那位出家的尼姑妙玉只喜欢古人"纵有千年铁门槛，终须一个土馒头"的诗句，反应了《红楼梦》浓厚的生命哲学意识。当代作家莫言在诺贝尔文学奖颁奖会上的发言，颇能道出作家内心崇高的土地情结，"我母亲生于1922年，卒于1994年，她的骨灰，埋葬在村庄东边的桃园里。去年，一条铁路要从那儿穿过，我们不得不将他的坟墓迁移到距离村子更远的地方。掘开坟墓，我们看到，棺木已经腐朽，母亲的骨殖，已经与泥土混为一体。我们只好象征性地掘起了一些泥土，移到新的墓室里，也就是从那一刻起，我感到，我的母亲是土地的一部分，我站在大地上的诉说，就是对母亲的诉说。"农民对土地的感情最为纯朴认真，所谓的拉屎也要拉到自己的田地里，所谓的肥水不流外人田。乡村粪土金贵，"庄稼一枝

---

① 林贤治：《自制的海图》，大象出版社，郑州，2000.

花，全靠粪当家"。笔者多年前曾写过一篇《母亲的"土事"》的小文，表述了农民对土地深厚质朴的情感：

"人吃黄土一辈子，黄土吃人只一口"，母亲爱在我们面前唠叨这句话，她的心里有着浓厚的乡土情结。她和千千万万土生土长的农民一样，黄土是她生命维系和灵魂皈依的地方。

每年过冬前，母亲总爱挖院子当中那个祖传下来的地窖，佝偻着身子，沿着梯子爬到地窖下，我们用绳子绑着菜篮，把萝卜、白菜、红薯都一篮一篮地送到在地窖下的母亲手里，母亲摆放它们的动作很轻也很美丽，如抚摸偎依在她身边的儿孙，如在雕塑着一件艺术品，码放得整齐而有棱角。我们看见母亲坐在地窖中间，自足地欣赏着四周那一垛垛凝结着它心血和汗水秋收冬藏的劳动果实。一个冬天，我们姊妹总是在这个地窖里爬上爬下。有一次，我爬到地窖下捡红薯，一条花绿的青蛇正蜷缩在地窖的土堆旁，也许是我的响动惊醒了它冬眠的酣梦，它吐着蛇信子蠕动着身子睁开惺忪的双眼向我示威。我吓得不敢大声出气，胡乱地捡了几块红薯，哆哆嗦嗦爬出了地窖，告知了母亲，母亲制止哥哥要把蛇弄出来的举动，"蛇是神，能带来富，别动它！"春节到来，家中所有的年货都要放在地窖里，在母亲的眼里，地窖是存放货物最安全最稳妥的地方。

更让人哭笑不得的是，母亲爱把钱装在瓦罐里埋在土里，把家门的备用钥匙全都要埋在土里，来到城里也嘱咐我们兄妹也要这样做。母亲来到钢筋水泥的城里，总住不惯楼房，总感觉没了底气，少了泥土味，她站在妹妹家高高的十六楼，不敢往楼下看，"头晕！"晚上也总是睡得不踏实，"风一吹，感觉房子在直摇晃。"一天，母亲想在楼下找点黄土，找了半天，也没有弄到一抔土，"花园里那点土，挖掘了实在可惜，在老家，肥土多的是，下一次我带来一些！"谁知过了不久，母亲在车站给我打电话，让我去接她，母亲一头汗水，拎着一包沉甸甸的草木灰肥土。我们在阳台上铺了厚厚的一层，母亲又从包里掏出辣椒、丝瓜、菠菜种子，我第一次看到母亲来到城里脸上绽放的笑容。从此，侍奉阳台上那一丛蓬蓬勃勃的绿，成了母亲每天在城里的唯一精神寄托，成了她生命的希望。母亲浇水前必要把水灌进塑料瓶里沉淀，然后再用，"漂白粉味，会伤害菜苗。"晚饭后，母亲爱站在阳台的那一蓬绿前，给我们讲"种瓜得瓜，种豆得豆"的故事，都市里，我们又感到了田园的乐趣。

随着年龄的增长，母亲的土地情结越来越重，对都市生活越来越腻烦，爱念叨着魂归故土的故事，给我们讲着那浓浓的乡土情结，向土而生，向土而活，向土而死。一抔黄土，满腔柔情，母亲，我们从您的身上解读了黄土地的深刻内涵。

《红楼梦》里的黛玉葬花，表征了黛玉誓死捍卫青春高洁与纯粹的决心，正如书中《葬花吟》所唱："一抔净土掩风流"。中国乡土文化源远流长，《诗经》中关于"土"的描述就有很多："日居月诸，下土是冒"、"土国城漕，我独南行"、"禹敷下土方，外大国是疆"、"孔乐韩土，川泽訏訏"，这些"土"是生命之土、是文化之土、是政治之土。《左传》中所讲的"皇天后土"、鲧窃息壤的故事，就是与"土"有关的神话故事。"社"为土神，"稷"为谷神，自此以后，"社稷"就代指国家，《孝经纬》言"社者，土地之神。土地阔而不可尽祭，故封土为社，以报功也。""土"也是神灵之土，坐落在乡野的一个个土地庙，是中华民族土地崇拜最朴素的表达，袅袅不断的香火体现出了"乡土"厚重的文化分量。传说中的土地是位戴乌帽，慈眉善目的白发老翁。古代乡村，几乎每村社都供有土地，常常大树底下筑一小庙，敬畏的同时，更多的是熟悉和亲切。再看中国文学史，陶谢、王孟的山水田园诗歌，徐宏祖、柳宗元的山水游记，乡土山水成了他们精神皈依的家园。"土"还与中国文化中敬天重地的观念有关，在中国人看来，"天"更多属于精神信仰层面，是远离人间烟火虚无缥缈的神灵层面，是高高在上的天赋皇权，敬天重在"立命"；而"地"才是是实实在在养家糊口的依赖，是脚踏实地最可靠的根基，安土重在"安身"。笔者幼时在乡村玩的各种游戏也大多就地取材，"尿窝窝"、"玩尿泥"、"摔泥巴窝"、"拖土人"、"捏泥人"，小小的游戏，也是一种"土地"教育，增加了乡村儿童对土地深厚的情感。北京社稷坛里的"五色土"更是对四方土地的敬重。中医中，土代表脾，肝有制约脾的作用，肝属木，中医称"木克土"。中医中也有很多"土方"，也是基于人吃土、土来补的心理认知。河南作家李佩甫先生在其小说《羊的门》的开头，以"土壤的气味"为题描摹了中原这块"绵羊地"朴实肥美的地貌：

　　踏上平原，你就会闻到一股干干腥腥的气息，这气息娓娓地在风里或是空气中含着，这自然是泥土的气息了。那么，稍稍过一会儿，你会发现这气息偏甜，气息里有一股软软的甜味，再走，你就会品出那甜里还含着一点涩，一点腻，一点点沙。这就对了，这块土地正是沙壤和粘壤的混合，是被古人称作"下土坟垆"的地方。

　　若是雨天，大地上会骤然泛起一股陈年老酒的气味。那是雨初来的时候，大地上刚刚砸出麻麻的雨点，平原上会飘出一股浓浓的酒气。假如细细地闻，你会发现酒里蕴含着一股腐烂已久的气味，那是一种残存在土壤里的、已经很遥远的死亡讯号，同时，也还蕴含着一股滋滋郁郁的腻甜，那又是从植物的根部发出来的生长讯号，正是死亡的讯号哺育了生长的讯号，于是，生的气息和死的气息杂合在一起，糅勾成了昏昏欲睡的老酒气息。这就是平原的气息。平原的气息是叫人慢慢醉的。

　　作家笔下的中原乡土气息，是对土地最真切的感受。关于文学与土地的关系，也是一个值得深入研究探讨的话题。凡是优秀的作家，都是描写土地的高手。作家莫言先生的"红高粱家族"系列小说、贾平凹的乡土小说，都洋溢着浓烈的乡土气息。小说是属于民间的，是一方水土长出来的庄稼。作家亲近土地，作品才能接地气，才能有地力。俄罗斯作家笔下大多喜欢描写辽阔的西伯利亚平原景色，这就不仅仅是一种艺术表现手法，还是作家热爱乡土生命情感的自然喷吐，是小说叙事最基本最底色的场型语言，是漫溢在作品中最本色最醇厚的乡土气息。学者何向阳在一篇《家族与乡土》的文章中分析道："人类寻求一种更强大力量的渴望和与这强大力量永远结盟在一起的理想，以乡土文化为基石，以家庭文化为轴心，已一无遗漏地表露于文字。"乡土叙事是一切文学叙事的母题，乡土文明也是现代文明（城市文明）的基础。当代乡土散文家周同宾先生一直固守着乡土散文的写作，尤其是后期集大成的《乡关回望：中原农耕笔记》一书，集中表达了他对乡土的文化思考，如在《历史的乡野》一文中，作者的感叹：

> 乡村的历史没写在纸上，没印在书里，而是掩进了泥土，编进了祖先留下的传说里。黑土黄土下面，埋藏有大量往古的遗迹遗物，村夫村妇口中，保存了许多千百年前的人物和事件。只可惜，农民不知道那就是历史，起码是历史的碎片。乡野生活，只需要历书，不需要历史。

乡土本身就是历史的记录，大地里面藏青史。对乡土的珍爱，其实也是对生命家园的热爱，对乡土文化的热爱。一本《中国神话词典》关于乡土的记忆，就可以看出乡土已经成为民族精神记忆的载体，已经变成了文化之土、文明之土、历史之土。佛教中的"净土"观念也成为中国文化的精神谱系，成为中国文人精神洁癖的源头。佛教称洁净庄严，没有"五浊"（即劫浊、命浊、见浊、烦恼浊、众生浊）的极乐世界为净土。

第二节　乡情的发酵

作为传统文化的乡土文化是最基层、最下位的草根文化，她孕育了古老的乡风水韵，构成了民间文化、民俗文化、民族文化的坚硬基石，也是乡情浓厚的酵母。乡情是乡愁的发源地，是乡民情感维系的纽带。作为方音的乡音划定了乡土文化的界域，表明了作为同质文化身份感的认同。唐朝诗人宋之问"近乡情更怯，不敢问来人"的诗句写出了游子内心真实而复杂的情感悸动。乡俗有着巨大的文化同化力、吸引力与凝聚力，尤其是在与作为现代文明载体的都市文化的抗衡中，温馨的乡情成为心灵拯救的稻草。乡亲、乡情、乡音、乡愁成为我们每个人内心最复杂的情愫。随着农耕文化的衰落，现代都市文明的兴起，情感问题成为都市新贵们最容易患上的心理疾病，一方面，他们经过奋斗进入到都市，享受着现代文明在文化娱乐、交通购物等方面带来的便利，同时，两种文化结构的不同也给他们带来了情感上的困惑，他们发现都市情感是一种建立在利益链条间的情感。都市是财富的绿洲，却是情感的沙漠，是现代文明的中心，却是农耕文明的边缘地带。他们徘徊在都市世情与乡情的夹缝中。距离让乡情发酵，让乡情变得浓厚。某杂志上登载了一篇名叫《老家人》的小文，颇能反映都市"边缘人"复杂的情感心态：

老家人，一言难尽。

老家是瓷片，粘贴在你人生的履历簿上。你志得意满衣锦还乡时，老家人欢迎你；你栽了跟头失魂落魄回归故里时，老家人也不唾弃你。在乡下老家的爹妈听说城里很多人下岗，爹对我和妻说："在城里不行，回家种地，不丢人！"老家，是一个消化功能极好的胃，吸纳一切，包容一切。老家，是你生命的脐带儿，脉息相通，根梢相连；老家人，行走在你人生的视野里，血质相同，习性相近；浪迹天涯，举目无亲，他乡遇故知，人生大喜事。老家人萍水相逢，亲煞我也。

老家人是引发你情感燃爆的导火索。距离使然，你居住的城市与那个地图上找不到名字的老家两点成一线，丝丝缕缕魂牵梦绕。老家人在家看电视，看到天气预报中说到你客住的这座城市，"瞧，就在这个城市上班呢？"老家人因你而格外关注一个城市。谁进城办事，老家人总会在上车前嘱咐一句，"你哥姐姑叔在那儿上班，有事找他们去！"我的一位朋友，老家在农村，妻是城里人，两口常为此闹口角儿，朋友说："老家人进城来咱这儿，是瞧得起咱！"朋友妻满腹委屈，"就你老家人事多，吃喝住不用说，跑腿办事累死还不说，事给他办成，一拍屁股走人，连句谢话都没有，办不成事，他嘴噘老高，好像欠他什么似的！"在学校上小学的女儿用"讨厌"这个词造句也是"我妈妈最讨厌爸爸老家的人！"老家人依然频频走入你家，看病的，找工作的，买东西的，躲避计划生育的，打官司的，顺路来城闲逛的……应有尽有穿梭不断，你满脸堆笑陪着，唯恐老家人说你吃了几天"皇粮"便烧包儿得狗眼看人低；你调动各种人际关系为他们办事，唯恐老家人回去捣你的脊梁骨说你芝麻大的事儿都办不成，"没出息！没混出个人样来！"吃饱喝足逛够事办成，你还得送他们到车站候车室，买好车票送他上车，你还打碎了牙往肚里咽笑盈盈，"有空儿还来呀！"老家人，你忙煞人也。

老家人是一张大网，你永远在网中挣扎，这张网让你过滤掉执拗，变得入乡随俗，逢人就让烟，管你在外官居几品，位高几丈，回到老家，你就得长幼有序，依理行事。听说一件事，说的是一人在外县当书记，此人甚是倨傲，老家人找他办事，若开口喊乳名掉过脸去不理不睬，必得喊"书记"方可开口说话，连他爹进县城找他也得当着众人的面喊"书记"，他才笑脸相迎。一日此人坐着轿车回老家，车陷泥坑，求人相助，众人退避而远之，暗自诅咒"咋不一头栽死这王八羔书记！哼！这会儿才想起老家人了！"母亲常嘱咐我们兄妹"在老家，千万不能架子大，别眼里没老没少，老家是根呀！"一位仁兄也曾遇几件事，让他陷入尴尬境地，这位仁兄平时爱好舞文弄墨，糅合道听途说的几件坟茔之事，用第一人称写了一篇名叫《祖坟的故事》登在报上。谁知老家人看到后，找到他胆小怕事的父亲，"小子吃饱撑得了，敢给老祖先扣屎盆子！"惊吓得老父亲连连打电话让儿子回去"赎罪"。仁兄费尽口舌，大讲"文学的真实不等于生活的真实"，特讲文中的"我"不是我，老家人终一头雾水弄不清闹不明，心中恼恨怨气终不能消解。急得爹也劝道："孩子，写啥不行，非写祖坟？"仁兄也一脸辛苦，悻悻而归。谁知一波未平，一波又起，这位仁兄又应一家报社之约，写了一篇小村传记的文章，文中有对小村思想滞后、发展缓慢的忧思与感叹，谁知给村人看到，说仁兄

"给老家抹黑,揭了老家人的短处!"吓得老母亲心脏病复发,"孩子,你可别再闯祸了"。老家人,以一种无形的抗拒力过滤着他认为的"杂质",单纯得偏执,偏执得透明。一位朋友给我讲了他在老家人中闹的笑话,一次,朋友回农村老家过年,见到当了村长的堂伯,朋友对自己的女友说:"这就是我常给你说的德高望重的堂伯!"此语一出笑呵呵的堂伯脸色陡变,支吾而去,朋友大惑不解。谁知不几日,此人找到朋友的父亲发牢骚道:"哪一点我得罪你家了,连你家孩子也挖苦我,说我地位高了忘记了群众?"弄得朋友哭笑不得,连翻开成语词典给堂伯解释。老家人,你难煞我也。

老家人,如颜料,印染在你人生的画布上;如万能胶,粘住你生命的根;如四处蔓延的爬山虎,遮掩得你生活密不透风。一句话,老家人,是你生命的影子。

年龄愈大,思乡的情感越强烈,尤其是那些如烟的往事,那些与我青春相伴的乡党,不时地会流注笔端,如《金不换》、《怀念高秀然先生》两篇小文:

金不换先生

我在村里上小学的时候,班里要选一个领歌的同学,最终选中一个叫金振秀的小男孩,嗓音洪亮,音域宽广。那时我们都互相称呼乳名,金振秀乳名玉领,玉领唱歌的天赋是从那时就被我们发现的。玉领弟兄五人,他排行老三,黄河故道,穷乡僻壤,五个人高马大的孩子,足够父母喝一壶了。玉领很腼腆,面容清瘦,我们在一起度过了贫穷而又温馨快乐的童年时光。我和玉领的分手是在小学毕业的时候,我到了乡中学上学了,玉领去附近的一个叫于店村子的戏班子学戏,在初中二年级的时候,乡里在于店村召开审判大会,我们乡中的同学都参加了,会议之前,戏班里的学员一个个登场亮相,各人唱一段,玉领上场了,一曲《南阳关》,响遏流云,喝彩不断,坐在台下的我,看着昔日的同学,变化这么大,心里暗暗吃惊。从此以后,我只是听别人讲于店的戏班子解散后，玉领又到古都开封学戏了。

再以后，一晃十几年过去了，忽一天，大学毕业留郑州工作的我，从乡亲的闲聊中得知玉领已经变得特有出息了，现改名叫金不换，名字是和他同在鹤壁艺术团的著名表演艺术家牛得草先生亲自起的，现在已是著名的青年表演艺术家了，主攻牛派。一次玉领到家乡演出，特拐到我家，把家里的电话留了下来。我们终于又联系上了，电话里乡音依旧，我们的心情都很激动，童年的往事——浮现脑海。大学毕业分配到报社的我，突然有一天，脑子里蹦出来要去采访玉领的念头，说去就去，我坐上了开往鹤壁的长途汽车。见到了我的童年伙伴、我的小学同学玉领，头大脖子粗，光光的脑门，圆圆的眼睛，不改的乡音，两双手紧紧地握在了一起，两尊躯体紧紧地抱在了一起。进家里，妻子漂亮贤惠，儿子金丹活泼可爱，我们围坐在一起，谈天说地，童年趣闻，学艺经历，我们感到人生多舛，世情浇漓。天还没亮，我就听到了外面夫妻两个边做饭边练嗓子的声音："咿呀！咿咿呀呀"，我颇感有趣。饭毕，我们一块儿到浚县大伾山游玩，晚春的大伾山景色怡人，道观香火鼎盛，我们谈起了许多家乡的人与事，夜幕降临，我们来到了浚县县城，华灯初上，街市繁华，突然一人冲着我们大喊："金老师！"我们迎上去，原来此人是县剧团的团长，晚上有一场晚会，"金老师。你可要为我们捧捧场啊！"金不换婉拒："我是陪同学来玩的，以后再捧你的场！"团长执意不肯，但终抵不过他的苦苦嚷求，金不换只答应清唱一曲。剧院的门口已经贴出"诚邀著名表演艺术家金不换来我县演出"的大幅标语，人流攒动，购票者云集，金不换与我来到后台，把我"凉"在一旁，自己开始在后台"伊呀呀"地吊起了嗓子，"客串一下，还费这么大的劲儿！"我不解地问。"老百姓掏钱听戏不容易，咱不能糊弄观众！"我的心不禁一颤，为他的敬业精神所折服。如今电视里、公交车上到处都是金不换做广告的头像，但是他却依然质朴无华，保持着一位农家子的本分与本色。金不换每次来郑都要给我打电话，每次都是日程排得满满的，给我印象最深的一次是他刚获得梅花奖从北京回来，在省人民剧院演出，后台上的他正在安排演出的事情，一手拿馍，一手端碗面汤，狼吞虎咽地吃着，艺术家的生活就是这样的紧张与简朴。演出结束，我们到剧院附近一饭馆吃饭，为我要了啤酒，他只喝白开水，"你是靠笔杆子吃饭的，我是靠嗓子吃饭的。"他一边为我倒酒一边解释道。我们有时只是看到名人外部的光鲜，可是谁能知晓他内在的凄苦与无奈呢。金不换是名人了，但在我的眼里，他还是我的乡党，还是当年领我们唱歌的乳名叫玉领的金振秀。我不想拔高他，也不想为他涂金抹粉，因为高者自高，洁者自洁。

怀念高秀然先生

高秀然先生是我初中时的语文老师，也是引领我走上文学道路的启蒙导师。我这些年工作在外，很少回老家。一日，几位老乡在都市某酒庄小聚，席上忽闻秀然先生因病去世的消息，我木然长久，悲痛中，只说了一句"秀然先生，是我的恩师"，泪水便夺眶而出。在座者无不欣然泪下。一位乡党说"抽时间要去看望师母王玉珍老师"。斯人已去，音容犹存，我一直想写篇小文追忆秀然先生，可是万千思绪萦绕心头，很难下笔成文。江淹云"黯然神伤，唯别而已矣。"人到中年，随着身边一些亲人朋友的相继作古，生死寻常事，看多了心变硬了；见多了，泪水也如黛玉般日渐减少。每念及秀然先生，我总感到一种愧疚之情，先生曾对我寄予厚望，可志大才疏的我却每每抱憾于秀然先生，以至于我大学毕业多年，总是无颜觐面先生，亲聆謦欬。几次，想把我出版的几本小书寄赠先生，总觉得分量太轻，平添先生对我的失望。几次，想通过各种关系联系上先生，可是时光轻抛，风尘碌碌的我，没有丁点炫人的资本缓解先生对我的遗憾。拖拖拉拉，总是寻找各种理由搪塞，一晃多年，屈指算来，我与先生分别已三十余年了。先生驾鹤西去，今生今世，我竟与先生成了永别。人世沧桑，几多无奈。"我心伤悲，莫知我哀"，悠悠苍天，痛何如哉？

高秀然先生，河南封丘县荆隆宫乡顺河街村人，家中弟兄四人，先生排行第四。先生家族与我家族有姻亲关系，先生的大嫂，是我堂姑。先生又与我家三姑是乡办高中的同学。那时我还年幼，家姑常说起秀然先生，先生高中苦读，及第于河南新乡第一师范学校（原名"新乡汲县师范学校"，老家人简称"汲师"），毕业分配到家乡乡中心学校教书，"乡中"是在原办高中基址上的一所初中学校。那时，秀然先生二十多岁，泛白的夹克装衣着整齐，头发乌黑的背头，硕大的喉结上长着几根粗壮的毛发。俊秀倜傥，风华正茂。两排房排列整齐，靠南的一排是四间教室，靠北的一排是有走廊遮掩的教师办公、生活区。秀然老师就住在排房的正中间。我们是高中撤掉后招收的第一届学生，我分到了一班，秀然先生担任我们的班主任，教授我们语文课。先生教课很认真，为了扩大我们的知识面，他动员我们订阅《少年文艺》、《儿童文学》、《故事会》、《我们爱科学》、《中国少年报》，是这些书刊开启了我热爱文学的大门，让我看到了另外一个色彩绚烂的文学世界，这样的温暖一直保留至今。每次，走到报刊亭，只要看到《少年文艺》，我的心都颤抖不已，这是我最初的精神乳母，是我最初吸吮的文学乳汁。秀然先生还鼓励我们为报刊投稿，直到今天，《中国少年报》的那个扎着小辫子瘦瘦的面庞一脸慈祥的"知心姐姐"还是我最美好的青春记忆。秀然先生还让我们练习书写毛笔字，他身体力行，在一张端端正正的白纸上，把自己写好的毛笔字悬挂在黑板上，让我们摹写。那时，年少轻狂的我，练习毛笔字很不认真，至今，毛笔字写得如鬼画符，不登大雅之堂。期间，在严寒的冬日，父亲也曾让我学写毛笔字，都是兴致而尽，无功而返。秀然先生为鼓励我们学习的积极性，还让我们结成对子，形成学习中竞争对手，写在一张红纸上贴在黑板旁边的墙壁上。时光真快，转眼一学期就要过去了，一天，秀然先生突然红肿着的眼睛来到班里，呜咽着告诉我们，他实习期已满，很可能要离开大家，分到别的学校去。闻听此言，我们全班同学都哭成了一片。后来，秀然先生还是留了下来。

　　我同秀然先生的侄子高济德先生（乳名"小勇"）按本家亲戚排辈份，我们是表兄弟关系，他常住在姥姥家，也即我本家爷爷、奶奶家。从小在一块儿摸爬滚打厮混在一起，后来我们又一块儿在乡中上学，关系很是亲密。那时，冬天，学校要求住校。我们住在一间硕大的房子里，地上铺满稻草，几十个男生拥挤在一起，虱子乱跳，尿臊味冲天。小勇凭着得天独厚的条件，住在其叔叔秀然先生的屋中，我们很是羡慕。晚上，下了晚自习，适逢秀然先生回老家，我时常去串门。我们经常翻阅秀然先生的抽屉，里面放着几本精美的摘抄本，印象最深的就是先生成篇抄写的关于教育研究的文章，字体娟秀，很有韵味。还偷偷地翻阅了先生那个红色箱子里珍藏的人民文学出版社出版的封面印有鲁迅先生雕像的《呐喊》《彷徨》，这是我平生第一次见到鲁迅先生的文集，多少年过去了，我每次在旧书摊上看到这种版本的鲁迅先生的著作，我总是想起初中读书的那个美好夜晚，我细细地翻阅着收录在《呐喊》里的每一篇精美的文章。后来，我们又耐不住好奇心的诱惑，偷偷地用先生无意中留下的备用钥匙打开了一个紧锁的抽屉，里面有几封信，是先生与师母的通信。那时，先生的婚姻问题让身边的很多人操心挂念，后来，他遇到了学习世界语个头不高的王玉珍先生，两人终结良缘。当时，我们翻阅这些信件的时候，两人还处于恋爱阶段，信的内容大部分都忘了，只记得师母回信中的一句话，大概意思是从我们多次交往中，感觉你是一位有志青年。那个时代的恋爱就是这么正统。两人结婚不久，师母王玉珍老师也调到了乡中教书，王老师教授中国历史课，声音宏亮，讲课时，因为用力过大，常见她瘦弱脖颈的青筋一跳一跳。王先生喜欢把写到黑板上的每一个词都用双引号引起来，黑板很高，词写得太多了，玉珍先生常常踮起脚跟往高处写，弄得满手都是粉笔末。这个细节给我印象深刻。她讲的很多课都忘了，只记住她讲到剿杀太平军的曾国藩外号叫"曾剃头"；讲到章炳麟的"《民报》案"，把"章炳麟"口误说成了我们班一位名叫"夏广林"的同学，引得我们笑得前仰后合。师母那时学习一门名叫"世界语"的时髦课，秀然先生也跟着师母学习"世界语"，后来，我上大学后才知道这是由老外创建的全球通用的"世界语"，后来推广得不是很理想，最终夭折掉了。两人感情甚笃，记得他们给儿子取名叫"高哺"，猜想当年的小高哺现在也担纲立业、娶妻生子了吧！后来，秀然先生调到县七中任教，我也考到了县一中读书，读书间隙，还与秀然先生通信，秀然先生回信中充满勉励之词。我们班转来一名姓华的女生，刚与我初中读书时一位好友恋爱分手，神经兮兮，该女子把秀然先生当成救命稻草，通信不止，求救于秀然先生，先生也是好言相劝。后来，不知何故，这位华性女子索性转学到七中就读，甚至私下称呼先生为"哥哥"。一次，我去乡中办事，恰逢秀然先生夫妇要回七中，率真鲁莽的我对秀然先生谈及华同学，师母脸色微变，看出来有点生气，我还没有走到乡中，只见两口子推着自行车又折回来了，见了我淡淡地一笑，擦肩而过，我估计两人肯定为华女子吵架了。我猛然醒悟过来，是我这张乌鸦嘴因无意中的一句话影响了先生与师母的感情，心中很是内疚。据说，后来，这位华性女子患上神经分裂症，丢掉老公和孩子，一心要模仿作家三毛"万水千山走遍"，一心要找到自己心目中的"荷西"和他浪迹天涯，在新疆喀什饮酒过度酒精中毒，客死他乡。我到郑州读书后，也曾经和先生通过信，但后来听说先生到县职业高中任教再到县教育局任职，大学毕业后的我，单位转换不定，一直为生机奔忙，总感到来日方长，后会有期，谁知人到天命之年的先生，身染重疾，突然作古，阴阳两隔，苟活在尘世的我也只能用自己残喘的呐喊和一杆秃笔写下的文字时时在梦中追忆先生，用微薄的文字遥奉献于先生的灵前，遥寄我对先生深深的哀思。呜呼哀哉！

工业文明的进程越来越快，置身时代的人们唯恐落伍于时代，被时代淘汰。人们在气喘吁吁追赶时代的过程中，常常需要抓住一些东西才能感到安全。笔者曾写过一篇《粘贴父亲青春的瓷片》的小文，真实地反映了时尚文化对个体心灵俘虏式的追逼过程：

这件事说起来总让人忍俊不禁，哑然失笑。

年过半百的父亲虽然文化程度不高，略通文墨他却常爱吟诗诵词，摘抄名言警句，这嗜好于我们兄妹几个影响最甚，但闲暇时他也常爱同我们兴致盎然地谈起一位影星，一位永远让他常说常新的令他崇拜一生的影星。

这就是刘晓庆。那时，我刚上高中，父亲便让我读刘晓庆写的《我的路》那本书。"学学人家的奋斗精神！"父亲爱这样训导我们。记不清《我的路》这本书，我读了多少遍，反正里面父亲用红线标出的句子，我至今还记忆犹新。无疑，这是一本执着拉起我青春纤绳的书。父亲平时一直在搜集着关于刘晓庆的文字与图片，他的摘抄本全是清一色的印有刘晓庆照片的硬皮塑料本。我们家的墙壁上，也贴满了刘晓庆的各种彩画。父亲有剪报的习惯，一本厚厚的剪报本，零零碎碎地贴满了有关刘晓庆的各种资料，他视若珍宝。

一周日，父亲兴冲冲地告诉那时已读高三的我："看，刘晓庆已经离婚了，好好学习，考上大学，咱向人家求爱！"父亲把报纸递给我看。母亲在一旁佯装嗔怒道："你说话真不把门儿，人家多大年龄，咱多大年龄？"父亲却振振有词："年龄大些有啥？这可是个机会呀！"父亲说得一本正轻，我们兄妹几个却全笑了起来。这事现在细想不免荒唐，但却能看出父亲对这位常招非议、极富个性的影星是多么的欣赏。多年以后，父亲见到我大学的女友，问之印象如何？他一脸失望地说："你的眼力不行！咋看不出有刘晓庆身上的那股劲儿呢！"气质，老家话叫"劲儿"。选儿媳，父亲也把刘晓庆当成了参照系。

在父亲的青春韶华中，刘晓庆那种泼辣果敢的个性，无疑是粘贴父亲青春的瓷片。我们也同他谈起时下正大红大紫的其他影星，父亲却直摇头不敢苟同，"哪能同人家刘晓庆比呢？演技平平，个性全无，奶油味儿太浓。"

刘晓庆在影视圈的点滴风波，情感剧变，父亲也关注，也品评。电视剧《武则天》上演时，父亲一集不落全部看完，边看边感叹道："刘晓庆也老了，瞧瞧她眼角儿的鱼尾纹！"我们在一旁吃吃地笑："爸，你是不是戴着显微镜看的？"

父亲一生俭朴，但对于买书却毫不吝惜，尤其是关于刘晓庆的书更是不吝钱财。《从影视明星到亿万富姐》、《我和刘晓庆：不得不说的故事》，眼花的父亲常看之深夜，边看边自语道："陈国军，你咋能这样？""刘晓庆，我们支持你……"刘晓庆，如一张瓷片，深嵌于父亲青春的履历中，也深嵌于父亲对我们的殷殷期望中。刘晓庆，你可知晓否？

路遥在其小说《平凡的世界·创作随笔》中这样感叹："任何一个出身于土地的人，都不可能和土地断然决裂。"古典朴素的乡情，追求内在心灵体验的丰富、细腻和真实，这一切随着市场经济利益冲动的加剧，内心情感的焦虑也必然会随之变得剧烈。以工业文明为核心理念的现代文明步伐越来越快，代表宁静品质的乡村文明的制衡作用也就愈发突显出来。尤其是随着乡土被侵吞，乡土文明就会被抽象为一种精神化的文明形式而深深地嵌入民族记忆的榫槽中，进入人们精神抚慰的梦乡中去。这两个相反的过程（现代文明向前、农耕文明退后）在拉锯战中调试着健康的民族心态。哲学家维科说："人类的事物次序是这样的：首先是森林，接着是茅屋，再下去就是村庄和城市，最后是学院。"维科把人类的最终归宿归为学院，就是所有的人都应该重新塑造，所有的人都应该认真地反思。乡情在时空中不断地发酵，这种发酵的过程正如余秋雨先生在《乡关何处》一文中的精准分析："诸般人生况味中非常重要的一项就是异乡体验与故乡意识的深刻交糅，漂泊欲念与回归意识的相辅相成。这一况味，跨国界而越古今，作为一个永远充满魅力的人生悖论而让人品咂不已。""文明的人类总是热衷于考古，就是想把压缩在泥土里的历史爬剔出来，舒张开来，窥探自己先辈的种种真相。那么，考古也就是回乡，也就是探家。"乡情还会随着时间的过滤，变得唯美起来，直至变成我们精神的乌托邦。乡情也会在历史的冷峻审视中变得客观真实。多年前，我曾写过一篇以故乡封丘为个案的文化评析长文《封丘散章》：

酒与芹菜　封丘芹菜曾经是御贡之菜，但早已失去了往日的辉煌，封丘的历史真如一棵芹菜的历史，普普通通，只是八珍的点缀。即使它的品质是如何的出类拔萃，芹菜也终究是芹菜，就如封丘曾经是大宋王府东京的一个城门，黄河改道使它蜗居黄河一隅，沾染的王者之气早已丧失殆尽，那棵芹菜也由御膳特供走向了民间，洗尽铅华。封丘一直处于尴尬的境地，向南一条黄河使她成为与开封隔河相望的孤女，凄凄惨惨，悲悲戚戚。向西又在新乡八县市中，他犹如一位年高德劭的长者，气喘微微，步履蹒跚，一棵风霜雨雪里枯槁发蔫的芹菜，汁水枯竭，青葱之气已被沉沉暮气所遮蔽，一盘爽口诱人的下酒小菜，逗引的只能是封丘人那风尘猎猎中借酒浇愁的狂饮了。封丘人嗜酒，也许只有在推杯换盏里封丘人才能打捞出那早已失落的自信与豪气，红白之事，无酒不成席，那种大口喝酒的"狠劲儿"、"猛劲儿"，让失落的封丘人长长地吐出了一口口悲愤惆怅之气，在酒精麻醉的恍惚迷离中，封丘人隔离开了现实的无奈及区域优势失落的酸楚。外人不解封丘人豪情下面那包蕴的沧桑与无奈，黄河故道多悲风，黄河的涛声打击在封丘人的心中是声声的欸乃。据考证，"丘"本为古代人祭祀之地，封丘故称"鸣条"，枝叶婆娑之谓也，封丘一直就是处于权利的边缘之地，灰蒙蒙的角色，使封丘如狂野里一棵摇曳的芹菜，孤孤单单。

酒在封丘人的日常生活里，形影不离，逢年过节，朋友相聚，酒杯一端，话匣子打开，平时的那种呆板萎缩相一扫而光，酒酣张胸胆，那神采容光，与平时判若迥异，封丘人平时在苦日子里煎熬的拘谨和巧滑全给三杯两盏淡酒洗刷殆尽，看封丘人不能平时看，那是伪装，须在酒状态下细观静察。外人因为不解其苦衷，近些年，也像妖魔化河南人一样，道听途说，误解了封丘人，说封丘人"嗜酒如命"，客人来封丘，陪客的极尽劝酒之能事，不喝你个"人仰马翻"誓不罢休。殊不知，苦熬的封丘人把酒当成了奢侈品，热情好客，潜意识中，只有让客人喝好吃好才算"人物"，才算尽了地主之意，久而久之，自己少喝，劝客人多喝，变成了习惯，客人多喝了才算"人物"。

又说封丘人"好喷"（好吹），胸脯拍得震天响，可就是说君子话，不办君子事，净是嘴皮子功夫。和封丘人不能共心更不能共事，封丘人会算计，会占"干摊儿"，爱计较，爱占小便宜，"油锅里也要挑出个葱花儿"，别看封丘人平时"老眉老眼"，一副可怜相，但其实这都是表象假象，花花肠子多，鬼精着呢。贫穷弱化着封丘人的形象，"芹菜"般的质朴，"酒"般的豪爽，全都在这道听途说中被曲解和肢解，在酒气的氤氲中，全都变成了灰蒙蒙模糊糊的一片，在思维定势的观照下，封丘也变成了一棵风烛残年般的"老芹菜"了，茎秆粗壮，叶片枯黄，根须庞杂。

封丘穷，穷了便在世人眼里一无是处，一无足观，就如芹菜，再爽口也只是一道无足轻重的配菜；又如酒，再能喝也只是饮中之仙，"唯有饮者留其名"在历史上寥若晨星，穷乡僻壤的一介草民们，也只是借酒浇愁般地往肚子里灌黄汤罢了。芹菜没有让这弹丸之地名声赫赫，再是贡品，对于饫甘餍肥、吃腻反胃的皇帝老儿来说，芹菜也只是爽口开胃而已，他哪能记得为之进贡的小民胥吏。再说，能尝上你两口小菜，便是皇恩浩荡、荣光无比了，换句话说，封丘人从来也没从芹菜中捞到油水好处，菜肴百珍，芹菜能排行老几呢？酒国之地，你能喝两杯"猫尿"，又能算几段几品？所以封丘就像芹菜般可有可无，芹菜的辉煌与暗淡，封丘人从来就没放在心上，也从来没有把它打造成所谓的"拳头产品"，芹菜不是山珍，也不是海味，封丘人知足务实本分，一盘凉拌芹菜（封丘人不爱用热水焯），外加一壶小地瓜苕酒，日子就鲜活了起来。没有芹菜也无关紧要，下酒菜多着呢，一把带皮花生、几根小黄瓜、一盘凉拌白菜心都可以吆五喝六，喝他个天昏地暗，不亦乐乎！封丘人就在这种安贫忘忧里放慢了赶超的步履，削弱了那冲破茧壳羽化成蝶的梦想与豪气，麻木了那摆脱贫穷、超越陶醉的生命激情，甘愿做一棵老芹菜，甘愿在猛喝狂饮里与现实保持着一种人为想象的距离，"相看两不厌，只有敬亭山"。

卷煎与刀削面　封丘人的饮食里有两大品种：卷煎与刀削面。卷煎常被在外做餐饮的封丘人当成招牌菜，号称"封丘卷煎"，它不同于城里卖的"鸡蛋卷"，涂色太重，粉芡太多，它选用上好的五花肉，与粉芡勾兑，加定量的酱油、姜丝，进行搅拌调和，再用纯鸡蛋黄汁在平底锅上煎成薄饼，用它们来包卷粉肉，放在笼屉上蒸数十分钟，香气扑鼻，味道爽口不腻，热吃可就大葱或夹烧饼，利口开胃，凉吃可切成薄片加芫荽、葱丝香油调拌，最为下酒佳品。到封丘不品尝卷煎，真虚此行。

山西刀削面天下闻名，封丘刀削面毫不逊色，别有风味，与山西刀削面相比，它更融入了封丘人的饮食特点和地域风情，骨汤选用上等猪大腿骨，面片厚而劲道，咸味较重，或荤或素，荤则有肉丝，素则有鸡蛋，均拌有榨菜丝、芫荽、葱丝，滴滴香油，味道醇厚，清爽解馋，它吸取了山西刀削面之长，又去除了鸡汤的腥味儿，味道更加独特芳香。在封丘的大小餐馆里，你常会看到三三两两，围坐在桌子一旁，切一盘卷煎，要一碟花生米，一瓶烧酒，便开怀畅饮，一碗刀削面下了肚，便酒足饭饱，平平常常的日子便变得暄腾活泛、有滋有味起来。

一方水土养一方人，封丘人的饮食文化就包含着封丘人的精神品格与内涵。卷煎里浸透着封丘人的包容，他们会调理乏味的生活，因势就简，细细斟酌品味，在"卷"中，他们卷进了对生活的解读，卷进了对生命无味的咀嚼，清淡的生活有了油乎乎的味道，一个"煎"字，便看出了封丘人的生活观，追求实在，摈弃浮华。封丘人到外地吃饭，吃来吃去，总嫌味太淡，量不足，酒没劲儿，封丘人恋家意识较之周边的原阳、长垣要浓厚得多。而且在封丘人食谱里，"煎"字的使用频率极高，在封丘人看来，仿佛一切美食都是"煎"出来的，煎油饼、煎粘馍、煎饼、煎锅饼、煎鱼、煎剩饭、煎鸡蛋、煎荷包蛋、煎药、煎馍、煎肉，仿佛"煎一煎"生活就有了味道，"煎一煎"，一切粗茶淡饭都变成了美

20

味佳肴。在"卷""煎"中封丘人找到了生活的乐趣，寻找到了调理生活的不二法门，生活的秘诀就是"卷一卷"、"煎一煎"。封丘地处黄河故道，河风劲冽，民风醇厚，面庞阔大，脸色黝黑，皮肤粗糙，衣着简朴，走在县城的街道上，也有摩登时髦的红男绿女，但他们冲着你一笑，便露出了封丘人的淳朴与憨厚。封丘人憨拙得如黄河水的颜色，就如"卷煎"的"软"与刀削面的"硬"，都藏在那呆呆的憨拙一笑里，重色重味的饮食，显示着封丘人的粗犷与豪放，所有生活的感觉都在那油香的卷煎与刀削面里了。

生活的枯瘠，使封丘人的饮食里都充满了油水。油水是封丘人判断饮食优劣的最高标准，外地人到封丘来，满满一桌碗堆盘垒、油炸煎炒的宴席，便会感到封丘人的拙朴与厚道，好像穷人待客，量多油重，他们压根儿就不理解什么营养搭配，什么高胆固醇，全都是吃饱了撑的，瞎讲究。封丘人在苦日子的煎熬里学会了认死理儿，刀削面比面条劲道耐嚼，吃一碗，面、汤、肉、菜全都有了，解了馋，肚里有了油水，夫复何求？封丘人在这种穷人的思维定势里，变得执拗起来，筑牢了坚固的精神堡垒，针插不进，水泼不里，铁板一块。卷煎和刀削面的饮食偏好遮蔽了封丘人睁眼看世界的勇气与胆量，对一切别样食物，封丘人的胃肠都是本能的排斥与抗拒，封丘变得更加迟暮与迂腐。县城北干道，"老何刀削面"，门面不大，却整天顾客盈门，封丘游子们来这里忆旧，一碗刀削面端在手，幸福感觉涌上头。顺路往西，一家老字号的卷煎店，笼屉高耸，香飘满街，逗人口水。在异地他乡，封丘人也爱把卷煎作为招牌菜，但往往遭受冷落，埋怨"姜丝太多"、"太油腻"，封丘人总爱辩白，"吃的就是这个味儿！"后又有好事者赋予卷煎以文化色彩，编造说卷煎乃八国联军侵略中国时老佛爷慈禧逃亡西安路过封丘时，当地官吏进贡之物，但卷煎还是不受外地人青睐。封丘人很纳闷儿，"这么好的东西，硬是不稀罕！"封丘人总爱在自己的判断里来打量这个世界，总是以自己的审美趣好来观照生命的质感。久而久之，封丘人就在画地为牢中，眼格窄隘，慢慢地就在自己的小圈圈儿里故步自封，失去了睁眼看世界的趣味与耐心，也就在卷煎与刀削面的自我陶醉里优哉游哉，乐不思蜀，醉而忘忧，所谓的"只愿常醉不愿醒"了。

黄河与漕岗险工　从地图上看，封丘地处黄河中下游平坦开阔的中原大地上。黄河逶迤于封丘大地，它滋润着封丘，也把封丘揽儿入怀，"原延封"三县如三个珠子镶嵌在黄河岸边，又如三个一母同胞的弟兄，黄河如丝带一样缠裹着三县人民。而漕岗险工却是咽喉所在，黄河之水近绕堤根，苍苍茫茫的大平原上，黄河水汹涌澎湃，从遥远的西天滚滚而来，站在堤坝上，那水就好像向你扑面而来，黄河历史上的几次决口都是在此，黄河之险就在封丘大地，封丘与黄河生死相依。

黄河的性格某种程度上就是封丘人的性格。从相貌上看，封丘人脸色总是一副黄河水的沧桑之色，风尘仆仆，古朴憨拙，能忍耐能吃苦，能咽得下委屈，能在危险中泰然自若。这在封丘人的话语里随处便可感觉到，如封丘人不爱说舒服，而是爱说"好受"，一个"受"字包涵着多少逆来顺受的深刻文化内涵；又如封丘人说漂亮叫"齐整"，把现在叫"摇窝儿"，把有本事叫"有材料"，把吃大餐叫"吃大件儿"，把聊天叫"喷喷"，艮实实，直白白，就如漕岗险工，封丘人早已习惯适应了在苦水中的煎熬，再险的地段，也能头枕波涛，酣然入睡。在封丘人的日子里，似乎就是苦和熬，河水汤汤，日子平平常常，"平时要省，办事要浑（浪费）"，"客来主家富"，封丘人办事攀比之风日盛，面子值千金，越穷越要讲排场。封丘人读书也是追求一个"吃苦"、"苦学"，黄河已把封丘人的五脏六腑熏染淘洗得只剩下苦和忍两个字了。封丘人对黄河的情感疙疙瘩瘩，距离太近了，封丘人看黄河的视角是平视的，很少升起幸福感与崇高感，黄河只与封丘人的生活苦乐联系在一起，黄河让封丘人哭过、笑过，也让封丘人无奈过、沮丧过。封丘人从黄河那儿得过利，也背过害。这种文化心理使封丘人务实中失去了精神的提升，勤奋中丧失了胸襟与气象的扩展，封丘人爱从生活的沉重角度看问题，无形中也就丧失了生命审美的飘逸与高蹈，所以外地人与封丘人接触，总感觉到封丘人活得太闭塞，太没有生命情调，把生活用脚踩得太实了，没有了超越的勇气与兴趣，更可怕的是封丘人把这当作放之四海而皆准的生命真谛，在拒斥中蜷缩一隅，在否定中，生活失去了应有的弹性和魅力。

黄河这条黄丝带已缠裹住了封丘人睁眼看世界的眼光与胆识，不敢为天下先，更没有引领时代风潮的勇气和自信，如老牛破车踽踽孤行。黄河数次改道，碾压得封丘人性情麻木与怠惰，它几乎抽干了封丘的生命元气，封丘丧失了否定自己、正视自己、超越自己的果敢勇气。伴随着黄河的古老，封丘在天时、地利、人和三个方面都显迟缓，新石铁路、开封黄河大桥等的开通并没有给封丘带来多少翻天覆地的变化，就如封丘人对黄河的情感，历史上的黄河给封丘带来的灾难几乎都抵消了它恩赐的福祉。昔日柳园、黑岗两个渡口的繁华随着黄河大桥的开通，已成了历史陈迹，近年修建的几座黄河浮桥略显寒碜。处于上游的原阳县把黄河大米的品牌叫响了全国，封丘却因黄河闹水荒，稻田早已变成了旱田；原阳又因毗邻省会郑州之利，早已把封丘当成了个头低矮的小弟弟。近年来，封丘人又发展金银花、万亩石榴园、滩区养殖，封丘在改革开放的春潮涌动中，慢慢地睁开了眼，但步伐迈得还不是那么矫健有力，正如漕岗险工这把悬于头顶的利剑，当代封丘人在岌岌可危的麻木下，还显得步履蹒跚，老态龙钟。依河而居的封丘人背上的历史包袱还有点沉重，那生命的叹息还是揪人心肠。

封丘与隔河相望的开封，二者颇有点相似，本来是休戚相关不可分离的一部分，现在却是劳燕分飞。开封变成了一座废都，王者之气早替换成了颓废之态。封丘又是废都的边角地带，蜗居于一隅，形单影只，南望旧都，心绪苍茫，西遥新乡，情感黯然，封丘处于两座城市之间，它在情感的拉锯战中，情感迷离，角色模糊，尴尬至极，封丘失去了它赖以生存的文化之根。黄河、开封、新乡在封丘人的角色错位里，一直找不到情感皈依的港湾，封丘如一位布衣萧索的流浪破落户。按理说，封丘应大力开掘其黄河文化、大宋文化、平原文化内涵，可长期以来，封丘的文化寻根一直是找不到"根"，它形成了一个"文化空洞"，这也是封丘没有文化根源的原因所在。它在全球人都在吃文化饭的大背景下，文化搭不成台，经贸也就唱不成戏，封丘在改革开放的时代浪潮里左冲右突，企业凋零，服务业暗淡，农业落后。封丘拿不出在全省，更不要说在全国叫得响的"拳头""龙头"产业，封丘在手忙脚乱中，东一榔头西一棒槌，这与其紧密相邻的长垣县相比，封丘既没有厨师之乡的资本，也没有了防腐之乡的美誉，封丘应该在文化之根上有所作为，文化是封丘振兴的生命动力之源。

闫立品与金不换　地处封丘黄河西南滩的荆隆宫乡出了两位全国艺术界名人：闫立品与金不换，他们走出了封丘，唱响了全国。闫立品的清雅柔婉，细腻真挚，金不换的诙谐质朴，玲珑剔透，颇能涵盖封丘人的性格，他们在提升着封丘人的文化品位，也把封丘的文化内涵发扬光大。

闫立品一直在守护着她的演唱风格，她的"秦雪梅吊孝"哀婉动人，气脉酣畅，发乎心，形诸情，封丘人情感粗放里包涵着细腻敏感的心灵，透射着冲天的豪气。封丘是豫剧祥符调的发源地（封丘漕岗乡清河集村），金不换把牛派精神进一步弘扬传承，更具有浓厚的乡土气息。封丘人爱听戏，爱唱戏，在戏里他们才能寻找到苦涩生活里生活的况味与韵味，黄河般的胸怀，大宋文化的熏染，使封丘人戏缘深深。闫立品与金不换均出身于贫寒农家，全靠自己的天赋与勤奋，走出农门，成为封丘炫耀于人的烫金名片，黄河的涛声，家乡父老的欸乃叹息，是他们回响在耳边的生命旋律，生活的悲欢离合全都酝酿发酵成了艺术的琼浆玉液，成了他们取之不尽、用之不竭的宝贵财富。封丘人在听戏、唱戏的陶醉里，化解弱化冲淡了生活的无奈与辛酸，遮蔽掉了生活枯寂的表象，自我陶醉，苦中作乐，封丘人化解苦难的能力很强，可以在戏里化解，也可以在酒里消解，更可以在知足常乐、吃亏是富的安慰中得到完全解构。

我们看闫立品，从她走出家门开封学戏，再到她成为河南豫剧的"五朵金花"之一，家乡情结都很重，以至于她去世后被特批埋葬在故乡仝蔡砦村的黄土地里，魂归故里，叶落归根。金不换系封丘县荆隆宫乡后钟銮城村人，他在苦难中同样走向学戏之路，唱戏的天赋在"找碗饭吃"里得到了开发与挖掘。封丘人在"穷"的煎熬里收获了勤奋与忍耐。地处封丘西南滩的荆隆宫乡更是祖祖辈辈在穷困中熬煎度日，闫立品与金不换，这一老一少从盐碱地里走出来的戏剧表演艺术家，他们用贫穷锻打了生命的强度与硬度。他们最为注重得到家乡人的认可，闫立品生前曾多次到封丘演出，金不换更是在百忙中深入家乡田间地头为父老乡亲送去艺术的盛宴，他们特注重在家乡人心目中的名分和地位，这也是封丘人浓厚乡土情结根源之所在。很多在外的封丘人也把家乡人的评价当作人生成功与否的根本尺度，这一点封丘人表现得异常明显，不管你在外多么官大钱多，威名赫赫，你没给家乡人做点贡献，你混得就是个毬，这也导致很多在外的封丘人在有意无意地遮蔽自己出生地的习惯。笔者接触很多在外的封丘人，他们喜欢独自打拼，不喜欢抱团，靠什么"同乡会"得到庇护，富了回家乡风光一阵，混得一般般就对出生地躲躲闪闪，讳莫如深，支支吾吾："我爷爷在封丘，我们这一辈儿早都没印象了！""老家已经没有人了，很少回去！""几家亲戚和本家还在封丘，好些年已经不来往了！"封丘是他们极力摆脱、极力想扣掉、想抹去的两个字眼儿，这也是多年来封丘人才流失，在外边知名度不高的内在原因。

从封丘两个字眼儿里拧出来的是苦难、煎熬、屈辱、泪水，这些元素已经蜇疼了他们的心灵，不愿提及，不想提及，飘零在外的封丘游子们，用故乡馈赠的吃苦、吃亏、勤勉、勤劳在异地他乡奋斗不息、耕耘不止，即使回到家乡也喜欢报喜不报忧，因为值得封丘游子们挂在嘴边儿炫耀于人的"由头""彩头"太少了。即使提及闫立品与金不换，没有戏缘的外地人也是摇头不知，你得费半天神思给他解释，"知道常香玉吧，闫立品就是'常陈崔马闫'中的'闫派'！""知道牛得草吧，金不换就是牛派传人！"解释多了，也就懒得费这么多的口舌了，封丘的名字也就在外人眼里显得越发陌生了，常常一提封丘，他就会给你胡抡，"知道商丘、沈丘，从哪儿又冒出个封丘来？"你又得嘴皮子给他磨破："知道历史上的陈桥兵变黄袍加身吗？那就发生在我们县！"对方听了仍是一头雾水，"陈桥不是在开封嘛，咋又挪到你们封丘境内了？"一句话差点把你给噎死，以后遇到这种情况，封丘游子们也就三缄其口，认定沉默是金了，不再充当封丘的形象大使和义务宣传员，封丘在被藏匿和遮蔽，就如《红楼梦》里的贾雨村"把出身之地竟忘了，不记得当年葫芦庙里之事了"，封丘如一块破旧的磁铁，磁性在慢慢地丧失，又如一位"独坐说玄宗"的"白发宫女"，封丘的文化符号太模糊、太不响亮了。

古黄池与陈桥驿 走在封丘县城的大街上，有一条路叫黄池路，一家最好的酒店叫陈桥驿大酒店，它们告诉着世人封丘历史的古老与厚重，它们也是封丘人向外人夸口的两个烫金名片。封丘够古老了，古老得可以追溯到春秋战国时期，荆隆宫乡坝台村（古称黄池）为当年周穆王游览之地，公元前482年，吴王夫差在此大会诸侯与晋争做盟主，这就是历史上著名的"黄池会盟"。封丘够神奇了，公元960年的一天，在封丘陈桥驿发生的一件黄袍加身的事件，硬是开创一个大宋王朝，奠定了绵延三百余年的宏伟基业。从这两个历史的"点"来解读封丘历史文化的内涵，它们只是历史事件的发生地，与封丘无关，没有给封丘带来多大的福祉。封丘的边缘化由来已久，它似乎从来就没有成为焦点与中心，它承担的总是历史花边线条的角色，就如陈桥兵变，只是东京预谋彩排的舞台，是东京故事延伸的末梢。封丘的历史地位尴尬至极，古黄池和陈桥驿都只是历史演进中一个足迹模糊的点，历史的灰尘早已遮蔽了它昏暗的形象。封丘容貌枯槁憔悴，沧桑的皱纹里溢满了无奈和惆怅，封丘在历史的夹缝里蜗行摸索。虽然古黄池和陈桥驿都是历史的陈迹，但它们增加的只是封丘人心灵的沉痛，而不是历史文化的分量，或者说历史的翅膀只是轻轻地浮掠了一下封丘的苍老容颜，历史故事的上演与封丘无关，陈桥兵变和黄池会盟是历史的偶然抉择，换个"张桥驿""李桥驿"丝毫不影响故事的发生，历史选择了封丘，封丘却没有与历史形成完美的对接，封丘衰老在历史的苍茫里。封丘人也谈陈桥驿、古黄池，但只是一个谈资，而不是历史的辉煌和荣耀，虽然现在也开发陈桥驿的历史资源，以"大宋从这开始"为诱人的招牌，但那已经枯萎的"系马槐"宣告着陈桥故事的衰老，那一幕"政治把戏"已被演绎得了无趣味，龙脉已断，变成了历史的尾巴。古黄池更成了历史风尘里的一片枯叶，在厚重驳杂的中国历史中，它只是一个早已模糊不清的点。历史的衰老已经使封丘的心灵变得痛苦不堪，封丘人拙朴里流露着一种沧桑过后的老成世故，总爱用世俗的眼光来审视生命和生活，一副过来人的姿态，

在封丘人的潜意识里，似乎太阳底下无新鲜的事物，喜欢以自己的阅历和情感好恶来审势度事，外人看封丘人似乎觉得傻得太执拗固执，太酸腐迂阔，太自我感觉良好，太故步自封，一叶障目，不见森林，自卑得自傲。封丘发展步子滞缓，也跟这种心理有关，封丘有大宋皇城根儿下的傲气与暮气，又有被历史车轮抛弃冷落的失落沮丧感，不理解封丘人内心里这种复杂的情愫，你就读不懂封丘人，你就无法走进封丘人的灵魂深处，你就听不惯封丘人话语背后的文化底蕴。居住在外地的封丘人内心更加复杂，他们没有家乡的自豪感，但有摆脱不了在家乡耳濡目染的复杂情感心理，他们各自为政，不谈故里，不攀扯亲戚旧交，宿情乡党，虽然也有"老乡见老乡，两眼泪汪汪"之叹，在推杯换盏里，酒酣耳热，亲热异常，言语凿凿，胡侃神聊，一旦酒醒茶凉之后，推三拖四，诺言全忘，这是封丘人的劣根性之所在。一切都是旋买旋卖的现实主义，历史的沉重位移于现实的功利，历史的翻手为云、覆手为雨，使封丘人加强了世故圆滑的记忆，既然连历史都是一场游戏，那么生活不就是历史大戏里的一个小小的过场嘛。封丘人既敢两肋插刀、信誓旦旦，又善于逢场作戏、称兄道弟，更敢翻脸不认人、转脸不认账，巧滑

27

多变阴阳脸，装傻充横痞子相。胡适先生言"历史是一位任人打扮的小姑娘"，在封丘人看来历史是一张画布谁都可以在上面涂涂画画，这也形成了封丘人复杂多变的性格特征，生活中落难时可以见庙就烧香，得意时也敢忘乎所以、无所畏惧。这也可以从封丘人的眼神里看出来，一旦有求于你，那眼神里流露出的是敬重是哀怜，倘若不屑于你，那乜斜的眼光那牙齿缝里发出的怪笑，会让你不寒而栗，摸不着头脑。封丘，这枚发黄的历史书签儿，它夹在历史与现代之间，翻读哪一页，你都会感到它纸张的单薄与松脆，你也会在这些歪歪扭扭的历史足迹里，读出它那尘封记忆里无声的叹息，封丘的古老里应该焕发它的年轻了，是时候了！

韩凭妇与高适　封丘的乡土文化在历史的灰暗里如果说有点亮色的话，就首推韩凭妇与高适了，他们为封丘的文化增加了几多诗意，几多凄婉惆怅。位于封丘县城东北的留光乡青堆村有一土台，名叫"青陵台"，相传战国时期宋康王戴偃驱车出游，见此地一惊艳女子，为能看到她，便高筑青陵台，又派人访查，得知其女乃韩凭之妻，欲夺之占有，韩凭自杀，其妻也跳台而亡，恼恨的宋康王命人把他们分葬于路两旁，后两墓各生一梓树，根茎相缠，枝叶交通，树栖鸳鸯，相对而鸣。此故事久经传唱，版本众多，文人墨客，歌而咏之，中国人爱在这凄美的故事里抒情言志，封丘的文化里就有了这情爱的诗意。但是封丘人似乎也很少谈起，它比起梁祝故事逊色多了，另外在封丘人的潜意识里，伤感的情爱似乎也不能显现封丘文化的主色调，顶多只是充当了文人兴、观、群、怨的一个小小的典故素材。封丘人在苦难的熬煎里已经不会感世伤怀了，在他们看来，浪漫永远是生活的奢侈品，所以封丘人会调侃人生，不会装扮人生；会思索人生，不会夸饰人生；会"过日子"，不会调理人生。封丘人也有浪漫的情怀，但是这一切都必须先吃饱肚子再谈，正如封丘人的一句土话，"骑洋车儿，戴手表，不打粮食，吃个屌！"封丘人把活着看得高于一切，把浪漫埋藏在心底，外人看封丘人总觉得他们活得太沉重，太没有情调，但是封丘人舍得出苦力，"力憋在肚里能当钱化？""睡不完的瞌睡使不完的力"，封丘的文化基因里有浪漫的因子，生活的沉重使这一因子没有得到很好的发挥与张扬，就如韩凭妇的故事，封丘人从没有当成向外人夸口的资本。与此相反，曾做过短暂封丘县尉的唐朝诗人高适却成了封丘文化的金字招牌，高适将近五十岁作封丘县尉，是个从九品的卑官微职，掌管的不过是捕捉盗贼之类的差事，只因他的一篇《封丘》算是为封丘在唐诗里找到了一席之地。虽然这首诗冠以"封丘"之名，并无描摹封丘的风土人情，只是抒发为官时的矛盾复杂心态，若换在别的地方"感怀"也未为不可，只是历史选择了高适，高适选择了封丘，高适在封丘过得如意不如意，且不去管他，封丘从此就有了名气，就与大诗人高适有了扯不断的联系，这就功莫大焉。封丘因高适其人其诗而扬了名，至于高适诗歌的内容就留给诗歌爱好者们尽情欣赏吧，只要你读这首诗，你想脱离封丘的名字就难乎其难了。高适的一首《封丘》算是封丘人历史上中得最大的一注六合彩了，无本生金，名声大震！封丘人重名也重实，在名与实间，封丘人更重所谓的名声，封丘有句土话叫"驴粪蛋外面光"，封丘人喜欢体面，喜欢排场，这也是封丘人"好喷"的内在原因，"好喷"实际上就是"打肿了脸充胖子"的显摆。封丘人"平时要省，关键时要浑"，"浑"这里念四声，意思近于"挥霍"之意，封丘的文化底蕴不算贫瘠但也不能算是丰厚，封丘人的自尊心强，越是贫穷越是变得清高孤傲，越是寒酸，越是架子不倒。从韩凭妇就可看出封丘人身上的硬朗之气，从封丘人对高适的炫耀里，你就分明能感觉到封丘人脸面值千金的内在审美价值追求。封丘的文化土壤滋养了一代代封丘人，在封丘的文化基因构成里既有黄河文化的滋润，又有大宋文化的熏染，同时也有历史传统文化的浸透，这也是外人很难给封丘人定位的文化原因，封丘文化是一杯合羹文化，封丘人的复杂多变性就是这种合羹文化和合交融的结果。解读封丘就必须多维度、多视角、多侧面进行全方位的立体解读，否则只会以偏概全，只见树木，不见森林，都会导致对封丘的曲解、误解、歪解、费解，所以我们要想通透地理解封丘，就必须深入到封丘的文化土壤内部。

　　封丘是中国文化的一个切片，文化的封丘值得我们去理性地审视，审视是热爱的表现，批判同样也是爱之深、恨之深的表达，就像为它唱一曲赞歌与悲歌一样，都是心灵的颤音。我们的探索，不求没有判断的随声附和，而是盼望着百家争鸣的共振。

　　总之，乡土文化是一个人精神发育的基质。中国千百年来的农耕文化决不是生产力落后的代名词，它在塑造民族的文化气质、文化性格、文化情怀方面的作用不可低估。首先，稼穑劳作之苦，能够提升一个人的生命意志力。随着现代化的发展，更多的人离开了黄土地，在都市文明的熏陶中，很多然患上了所谓的"都市病"：情感脆弱，人格猥琐，冷漠孤僻，在钢筋水泥的都市文化丛中，"不接地气"的生活状态，"年轻一代的根已经不扎在土地里了"①，导致很多人在精神的颓废、情感的荒芜中挣扎徘徊。尤其是这些游离于城乡交叉境况中的两栖人，他们唯一疗救自己精神疾病的良药就是在对乡愁的无限打捞与回忆中，来缓解外在环境对心灵的挤压。可是对于那些过早割掉乡土文化脐带儿的第二代、第三代都市新贵们来讲，他们缓解由都市病所引发的心灵阵痛的药片就只剩下了沉沦，沉入到都市文明的深渊中，在沉沦的快感中获得暂时的解脱。乡土文化是中国人安身立命之基，是一种制衡都市文化疯狂攫取掠夺的"反文化"力量，也是一种消解缓冲的反作用力。其次，乡土文化对人类情感的培育作用更不可低估。人类情感的源头源于自然，他们在春种夏耘秋收冬藏的劳作中，培养了对土地的敬重，培育了对自然万事万物的敬畏情感，尤其是大地厚德载物的无私奉献精神、博大的包容精神，"地之母"的生命情感，"地之子"的谦卑情怀，就是人与地（自然）之间结下的最朴素真挚的情感。比如一直以"我是乡下人"自居的

---

　　① 李勇：《"现实"之重与"观念"之轻》，中国社会科学出版社，北京，2013.

作家沈从文，"在其看来，生命原本真实的面貌逐渐被遮蔽与掩盖了，已经失去了生命本身应该该有的力量和情致，展露出狰狞与非人的一面。"① 这种对都市文明的心理排斥，本身就是对乡土文化的坚守。最后，乡土文化也是民族文化最粗壮的根系，对于个体来言，乡土文化也是塑造其生命的基因。作为文化存在的个体，文化行为要被文化观念与文化思想左右，文化基因的丧失，会产生诸多人格心理的怪胎。比如吸毒、残暴、冷酷，其实都是文化基因发生病变的特征显示。

---

① 陈啸：《京派散文：走向塔尖》，人民出版社，北京，2012.

第二章

青春文化的考察：韶华时光的磨砺

　　青春是生命时光中最光华灿烂的乐章，也是最容易受伤最容易夭折最容易轻抛的时光，就如人类的青年期，需要生命历险徘徊后的抉择才能找到前进的方向，需要磨砺才能翻开生命最靓丽的一页。青春教育的失败是人生失败的源头。很多人的后半生，几乎都可以从青春中找到事情发生草蛇灰线般的最初痕迹。

第一节　贫穷的叛逆

　　贫穷教育是生命教育最核心的内容。实际上，从字源上看，"贫"原指缺乏钱财，"穷"原指达到尽头，当今教育最缺失的是"穷"的教育，是"向下"的教育，是正确认识财富起点的教育。人生不是享受财富的过程，而是享受财富积累的过程。人的本质是贫穷的。《周易》上讲："富有之谓大业，日新之谓盛德。"一贫二白的青春需要个人不断的获取才能使自己变得丰富起来。儒家所倡导的"君子固穷"，富贵如浮云的财富观，"富与贵，是人之所欲也，不以其道得之，不处也。贫与贱，是人之所恶也，不以其道得之，不去也。"其实质就是让人认识到贫困是生命最本真的色彩，关键是要认识到"穷"的危机性、紧迫性。换言之，古

32

人是把物质财富的"贫"与精神财富的"穷"区别开来，在儒家看来，人欲既包括外在物质财富的攫取同时又包括内在精神财富的获得，人既要摆脱物质财富的"贫"，同时又要摆脱精神财富的"穷"，后者是人立身之本。每一个人在青春时光中都会面临着身心的贫穷，这也是青春奋斗的原动力。求学、求职、求偶都是摆脱人生贫穷的过程，都是人生内容与内涵不断得到丰富的过程。同时，每个人的青春史都是独特的个案化的。青春成长的过程就是青春发育的过程，我也用粗浅的文字记录下了这些心灵挣扎、孜孜奋斗的足迹，其中最早的是一篇名为《穷得没道理》的宣言：

你是一个穷怕了的人。小时候，国穷家也穷。爷爷说，穷好啊！在爷爷的心目中，一穷就会根红苗正，一穷就会睡得安稳踏实，绑票抢劫的不会来，连讨饭的也绕门而过。自古穷通皆有定，孩子，认命吧。可当你眼睁睁地看到，因为穷，二伯没钱看病，受尽煎熬，撒手人寰；因为穷，三叔婚事落空，孑然一生；因为穷，父母的深深叹息灌满了你童年的耳鼓。穷仿佛就是一根伸缩自如的绳套，紧紧勒住你生命的脖颈。

你也曾为剪断这可怕的绳套明明暗暗发过多少铮铮誓言：当你跟爷爷赶庙会，爷爷饿着肚子，却化一角钱为你买一根油条，看着你狼吞虎咽的馋样，爷爷捋着山羊胡子笑了。你说，将来长大了要挣很多钱，为爷买一车油条；走进校门的你，也决心要像七品芝麻官唐成那样"热桌子凉板凳，铁砚磨穿"，一举成名，让日子过得紧巴巴的爹妈过上不愁吃不愁喝的富人生活；考学、毕业分配、留城工作，当你领了薪水有限的几张钞票时，你愣愣地呆立良久，你对"价值"这两个神圣的字眼儿猛然发生了串串疑问，这就是十年寒窗所结出的几颗干瘪的浆果？这就是父训师教所谓"安贫乐道"般的清高？一股股透心的凉气穿透你的全身，那一夜，你失眠了。

穷，引导你陷入思索的深渊。不思不知道，一思让你委屈得直欲哭无泪，凭什么，我要受穷？论学历，本科学历的你并不比别人低，论脑子你也不比别人笨，论社会地位，你气宇轩昂，人见人羡，唉！可怕的穷为什么总如影随形，紧追不舍，你从根到梢，找不到一条你穷的理由。没道理的穷，让你直愠怒，让你猛然惊醒。

你变了，你变成了一个为穷而奋斗的人。你信奉："一招鲜，吃遍天"的古训，你有写作之能，握起笔，你一肚子的话直欲外涌，当今报刊林立，有才情的你就狠劲儿写吧。东方不亮西方亮，人家不会亏待了你。不菲的稿酬顿使你菜多油腥，人多精神；越写越顺畅的文笔，也让你笔起龙蛇，伏脉千里，你感到一种充实的自信。穷的绳套慢慢松解，你长长地出了一口闷气，你想完全摆脱穷的围城，才情真是一笔未被开掘的富矿，你也暗自惊讶于你的潜层能量。

你算是明白了，过分地蜷缩自己，只能是一种物质和精神上的侏儒，世界上从来没有救世主，拯救我们的只能是我们自己。布衣萧索、穷困潦倒，似乎是我们脑子中文人的"画像"，但我们传统道德在强调精神至上时，却也把物质的渴求贬损得一无是处。文人啊！当你在"穷且益坚，不坠青云之志"的古训中自我陶醉时，你可曾想过穷不是文人的专利，不是文人非披上身的一件破长衫。穷，理何在，缘何由？走吧！"黄金屋"虚无缥缈，你却依然蜗居一隅捉襟见肘，踟蹰徘徊，你依然为生机奔波不止忙个不停。穷，如一根刺藜扎在你生活的圆桌上，扎在你生命的穴位上。

挖掉穷根，走向富裕，这绝不是与文人无缘，恰恰也是作为普通人的你理所应当的追求与渴望；囊中羞涩，杯水车薪，这也绝不是作为文人的你所应当固守的操守。记住，你穷得没道理。

从这篇短文中可以看出青春年少的我心中摆脱"贫"的急迫感，物质财富是一切精神财富的基础，这个朴素的认知是人类认知世界和自身最初的原点，可是在马克思之前，人类却倒置了许多年。我后来又陆续写了《房子啊，我为你奋扫手中笔》、《婚姻公正不尴尬》两篇小文，当时那种无奈中奋起的心迹真实地流露在了字里行间：

房子啊，我为你奋扫手中笔

大学毕业留郑的我和妻，如小鸟般在城市屋檐下迁徙不停，那个叫家的房子其实就是我们栖息的一棵树。

租房而居，寄人篱下，漂泊之感常袭我们心头，伴随我和妻两家单位的屡屡搬迁，在郑州的路寨、小杜庄、关虎屯这些都市村庄中，我们家的小屋也升起了袅袅生活的炊烟。性格迥异的各家房东，让涉世之初的我们真切地触摸到了社会肌肤的炎凉，毗邻而住的做生意的、在酒店、歌房打工的、收废品的诸家邻居，来自天南地北，秉性阅历大相径庭的他们，开启了我们细微看世界的第一扇门扉。深夜我爬格子间歇，推窗眺望这座万家灯火的偌大城市，想拥有自己房子的渴望一次次在心头强烈地疯长。

结婚前夕，我曾向妻夸下海口，"用我这杆笔就能写出一套房子来！"君子言凿，驷马难追。市场经济，物欲滔滔，工薪阶层，舞文弄墨，收入微薄，日子捉襟见肘，面对不啻天文数字的房价，我们怎能不高山仰止，望而却步。钱是硬头货，农人话俗理不假，卖文不如卖菜，平时稿酬鸡零狗碎，妻娴熟地一一记录在案后，悉数存入银行，银行小姐大惑不解，"几元钱也犯得上存银行?"她们岂能知晓，这张张面值大小不等的稿费单，是我们未来房子的一个瓷片，一块砖瓦，一袋水泥，一捆钢筋，蚍蜉撼大树，无怪乎一友人得知详情后不无调侃道："凭这买房简直是天方夜谭，猴年马月能看见房子的影子?"

结婚数载，买房子之心一直紧绷在心，不开洋荤，无数个节假日，我走笔行文，妻誊抄邮寄。南方报刊稿酬不菲，一篇篇稿子便在南国的都市中穿梭翩飞，好人耕耘好心情，稿子连片炸响也好，泥牛入海也罢，我依旧笔耕不辍，风雨无阻。沮丧失望时，翻翻记录在本上的那一笔笔凝心血聚汗水的稿酬，心中一片暖阳。亲朋好友，同事熟人，知底细者说我不识时务，不知底细感佩我勤奋，赞叹我执着。前几日，一位在老家当了乡长的同学来省城我之寒舍，瞥见案头一摞摞青灯夜育的稿子，自足地大笑道："一篇小文能值几钱？还不如我喝的一瓶酒贵！"

"醉余奋扫如椽笔，写出胸中块垒时"，这是曹雪芹的酣畅，如今的我，半宵苦寒咬笔杆，文思如瀑为房子，潇洒与否，权且不论，这也算是咱的一种活法。

笔熟手溜，稿子数量、质量齐头并进，承蒙各家报刊编辑老师的偏爱，我稿子的见报率日渐提高，几乎一打一个响，一点一滴叠加的稿酬也在默默地搭建着我们梦中的房子。文人常操文人事，我写稿之余，也结识众多弃文下海的儒雅书商们，彼此交情甚笃，我也承揽了一部部由他们策划、品位较高的书稿。较之我平时零打碎敲，工程量可谓巨大，但一笔面额较大的辛苦稿酬，又使我距梦中的房子近了一步，笔不停，心不歇，梦中房子依稀清晰可辨，我这样在慵懒时告诫自己。

房子的故事还在继续。笔尖没有磨秃，笔杆还没生锈，墨水瓶里也没飞出苍蝇，想象着不久的将来，我们一家乔迁自己的新居其乐融融。女儿，你可曾知晓这所房子的故事？不信，你敲敲每块砖，不都浸透着父辈们创业伊始、侍弄文字时的心血。踩踩每一寸地，不都映照父辈们这些"新都市人"当年奋斗拼搏的缩影。

婚姻公证不尴尬

心浮气躁的年代，谁能担保婚姻这条船一帆风顺，没有触礁、沉没的可能呢？婚姻公证便是拴牢这条船的锚。

欲踏上婚姻门槛儿的我和女友岂能免俗，到民政所，人头攒动，我们心头掠过的是惴惴不安的惶恐与惊喜。财产公证时，主办人让我们列出彼此财物清单及折价表，刚离大学校门、初踏工作岗位的我们，一介书生，拥簇在我们周围的不是组合音响、名优家具，而是一大堆凌乱不堪的书和上学时公寓化管理分发的几条薄薄的被褥，价值几何？让人哂笑，看着身边的情侣，我和女友虽陡生尴尬，却也生一丝坦然的洒脱，匆匆在财产公证书签上"大名"，"好男不吃分家饭，好女不穿嫁时衣"，此话不俗，白手打天下制家业的豪情瞬间溢满心胸。妻调侃我道："一旦分道扬镳时，可别多拿我一本书啊！"

接下去便是子女公证、养老公证。市场经济，没有契约在手，怎能心宽体胖，高枕无忧？昭示婚姻契约的"红本儿"没领之前，"风险利润"应估计过足，免得马失前蹄惊慌失措。子女抚养事关重大，婚姻裂变，祸起萧墙时，夫妻双方责任义务条分缕析，真可以"高高兴兴结婚来，潇潇洒洒离婚去！"照章办事的主办人，一丝不苟，不停地发问："想好了没有？"我们也笑嘻嘻，轻爽爽地在"子女跟母，父提供抚养金"一栏中签下了名字，按上手印。俗语讲"养儿防老"，此话不假，赡养老人，子女义不容辞，我和女友郑重其事签上了彼此的名字。

几关下来，女友脸色羞红，我也汗湿衣襟。依稀觉得婚姻已变成了一座飘浮不定的"冰山"。"关隘"重重，一不留神，顺理成章的婚姻"风筝"就要断线从手中飞落；一不小心，婚姻的小舟就要雾失楼台，月迷津渡。

环环相扣，婚姻公证序幕刚刚拉开，岂能草草收场，家务公证，女友和我争先恐后。一心想做"贤妻良母"的女友对我信誓旦旦，"只要能混出个名堂，家务活儿我全包了！"我也尾随其后、邯郸学步般地应和着"家务活儿，有你的一半，也有我的一半！"我们又都在家务公证一栏签上名字。主办人看着我俩，像是自言自语又像是谆谆忠告道："过日子可不是学雷锋，比树叶都稠啊！"旁边一位银丝缕缕陪儿子来婚姻公证的老太太也在感叹："说归说，做归做，婚姻说到底是凑和！"人间万事，不遍挨遍尝，针针见血，又怎能觉出疼痛，品出三昧，我和女友深悟此理，但又怎能望而却步，只一心想"绝知此事要躬行"呢。

消费公证，难下定酌，主办人提示道，"西方夫妇日常消费，AA 制居多，AB 制寥寥，人亲财真，马虎不得！"我和妻无言以对，家庭"小金库"，每人每月交纳多少？客来送往，每人支出几何？踌躇再三，我们决定放弃这项公证，"想好了，可别后悔哟！"旁人也在一旁敲边鼓。

怀揣结婚证，手握公证簿，走出民政所大门，街上人流如织，我挽起妻子的手说："走吧！是福不是祸，是祸躲不过。只可信其无，不可信其有，日子长着呢！"妻子点头称是。

人生前半期基本上都是为生存而奋斗，虽然也伴随着精神财富的获得，但是"脱贫"的物质诉求远大于"脱穷"的精神诉求，人只有在完成所谓的原始积累后，才把生命的重心转向了精神的"脱穷"。我后来撰写的《河东河西三十载》，算是对我青春时光的小结：

我今年整整四十岁，但随着改革开放三十年，屈指算来，我从孩提时代便踏上了祖国改革开放的列车。比起老一辈人，我没有"文革"那刻骨铭心疮口隐隐作痛的沧桑记忆；比起晚辈，我也不曾拥有他们那生命不能承受之轻后的个性张扬以及被幸福泡软的惆怅与放纵，庸常与暧昧。对于我个人的三十年，似乎一切都那么顺理成章，按部就班，上学、就业、娶妻生子，就如张爱玲所言："以人生的安稳做底子"，没有这底子，飞扬也许只能是浮沫，恍然如梦，梦化解了生命中的无数锐利无比的硬度，梦同时又把这三十载的岁月涂抹上了温柔而又朦胧的色彩。

1978 年一个黑咕隆咚的深夜，睡梦中的我被爷奶的对话惊醒，生产队的牲口要分了，爷抓阄分到一头母驴和刚满月的小毛驴，爷和奶正为要不要发愁，要就需要缴 600 元，不要，实在可惜，爷爷说服了奶奶，"地都分了，咱们家缺少劳力，没有牲口不行。""爷爷，咱要了吧！我去放它们。"睡眼惺忪的我也在为爷奶鼓劲加油。第二天那一老一少的母子两头驴就牵到了我们家，腾出一间屋，我和爷睡在那里，驴的气息溢满了小屋，那头小驴成了我童年最要好的伙伴，那摇摇晃晃的身子紧紧依偎在母亲身旁，那毛茸茸的黑色胎毛，柔软温馨。堤坡沟渠旁它们在吃着大片的青草，小毛驴在草丛里跳跃撒欢，我在割草；那疯长的青草，使我有一种完全占有的冲动。拉粪、犁地、运庄稼，它们为我们全家带来了丰收的希望。套上架子车，走亲戚，送我去县城上学，坐上"驴吉普"（农民幽默的称谓），爷爷坐在前边，清脆的哟喝声，驴奔跑中喷出的气息，划破了初秋清晨的寂静。我坐在车里，书包、粮食、木床、面粉、脸盆儿塞了满满一车，我生活的半径在以家园为圆心不断地向外延伸，未来是什么？不知道，只感觉到从乡间的泥土小径来到柏油马路，似乎就是那么一步之遥。只感到自己在"吃商品粮、穿的确良"的盼望中，跳出农门的朴素憧憬与向往中，我开始了眩晕般的升腾与冲刺，天宽地阔，澄明耀眼。

1985年，在外地工作的父亲调回了县城工作，三年高中生活紧张而又充实。我放学常去父亲所在的食堂"打牙祭""开洋荤"，那油乎乎绵软细长的蒸卤面，那粉条、豆腐、肉片的炖菜，至今还余香在口。晚上睡在父亲居住的那间小屋，氤氲暖流升腾。老家那土坯房也全部被拆掉，变成檐角高挑、空间阔大的青砖瓦房；那几棵虫眼斑斑、枝叶枯老的榆树也悉被挖去，换上了枝叶婆娑的泡桐，青翠欲滴、叶片肥硕的"速生杨"；堂屋两侧栽种两株石榴树，屋角葡萄架子绵延柔长，院中四周蔬菜瓜果，生机无限。父亲在家中开了一个"杂货店"，从县城下班回来的父亲，那自行车的货架上总是放着一包盐、一壶醋、一袋糖，家园暖洋洋的。有时候，我爱在中国地图上细细地找那个叫"钟銮城"的村庄，有的没有标记，它只是小小的针尖般大小的点，但我却是从这个点一步步向外伸展，它是我生命的起点，是我情感的圆点，也是中国改革开放史进程中同样与时俱进不断由僵硬走向活跃的一个跳动的基点。点点相连，便成了线，线线交织便成了网，成了面，窥一斑而见全豹，一沙一天国，一花一世界，一叶而知天下秋，家园是中国改革开放册上一个美丽的音符。

1988年初秋的一个早晨，我怀揣着郑州大学中文系的录取通知书，把生命射线又从县城伸展到了郑州。村委会办公室送了场电影，我们家摆了宴席，从不喝酒的父亲那天却开怀畅饮，喝得醉眼蒙眬的村长拍着我的肩膀说："你是咱村的第一个大学生，孩子，到了省城，再努力，再争口气！"一晃几载，在我之后，千口人的村子陆陆续续考上大学的孩子们就有20多人，春节回家，我们这些天涯游子们总要在村委会欢聚一堂，彼此鼓励，暗暗较劲儿，为亲人争光，为家乡造福，献计献策，群策群力，畅所欲言，其乐融融。我们又酝酿成立"教育基金会"，帮弱济困，为家乡贫困生伸出援助之手。我们热泪盈眶，豪情满怀，作为贫困县中的"贫困村"，这些年我们乡村巨变，令人仿佛置身梦境，仿佛须臾之间，泥洼路变成了柏油路，黑漆夜晚突然被无数的街灯照亮，那无数的家电都从都市商场飞入了寻常百姓家，那牛马驴骡全都消失了。高寿的爷爷奶奶儿孙满堂，带着对美好生命的眷恋辞别了人世，家人叫"喜丧"。父亲也退休在家和母亲侍弄着那家园的花花草草，秋收冬藏，买房置业，父亲算了一笔账，说我们两家在都市的家产加在一块儿也近百万，天上的星星无数颗，哪一颗亮星属于我，地上广厦千万间，终有数间属于咱。孩子们，你们知足吧！父亲一脸的惬意与满足。

　　1998年我从一家新闻单位调入高校教书，三尺讲堂，忙忙碌碌，诲人不倦，乐此不疲，身在中国教育改革的洪流中，我惊喜地发现改革开放三十年来，我们教育改革正实现着跳跃式的发展，无数的学子圆了大学梦，无数的教育资金投入，使无数的学子得到了真真切切的实惠。作为吃"灵魂饭"的老师，我感到使命崇高，责任重大，每天与青春学生相伴，每天引领学生知而获智，在智存高远的书山跋涉，学海遨游，我感到无比的幸福与崇高。从1998到现在的2008，又一个十年过去了，我常爱沉湎忆旧之境，我总是想起30年前那个在草坡看驴吃草的懵懂少年，想起20年前踏入都市，一腔豪情身处象牙塔孜孜苦读的我。三十年河东，三十年河西，时光荏苒，在祖国这列轰轰向前的改革开放的列车上，我已步入不惑之年，我幸运地生活在这样的时代，我庆幸，这宝贵的三十年韶华时光没有虚度，我们唱过"举起杯，笑扬眉，我们是八十年代的新一辈！"我们唱过"我的中国心"，我们也唱过"跟着感觉走"，我们唱过"春天的故事""中华民谣"。河东河西三十载，我庆幸是祖国命运的历史见证人；我自豪，我是改革开放三十年的亲历者、受惠者、幸运者。

第二节　溶血的阵痛

在青春行进的过程中，其实心灵的迷茫痛苦如影随形，这也是青春蜕变嬗变过程中必须经历的生命历练，人生要走过长长的心智成熟的旅程，生命中失去了奋斗挣扎，我们就会变得脆弱。在这种青春历练的过程中，青春需要外在的唤醒与内在的觉醒。从我早期所写的两篇青春宣言式的小文，《蜷缩自己：心灵的侏儒征》、《"名堂"尺牍》就可看出我青春破茧的过程：

蜷缩自己：心灵的侏儒征

收到您写来的信，我的心久久不能平静。

这些时日，我和您一样身心处在一种紧张的焦虑中，生活和事业的诸多烦恼，让人越来越对自己失去了自信心。无时无刻不想把自己像蜗牛一样蜷缩在壳里，躲避开那纷繁复杂的人情世故和瞬息万变的所谓人生劫数。

您说近段一直泡在书堆中不想抬头看看窗外的风景。书，其实也是一个很脆弱的壳，浸淫日久，怎不瓜呆，怎不在社会的交际场上患上失语症？读书写作，从某个层面讲，是一个人脆弱的表征，也是一个人抵社会风暴的最后一道防线，最后一个"避风港"，也是个体从外界向内心最彻底的收敛。我认识一位长者，初次见面，便与我谈起他的藏书，痴迷得近乎陶醉，得意得近乎忘形，徘徊在他那书架下，看他摩挲一本本崭新的书，我鼻子发酸，度过大半个人生的他，生命里最后唯一残剩的乐趣都寄存在书香里，这是一种大悟，还是一种无奈的退缩？书，成了激活他度过余生的"大麻"和资本。从他的大半生中，我们可以判断出他活得不"酷"，人生失败的惨局已定，从年轻时的鲲鹏展翅、豪情万丈一步步走向年老时的情感萎缩、削高就低地匍匐在书页里麻醉自己。书香墨海，扎得进去跳得出来，这是人读书的节制。

您在信中还谈到人性的异化问题，这是一个大问题，其实早在很久以前，学者们便惺惺惜惜惺惺般地忧心如焚了。文明的进程就是人异化的进程，异化看来是把双刃剑，尤其在中国绵远的历史流程中，人性的递增是伴随着神性和兽性的递减为比照进行的，疏离自然，凌驾于自然之上，道德律令的日趋缜密，使人情感的鲜活日受挤压，人亲手把自己变成了奴隶，所谓的"天人合一"，充其量只是人孤独中自欺欺人的麻醉。阶级性的浓厚，更加使人异化的程度在增加，一小撮人拉长自己变成帝王将相，更多的人却在缩短自己变成了奴性十足、见人便习惯性下跪的布衣草民，久而久之，这就变成了荣格所言的"集体无意识"，积淀在命族的血脉里，消长在历史的沉浮中，什么"人在屋檐下，不得不低头"，"能伸能屈是条龙，光伸不曲是条虫"……千百年来，"忍"成了中国文化哲学的精魂，多少人在忍字下一步步地蜷缩在自己的七尺之躯中，仰人鼻息，苟且偷生，又有多少文人退隐江湖，进行所谓的"内修"，"躲进小楼成一统，管他冬夏与春秋"，把自己置身"桃花源"的乌托邦，精神的恓惶，心智的侏儒化，昭然若揭。再加近代，国力式微，洋人的船坚炮利，又使国人心中的种种文化自负轰然倒塌，矮了半截。这些伤疤痼疾，又加速了国人的侏儒化。这就是我们今日倍感身心俱疲俱累的历史渊源。再来看当今人们的生存境况，商品经济的狂飙突进，使人又一步步陷入物欲的沼泽泥潭中，经济的冲动高于文化的冲动，新的拜物教正在形成，精神的诱惑退位于物质的诱惑。黄的奢靡与红的妖艳正日益成为我们社会的二元色，这个时代既是镀金的时代也是红粉的时代。人在强大的物欲、机器、技术的三重围逼下，情趣枯竭，蜷缩自己也是份儿内之事。关键是我们如何培植自己的良知，身心如何康健的问题；关键是如何使自己浸润在精神的澄明净水中，保持人的高尚和尊严，使情感不沙漠化，使心灵不侏儒化和癌变化的问题。

朋友，你在信中又说到事业和命运的问题，你说："看到那么多同龄人，学有所成，建树多多，看看自己，老大不小，功不成名不就，耽于琐事，蹉跎光阴岁月，可悲可叹！"实际上，焦虑和冲突是我们现代人的"通病"，"赶不上趟儿"，也是现代人的"通病"。人生苦短，人的事业感追根溯源是人的尊严感、价值成就感的体现。在事业的辉煌中，我们才能感受到人生的趣味。在事业的苦苦奋争中，我们才能体验人作为强者的伟大。长期以来，我们对事业的诠释有失偏颇，总把事业理解得太玄乎，太高不可攀。事实上，事业时时伴随在我们身边，在我们承认人之间心智天赋差异的条件下，重要的是选好事业的切入点的问题。一位母亲把儿子培养成才，你不能不说是一项成功的事业，前时书店里摆放一本《妈妈的心有多高》的书，很多人前去购买即是明证，各行各业的人们，只要在自己所属的领域挖井，锲而不舍，水总要出来的。可在我们身旁，有多少人荒芜了事业，工作之缘，我认识了很多记者、老师、医生，但多少人浮在表面，把职业当成饭碗而没有当成可雕塑的事业胚胎：当记者的，火热的生活使他大半辈子只写出了时过境迁的小消息，多少生活的感知在他眼前滑溜掉；当老师的，又有多少鲜活的教学心得如过眼烟云；当医生的，又该有多少稍纵即逝的智慧火花，在权威、专家面前蜷缩自己。思索的烛光暗灭，奋斗的激情枯竭，终生把自己的脑海当成了无数所谓泰斗专家们的跑马场，脑袋架在自己的脖子上，可是就这样把事业荒芜，把命运归于无常，要说"可悲可叹"，这才是真正的可悲可叹呢。好了，一动情就刹不住车，就此打住。

"名堂"尺牍

你信中说，想干出点名堂的冲动，如虫噬心，这好让人感动。你又讲，无奈生活中，杂事纷攘，俗念缠心，始终不能镇静自若，你整天惶惑如焚。

人活世间，风尘一生，碌碌无为者多，有名堂者寡。生命如虬根，何人不想也把这弯曲之根，精雕细刻成让天下人钦羡的根雕艺术作品呢？"一招鲜，吃遍天"，这一招就是名堂打出的天下。你可知泥人张其人，他原本命运多蹇，时运不济，然终日泥巴捏猴，深揣细磨，成了大器。文学也是田园，只要守诚本分，精耕细作，在生活中深挖细掘，缕缕书香，雅气飘浮，笔杆愈玲珑剔透，创作自会丰赡多彩。情感也随之与生活消除疏离，弥合分裂，困惑的心灵如桶底脱落，豁然顿悟，写作中的"名堂""道道儿"也自然心领神会。别老把自己拘圈于文学的栅栏之内，曹霑"高淡雄辩虱手扪"不啻也是一境界，浸淫某种行业，利弊参半，利在于你心无旁骛，心专神聚，弊在于你视野狭窄，阅历浮浅。前几日，偶翻一本尘封的《本草纲目》，深深佩服李时珍文字驾驭之娴熟老到，医学之书，居然写得精微，体旨宏深，盖来源于作者体悟出医学与文学二者结合的玄机。

名堂，本不空灵，"干哪一行都好，只要干出个名堂"，这是乡下识字不多的堂伯常在我耳边念叨的一句话。少时正心高气盛的我并没有细细掂量堂伯的话。做事爱勤琢磨的堂伯是老家四乡八里有名的能人，木工，泥工……他无师自通地成了行家里手。舞文弄墨的我们可曾如堂伯般爱"捣鼓"出些什么来。一部作品能否有滋有味地翻掘犁耙几次，拆拆装装几回？"人不通古今，襟裾马牛；士不晓廉耻，衣冠狗彘。"我们需要蹈大方，需要长久地思索不止，作品才能多点混茫的蕴藉。名堂的背后就是让人永远兴奋不止地探究、感悟。正如作家王小妮所言："桌上一个碟子，碟子中一叠白毛巾，把这些东西交给作家，作家该有自信去把握这种无意义，把丝毫见不到内涵的一碟毛巾随手写出来。"这话说得精妙，你面对姿态万千的生活，怎能说是"杂事、俗念"呢？难道我们写的作品都是过滤后的纯净水不成？

名堂是一根光亮的羽毛，它是你在事业中飞翔时扑棱棱丢下的生命片羽。写作也是一种思想与激情的飞翔。

青春在与社会溶血的过程中，也会产生诸多排异反应。青春在排异中走向与社会的融合。比如我初涉尘世时所撰写的《"把嘴张大大声读"》、《脸色》可以映照出我那时怯生生打量世界的羞涩眼光：

"把嘴张开大声读"

"王同学，请把这些拼音字母读一遍！"

"啊、喔、哦……"声音越来越弱，鼻尖上开始滑汗，脸涨得通红，我听见全班同学都在低低地笑我，我低下头，心在突突地跳着。

"不要紧张，把嘴张开大声读！"老师在为我鼓劲儿。我不知从哪儿涌来一鼓劲儿，终于抬起头，憋足了劲儿，"啊……"，仿佛能感觉自己耳鼓受到声波冲击的轰鸣声。

多少年过去了，"把嘴张开大声读"，这句朴素的话还一直回响在我的耳边，我越来越体味到它里面蕴含的无穷内涵，它是学习语言的不二法门。

拼音是汉语学习的敲门砖，它神奇地浓缩了语言的基本音符，然后彼此多样组合，汇成了美妙无比，多姿多彩的语音。"把嘴张开大声读"，这些基本的音符，是生命成长必备的基本历练，声音在不断的听读训练中才能涵化于心。"把嘴张开大声读"，我们不断地扯起嗓子跟着老师读了起来，气沉丹田，声如洪钟，慢慢地涌起一种无限升腾，无限幻化曼妙的境界。"啊——"我大声地表达着我对混沌初开世界的惊奇，"喔——"我又听到远处传来的回声，我分明感觉到自己变成了"一唱天下白"的雄鸡，"哦——"那分明就是一只"红掌拨清波"的大白鹅。"把嘴张开大声读"，我总是把这些抽象的字母幻化成具象世界的生动图景，它极为细腻地传达出了我对世界新鲜的惊奇，充满认知的渴望，心中表达的冲动，"把嘴张开"，我们才能摆脱语言表达的羞怯，在天籁地籁汇成的声音场流中，表现出我们人类渴望自由言说的勇气和自信。"大声读"，才能把声音的单调乏味转化成一种生命铿锵有力的呼唤，才能在心中九曲回肠般不断地激荡。想体验拼音的无穷魅力吗？"请把嘴张开大声读！"想步入语言那绮丽曼妙的殿堂吗？请"把嘴张开大声读！"

作为一名高校语文老师，我现在越来越觉得学生听读能力的贫弱，他们总认为"把嘴张开大声读"是小儿之功，越来越偏爱于默读，当我说出我对拼音朗读的无穷想象时，他们睁大了好奇而又不解的眼睛，这些"小儿科"的拼音字母真有这"阿里巴巴开门"般的魅力吗？我说"请把嘴张开大声读任何一个拼音字母，心无旁骛，神驰遐想，你会进入一种缥缈之景。""波——""坡——""摸——"这不是一幅人类探求世界艰难探索的画卷吗？波涛汹涌，摸索前行！语言是生命的庆典，语言文字本来就是"近取诸身，远取诸物"的隐喻系统，隐喻使生命的意义成为动人的悬念而被人类精神所渴念、期待和追索。我们在对生命世界的亲近中保持着作为生命之奇异和美好的奥秘的遥远感，"每一个拼音字母是一只燕子，给你在夏季中带来春天。"我对学生如是说，"把嘴张开大声读"，你就能听到春潮的涌动，春燕的呢喃，春心的勃发；"把嘴张开大声读"；你才能大口地吸纳生命宇宙的无穷气息，"大声读"，你才能调动身心每个细胞神经进入语言狂欢的神秘之境！"把嘴张开大声读"不仅仅是拼音学习的"终南捷径"，它更是我们把语言作为存在家园的一种生命姿态，在语言的王国里，我们会变得气宇轩昂，底气十足，自信非常。

　　"把不会写的字用拼音代替。"我歪歪扭扭地写下汉字与字母夹杂的文字，它把我们内心表达的冲动变成了这些平缓的文字。"为生字注音"，拼音又让我们偷窥到一个个语言文字窗口里面的秘密，文字是声音储存的陶罐儿。"把嘴张开大声读"，我仿佛一下子就打开了那陶罐儿的瓶塞，音声嘹亮得如欢快奔跑的清澈小溪，我在大声地旁若无人的高声朗读中，感觉到天光乍射，一切都变得透亮起来。当我读到诗人田禾《喊故乡》的诗句"别人唱故乡/我不会唱/我只能写/写不出来/我就喊/我应该有一张棉花的嘴唇：把生活直接说白"，这些话与我心有戚戚焉。我至今还保留着查字典的习惯，在床头，在书桌，在办公桌前，我都摆放着字典，遇到的生字总爱用拼音标注，总爱在标注中"把嘴张开大声读"。一个个陌生的文字，拼音是引领我们彼此相爱的"红娘"，拼音标注让我们变成了熟稔的朋友，就如宝黛初见，"虽然未曾见过他，然我看着面善，心里就算是旧相识，今日只作远别重逢，未为不可。""把嘴张开大声读"，分明是这"远别重逢"

喜出望外的呼唤，是故友旧交见面后相拥而泣的欢喜。上大学时我们总能感到《现代汉语》中的语音学一章最难学，什么"四呼"，什么"一七八不"，什么"（京韵）十三辙"，我却找到了掌握它们的窍门，"把嘴张开大声读"一切都迎刃而解，"语音学"那各种各样的条条框框在大声的诵读中就会变得豁然开朗，说白了它们不就是拼音家族的"家规族约"吗？语言是声音的载体，"把嘴张开大声读"，语言会在声音中变得柔软可爱，鲜活可人；我们更能体味到语言"精气神"的文化魅力。拼音是什么？它分明是文化传承的血液。"把嘴张开大声读！"我们会听到血液奔流不息的涛声。

脸色

久呆办公室，各种脸色领略殆遍，练就出一种处乱不惊、从容应对的镇定和洒脱。

领导的脸色是我们每个人每天常读的"晴雨表"，阴晴圆缺，雨疏风骤，起初，心中常犯嘀咕，"领导今天咋了？"于是乎，行动小心翼翼，说话思考再三，办事谨慎有加，领导的脸色成了我们工作的指挥棒、坐标轴、红绿灯……时光日久，慢慢发现对领导的脸色也不必那么放在心上，领导的脾气秉性日渐熟稔，"麦秸火"性格的他，我们也都有了一套"灭火"的办法：你发脾气时，肝火正旺，我们大家全都哑然无声，各自干各自的事，你的办公室少敲少进，你的话多听少说；"火熄"之后，再细细道来，便能出奇制胜。在办公室工作的时光中，领导更迭，脸色也如风景般变换不停，柔中带刚，城府深深，面如止水的领导，他的脸色，"画面"总是那么单一，永远是一汪水波不兴的静水，湍流、浪花、水草、卵石，全都藏在那静水之下，让你"想了又想，猜了又猜"，可是你就是没有猜明白；易暴易怒、情感起伏很大的领导，这种类型的领导，脸色常变，风景常新，可是心中却也是无甚"小九九"，任你顶撞，任你辩驳，他发火时，把笔墨水甩你身上，你即使抓起墨水瓶向他脸上泼去，他也会嘿嘿一笑，握着你的手说："兄弟，咱俩是针尖儿对麦芒。"

同事的脸色迥异，领导的脸色还可以回避，同事的脸色却如影相随，抬头便看，低头便闻，谁生了气，吵了架；谁在上班途中，被人撞了车；双休逛市场丢了钱夹；又有谁乔迁新居喜气洋洋；还有谁炒股被套，家中被盗，买物被宰……一串串，一缕缕，女同事脸色最易显示在脸，我们只有不厌其烦地听其絮叨，任其骂娘，听其捶桌子，撕报纸……你俨然成了一个出气筒，各种情景，人要洗耳恭听，陪她落泪，陪她难过，宠辱悲欢，你也要品尝一遍。男同胞脸色变化黯淡，"君子喜怒不形于色"，是他们恪守的信条，他们惯常的脸色，一副"天生我才必有用"的潇洒状，一副"无所畏"的神情色。脸色，同事们也都日渐熟知，没有了当初诚惶诚恐的焦躁，没有了如履薄冰的谨慎。办公室内，工作照旧，波澜不惊。

领导的脸色，是我们人生的润滑剂。常听外国单位设一暗房，里面装着领导的仿真塑像，员工心生怨恨，关紧门，对着领导塑像，猛踹狠踢，嘴中大骂："你的脸色我已看够，见你的鬼去吧！"心中愤懑释解尽，走出暗房，心室一片灿烂。不知我们国家一些单位可曾设置？

脸色，是一张 pH 试纸，它测试着一个人的修养和城府，而以脸色的不同心态，标志着一个人处世的态度和准则，好脸色，坏脸色，脸常变，心却静，俗语所言：脸色眼前过，情谊心中存，信然。

脸色是风景，我们就走在风景中，有多少脸色，就有多少风景，抽出来抖落抖落，朋友，请你尽情地欣赏吧。

青春是青涩的，成熟就意味着青春岁月的结束。从社会的外围逐渐走进世俗的核心，人生会变得豁达起来。《红楼梦》中言："世事洞明皆学问，人情练达即文章。"其实就是对青春终结，走向社会成熟的概括。青春在由青涩走向成熟的过程中，我的习作本上也留下了几篇小文，如《做客在一师》、《一张照片》、《一次刻骨铭心的采访》、《品味洋酒》、《大哥杨建民》，虽然文字稚嫩，心灵却在走向老化：

做客在一师

三月阳春，小风姣好，我和妻奔赴卫辉，到一师做客。新乡是我的老家，新乡一师是我韶华时光的一个梦幻。此次寻梦，心绪激动如滚沸的开水。

小城古朴静谧，日上中天时分，我们乘坐一辆别致的机动三轮车，两元钱便穿越市区，站在了一师的门口，适逢双休日，门口人流穿梭行进，梦与现实急遽叠加，让我心情恍惚，愣愣地伫立良久。一师，你这个诱人的精灵！心头瞬间被蜂涌而至的追问与感叹溢满，一师，是我中学时代许多老师的母校，师之母校，敬意中杂揉着更多的神秘，冥冥中有种割舍不断的情缘。一师，家庭亲朋的许多人，也是在这里"春风化雨、潜心师道"，吃上"皇粮"，为人师表。长幼参差，一茬茬儿兄弟姐妹纷至沓来。我真想问一师，你的沧桑嬗变中，有几许我的亲朋们那浓得化不开的情感因子？你的故事里有几多我的亲朋们那剪不断的情节和场景？我的"乡党"金树培老师出门相迎，校园绿色堪染，春意浓浓，谈吐缓缓。为人随和的金老师，像一师这所百年老校，清幽远淡中折射着一种心态，一种学养。中午时分，惊扰了金老师一家人午休的酣梦。小院幽静，柴门虚掩。坐定，喝茶，茶水酽酽；聊天，言之凿凿，心生温热。"老家出一个局长易，出一位作家难！"殷殷厚望之语，渗入我的心肺，感叹良久。

金老师引荐，我们拜见了全国校园文学社团中久负盛名的"调色板"文学社及《调色板》报的主编张元庆老师、副主编关宏寅老师，他们谦和坦诚，厚道有加，没有做作的热情，没有虚伪的寒暄。我们接过元庆老师递赠的近期《调色板》报，翻阅之间，一股清香，一股纯净，感喟之余，让人心羡。二位老师告之，调色板文学社已成立十年。十载风雨，雷打不动，每月定时出报，市场经济，物欲滔滔，清纯多彩的一张文学社团小报，之所以能这样柔韧不断地成气候成风景，与校领导的胆识胸襟，编采老师的心血汗水，默默耕耘，密不可分。

盛情难却，我又与文学社的同学们在一起畅谈文学与人生。一师学生，大多来自我们新乡八县市，乡音亲切，乡情浓烈。故乡人见面，放得开的我，话匣子一经开启，语流如瀑。"开轩面场圃，把酒话桑麻"，情绪遄飞，在这个"饿死诗人，风干文学"的时代，还有这么多志同道合，呼唤应和的知音，此情此景暖人心怀。我这几年，到过许多中专院校，文学已曲高和寡，而像一师这样灿烂成景，绿树常青的实属寥寥。学生们提问，包容万象，锋芒棱角，直逼文学与人生的底色。对话酣畅，不觉间已到掌灯时分，情熏人醉，乐而忘返。

晚饭后，我又去一师教改试验班与同学们座谈，夜色浓淡，室内灯光如昼，学生们思维活跃。知识面宽深，实出乎我的意料。走出大学校门的我仿佛又重新变成了一学子，抖落掉了社会风尘，心空变得澄明洁净。

一师一日，暖意盈怀。深夜，与金老师抵掌而谈，说教改，论文学，谈人情。意未尽，言未绝，置身一师，我"只愿长醉不愿醒"！

一张照片

大学毕业后，我参加的第一个追悼会就是我们的"系花"志琳的。

"生命之重常挂在纤细的看不见的丝线上。"这话不知是谁说的，我信。同窗四载，大家对志琳羡慕得近乎嫉妒，弄不明白，"造物主"咋这么偏心眼儿，把志琳塑造得简直"美玉无瑕"：人俊俏，有涵养，学习好，热心肠，有人缘。我至今还记得一位幽默的学兄在志琳的毕业留言簿上写的话："天也，你偏爱系花枉作天。地也，你冷落我们枉为地。"

分到一家电视台的志琳，又顺理成章地成了名牌栏目的名主持人，又顺理成章地成了无数俊男酷兄们情感放纵的"亮点"。志琳还是志琳，她依然谦和淡泊，本分守诚，这种处世观多少有点儿令公子哥们失望，"名星咋能是这样？纯粹一个冷血动物。"他们又费尽心机，却从志琳身上搜罗不出一丁点带颜色的绯闻，添油加醋编新闻，大家又不信，哄鬼去吧，谁相信呢？更没戏的是志琳悄无声地结婚了，没玫瑰铺地般的浪漫传奇，没有媒体连篇累牍地追踪报道。志琳婚事平淡无奇。

故事若到此为止，志琳幸运得便没了下文。深夜出差途中，志琳遭遇车祸，大难不死只是挫伤了点皮。没办法上镜的志琳养伤在家，办公室被盗，志琳办公室抽屉被人撬开，翻看一下也没丢啥，只是一本小册子不见了，志琳惋惜之余，也没放在心上。谁知，几日之间，小城却炸开了锅："知道吗？电视台那个志琳是个按摩女。"穿着三点式给老外按摩，还照了相，羞死人啊！盗贼也许没偷到大把钞票，恼羞之余便顺手牵羊在带走的相册上大做文章，如获至宝终发现一张志琳与老外在海滨沙滩上的照片，一传十，十传百，故事越传越玄乎，起初不信的人也在这旋风般的传播中软了耳根，"装得真像，看不出来是这种人！"

一张照片，大家都没看到，志琳的故事却越发离谱传奇了。有的说，她给老外按摩一次几千美金啊，连衣服都是一次性的，穿脏了便扔。又有人说，志琳从上大学时就开始按摩了。又盛传有人愿掏重金买下这张照片，据说已被炒到 20 万了，志琳直喊荒唐叫冤，什么按摩呀，那是一张大学时与同学们一块儿到大连去玩，在海滨浴场游泳时与一名老外偶然在河滩的合影。任凭志琳磨破嘴皮解释，别人不信，连丈夫也追问不止，单位领导也在"安慰"中关照要"引以为戒，注意影响"，没经过这种事的志琳和父母也声泪俱下，"孩子啊，路以后可要走正啊。"同事们的眼光更冷得逼人，志琳一下子如坠入冰窟，深夜常被噩梦惊醒，精神恍恍，欲哭无泪，欲喊无声，活脱脱像变了一个人似的。也是一个黑夜，从高高的电视转播塔顶，志琳飘然而下。也是一个平平常常白日，人们窃窃议论，一片嘘声，"死了就清白了吗？"也是一个平常的日子，做了"丑事"不能入祖坟，埋在郊外一个荒草凄凄的野坡上的志琳终于在小城"一张照片"的唾沫飞溅中闭上了眼。

一次刻骨铭心的采访

多年记者生涯，我采访各行各业人物无数，最让我刻骨铭心的采访对象是原辉县县委书记、后任国家水电部副部长的郑永和。泪水一次次打湿我的采访本，一回回中断我们的采访。

辉县县城一隅，郑永和的家，两间砖瓦房，面积窄小。屋内陈设简单，光线阴暗，墙壁上一张辉县地图，纸色发黄，分外醒目。老人退休在家，身体硬朗，面孔黝黑，说话瓮声瓮气，言谈话语间谈得最多的就是辉县北干渠的开凿引水问题。老人指着辉县地图北半部那连片的褐色区域，告知我那是辉县最缺水也是最穷的地方，干旱少雨，水贵如油，山体裸露，植被枯竭，百姓们靠天吃饭，艰难度日。老人问我："这么多年了，人们生活富裕了，山里的老百姓却连水都吃不上？"年老体迈的老人，四处呼吁，但都效果甚微。老人一脸的无奈，愧疚道："真是一分钱难倒英雄汉，芝麻大的事难倒没权人呀！老百姓吃不上水，我对不起他们！"群众听说老书记要带领大伙儿开渠引水，热情很高，纷纷凑钱，但资金差额仍然很大，群众自发地自筹资金自带干粮开始了凿山开洞。老人感动了，年过花甲的老人也挥锤上阵，吃住在工地，老伴儿病重，他离不开工地；后老伴儿病危，他匆匆看望便又急急赶回。等他再次看到老伴冰凉的身体，已是阴阳两隔。四十年相濡以沫，风风雨雨，情同手足。"我对不起老伴儿！"泪水溢满了老人的面颊，"可老百姓祖祖辈辈都想喝上甜水呀！"老人站在地图旁，望着那褐色的太行山区，念叨着老伴儿的名字："雪萍，这里的群众要喝水呀！"我们一起陪着老人哭泣。那天中午，我告别老人，徘徊在人流如织的辉县市街头，眼前总晃动着那连片的褐色，老人那婆娑的泪眼。

第二天，我们自带干粮和水，跟随"老干部服务队"进山。老人反复叮嘱我们山里缺水，"咱们不喝老百姓的水！"时令十月，中秋时节，巍峨的太行山，绿色堪染，杂花生树。

一伙人正在私自开山炸石，老人下车制止，年轻人冲劲儿十足："你是谁？管得着么？我们交过钱了！"当他得知眼前这位老人就是老书记郑永和时，气氛马上缓和下来："郑书记，家里穷，靠这卖点钱！我们这就回去！"车在深山里逶迤盘旋，我们到了一个名叫船底沟的小山村，村落寂寥。石屋旁，一位老人独坐，郑永和与之攀谈，老人得知眼前的这位就是老书记郑永和时，情绪一下子激动起来："郑书记，我们想你呀！"两位老人，双手紧握。郑永和问及村里情况，老人告知，山里缺水，村里十多户人家，有关系有门路的都搬到县城里住了。剩下的两三户，就靠收集到水窖里的雨水、山坡的梯田、山间的几棵果树艰难度日。我发现，郑永和的手在颤抖。老人望着那一处处搬走人家留下斑驳的房屋，凌乱的石板，皴染的青苔，神情凝重。"对不起乡亲们，我们的工作没有做好！"在场的所有人，一片沉默。山坡上，一个女孩儿正在放羊，她怯怯地看着来到村里的这一群陌生人。寂静的山村充满了少有的生机。"老干部服务队"三五一组，为一棵棵被雨水冲刷、根系裸露在外的山枣树培土，为一棵棵果树剪枝喷药。这是一个特殊的群体，他们原都是辉县各个单位的机关退休老干部，一群步履蹒跚、繁霜染鬓的老人们，放弃含饴弄孙、颐养天年的快乐，在老书记郑永和的带领下，自发组织起来，不吃百姓饭，不喝百姓水，多年如一日，义务为山里百姓修剪果树、施肥喷药，队伍不断壮大，由当初五六人慢慢扩展到三十多人。山坡上，一个个熟透的甜柿子像红灯笼般挂满树枝，树下洒落着被鸟叨啃过的柿子，老人们捡拾着"老鸹叨"吃着，我很不习惯，老人忙给我介绍！"这叫老鸹叨，最甜！"我也拣拾了一颗，吃起来了。"柿子是好东西，荒灾年景，可以当干粮充饥。"沧桑的容颜里写满了他对柿树的偏爱之情。中午时分，我们在山里支起了锅，生火做饭，一个馒头，一碗水煮白菜，郑永和蹲在一块石头上大口大口地吃起来。谁能想到，这是一位打过游击、当过县委书记、国家水电部副部长的老人；这是一位经历过人生坎坷、咀嚼过人生五味、饱尝过人生沧桑的老人；这就是当年那位顶着威压"天下大乱，辉县大干"的老人；这就是让全县妇孺皆知老百姓口碑相传"拿起白蒸馍，想起郑永和"令人肃然起敬的老人。浮华散去，"带着一颗心来，不带半根草去"，他回到了大山，回到了故土。一位拿着一捆高粱茅儿的老太太，走姑娘家，见到郑永和，坐在石头上拉起了家常。"老书记长，老书记短"叫得让人眼窝儿湿热。饭后，我们爬到了绿装披裹、草木葱茂的方山，山顶旁一个草苫枯朽、橡条糟旧的窝棚，当地群众告诉我，这就是当年郑书记带领群众绿化荒山夜晚住宿的窝棚。山风阵阵，我们站立山顶，眺望绵延不断的太行山，老人指着远处的一片濯濯童山，自言自语道："山要是都绿化了，该多好看！"历史烟云淡去，只留下了这一山绿、这一个窝棚、这样一位朴实坚毅的大山之子。

一周时间，我和这些老干部们在辉县太行山深处颠簸劳作，朝夕相处。点点滴滴，让我唏嘘感叹；一件件细小入微的事情，让我灵魂净化，情感升华。临走的那天晚上，我在县城一家宾馆里，一口气写出了长篇通讯《大山之子——郑永和》，天色微明，晨光初露，我仍感到笔力拙钝，难以描述万一。多年过去了，他们的身影还在我的眼前晃动，老人的泪花还在我眼前飘飞。郑书记，你还好吗？我想念您。

品味洋酒

纯属偶然，平生第一次喝了回洋酒。

一位做生意的仁兄卷入一场官司，他宴请为之作代理的律师，我应邀作陪。"咱们喝人头马或是白兰地？"仁兄问。"随便。"见过世面的律师轻松地回答。闻之，我心中暗惊，以前洋酒只在看外国电影时一扫而过，给我印象最深的就是妙龄小姐与阔绰大方的洋哥各执高脚杯，酒只盖住杯底儿，相视而笑间，一饮而尽。今日洋酒也要飞入寻常百姓家，心中不由一阵窃喜。

躬逢胜饯，一瓶扁平状肚大颈细写满洋文的酒从包装豪华、丝绒作底儿的方盒子中取出，服务小姐打开瓶塞，往每人桌前的高脚杯里倒入只淹没杯底的洋酒，酒呈绛红色，如可口可乐，仁兄说笑着："来咱尝尝这是不是正宗人头马！"举杯喝酒，一饮而尽。洋酒洋，乍看如水般透明晶亮，入口才觉浓稠如乳汁，酒香醇厚，口感绵长，推杯换盏，喝洋酒正兴，虽每次倒酒都只可喝一口，总没喝咱们的国酒那酣畅淋漓，洋酒"吝啬"如金，一丁点酒渗入杯底，不过瘾之感油然而生，恨不能抱着那瓶洋酒咚咚倒入口中，喝洋酒的斯文劲儿如小学生查小数点般纤毫毕现。

酒过三巡，酒却不上头，醉意全无，倒如女士们喝露露，孩子们喝娃娃哈轻松自在，舌不打卷儿，话不胡侃，把酒临风，话语如瀑之感全无。谁知等我刚喝完六七杯的洋酒，服务小姐便在仁兄耳旁轻语："先生，酒没了，是否再拿一瓶"的话语传入我的耳鼓，惊乍得我差点没了底气，"好家伙！洋人真会吊人胃口，恁大个瓶子，装了这么点酒，捉弄人呀！"仁兄略一怔，爽快而答："再拿一瓶。"小姐又倒又喝，看着桌前刚淹没瓶底儿的一杯杯洋酒，我暗自思忖"乖乖！老外喝酒，莫非都是这么装模作样？瓶大酒少，酒之金贵才可看出？"时光匆匆过，两瓶"人头马"已空空如也。三人却依旧没有惯常的那种酒后的张狂之语，亲热之态；洋酒不是酒，喝下肚子，感觉疲沓，毫无兴致。

仁兄面露难色，我赶紧张罗吃饭，律师也点头称是，主食上来，饭毕，仁兄买单，我在一旁悄声问一位服务小姐"人头马"多钱一瓶？小姐告之：888 元。小姐软语之声，我听之却如惊雷，啥洋酒？这么贵，吃人、宰人不眨眼，还不如在家弄几个小菜，喝瓶"小烧"、"二锅头"来得过瘾，来得实在。刚要离却，小姐又拎着两个"人头马"空瓶，交与仁兄说是可"做收藏品"，仁兄笑而接之递与我："回家放在客厅做装饰品吧！"

品味洋酒，心中不免生出苦涩的五味，两个酒瓶放置在客厅，客人得知洋酒瓶，把玩不已，"看看人家的酒瓶也值几钱？"谁知当我告之酒价，他们顿时无言，好大的一会儿才嗫嚅着说："是金酒还是银酒？莫非喝了，人就长生不老不成？"

大哥杨建民

生活中，茫茫人海里，能够配得上称"大哥"的人不多，杨建民是我尊敬的一位大哥。多年前，我在一家报社工作，一日，从我们报纸的"副刊"上我连续读到署名"杨建民"的文章，前一篇是写他与明星相识的故事，另一篇是写自己生命中的一段磨难，甚是感人。忽一日，经同事介绍，我终于见到了瘦瘦高高的杨建民，眼睛爱习惯性的一眨一眨，脸庞瘦削，说话坦诚幽默，很有亲和力。随后，我们就交往起来了，我知道了健民的简单经历，他出生于河南灵宝，从军，靠写文章提干，专业分配到郑州某区委工作，先后出版了诗集《太阳雨》、《OK！少男少女》，后来我又读到了由天津百花文艺出版社出版的印刷精美的散文集《情土》，文风洒脱，语言凝练，生活中的点滴小事都能被他点石成金，描摹得出神入化，活色生香，很有情趣。这是一位得益于文学、痴迷于文学的人，相同的爱好，使我们交往的次数一天天多起来了。有人把朋友分成三类：一杯子、一被子、一辈子。建民作为文人不喜烟酒，见了面总是海侃神聊，淡淡的交往，没有叩头焚香拜把子，也没有喝鸡血酒咬破手指对天发誓，自然随便，想起来了，问候一声，忙了，十天半月，音信全无。君子之交淡如水，青山常在，绿水长流，友谊也就这样融化到了流水般的日子里了。

　　与他交往日久，愈发现建民的文学天赋，他的每个毛孔里都渗透着对文学的热爱，这种爱源于他对生命美好的无限追求。他热爱一切美好的事物，我用是"六美"概括之：美人、美景、美文、美德、美事、美谈，生活中的杨建民恨不得把一切都用美的标准来丈量一番，恨不得把生活都用美的筛子全都筛选一遍，产生这种感觉缘于建民的系列创作。先说美人，那时他经历过一段婚姻的风波后，又是文学的红线让他与广东的一位漂亮的女孩儿相识相爱，伤痕累累的心在那南来北往的鸿雁传书中慢慢得到平复，后来我见到了建民曾把这些书信整理成一本命名为《偷心集》的册子，据他说只印了三本，文质优美，才情四溢，窃以为这本《偷心集》不亚于徐志摩与陆小曼的《爱眉小札》、梁实秋与韩晶晶的"情书"、鲁迅与许广平的《两地书》，那冲天的才气，那饱经沧桑后的生命感悟都融汇在了这些情真意切、情意绵绵的文字中了。我一直想索取一本，但几次开口都被他婉言谢绝了。再说美景，建民喜欢放逐山水，流连在美景山色中，我不知道建民哪有这样的激情和时间，问及此事，他说"朋友多呗！"朋友多了路好走，朋友多了好出游，天南海北朋友多，建民就开始了"行行重行行"般的游走，工作在建民看来都是副功课，他所在的部门的电话，你十打九次都是被告知"杨老师不在！"再问"去哪儿了？"答曰"不知道！"建民没有读万卷书，但行万里路却是不争的事实，人是地脚僧，日行千里，夜行八百，建民在游走中显示着自己独特的"活法"，你羡慕，但是我们却不敢模仿，佛家讲"破执"、"放下"，建民心领神会，终身践行，可试问，红尘中衮衮诸公，普天之下，能有几人欤？接着说"美文"，这些"游历"都被建民定格为了美丽的文字，收集在了他的两本文集里：《心灵假期》和《萍踪》，有时深夜我从书架上翻阅建民写下的这些"游记"，我在欣赏感叹他对湖光山色的热爱之情时，也联想到如今天下"游文"泛滥成灾，似乎谁都可以率尔操觚步欲徐霞客的后尘，涂抹出"到此一游"的文字来，似乎谁都可以借景抒发那些已经腐烂变质的情感，孰不知文字是案上的山水，山水是案上的文章，只有胸有大气象，掌有大手笔之人，才能吞吐万汇，笔纳千钧，决不是酒足饭饱之时、贪淫恋色之际的分泌物，而是光涉中外古今，书写宇宙文章的博大情怀。为了写汤阴的姜里城，他曾几次到姜里细细品味感受。建民的"游记"视角独特，哲思深邃，语言质朴，是余秋雨式的文化大散文，也如余秋雨先生所言的"大地默默无言，只要来一二个有悟性的文人一站立，它封存久远的文化内涵也就能哗的一声奔泻而出；文人本来萎靡柔弱，只要被这种奔泻所裹卷，倒也能吞吐千年。"美景在这里与美文完美和谐地交融在一起了。我曾无数次为建民的才情没有得到完全的展示而惋惜，为建民于文学上的"疏懒"而叹息，建民与当今著名作家阎连科既是河南老乡（前者是灵宝人，后者洛阳嵩县人）又是当年部队中同为文艺骨干的亲密战友，论才情，各有千秋，不相上下，但阎连科目前在文学道路上的跋涉已经走得很远，阎连科已经把对文学的热爱变成了终身相依的事业，可建民似乎还在一味地漫不经心、随心所欲地"玩文学"，他在消解文学创作沉重的同时，文学的才情是不是得到无形的遏制，在无形中被挥霍浪费了？这些疑问一直在困惑着我，一次提及此事，爽朗的建民笑着说："我不觉得是浪费，只要自己活得愉快就好，文学时让人轻松的，而不是让人沉重的。"这种文学观，我们不能妄加评论，只是代表了一类人，代表了一种现象，那就是每个人对文学的态度，我们没有权利去干涉和改变。"杨建民现象"让我们看到了文学在建构人生的过程中不同的方式不同的路径。如今，建民依旧写着那些自己兴致所致的文字，没有创作鸿篇巨制的野心，没有"文章之大业、不朽之盛事"的沉重使命感，更没有细致周密的文学创作计划，一切都追求自自然然、平平常常，后来他的一本诗集《杨建民诗选》也是在无意中慢慢积累而成的，诗就写得洒脱自然，无拘无束，仿佛是随手拈来，不事雕琢，浑然天成。建民的生命哲学是属于道家范畴的，心不被物役，没有郁达夫般"曾因醉酒鞭名吗，生怕情多累美人"的矛盾纠结，也没有鲁迅"时时担着黑暗的闸门"般的沉重与悲壮。大道至简，大道无形，建民成佛了，活得有滋有味，活到了澄明耀眼的大成境界。

　　说说建民的美德与美事。建民为人与为文统一得异常彻底，世人罕见。军队转业分配到都市一个区政府里当了一名文职干部，据说当初领导对这位部队里来的"笔杆子"寄予厚望，但日久发现，这位文人嘻嘻哈哈中把公文写得技高一筹，驾轻就熟中也能高谈阔论，但是发现建民乃天地一书生，不汲汲于功名，不戚戚于富贵，无心于仕途，舞文弄墨，逍遥自在，厌烦约束，偏爱放浪形骸，自古官场多政客，文场多痞子。建民不入"场流"，不入文场，不进官圈儿，"飘飘何所似，天地一沙鸥。"相传区政府调来一位副区长，建民恰与之在电梯里"狭路相逢"，二人沉默不语。后来开会，才知主席台就坐的竟是电梯里那位陌生人，是真是假，我没有问建民查实。但有一件事，却是建民亲口告知我，说是单位一位谄媚之人，建民甚恶之，一日，见之与同事在一起，建民迎上去先与同事握手，然后又向这位谄媚者假作握手状，那人也在惊讶中受宠若惊地伸出双手，哪知建民迅速把手收回，那人尴尬窘态难以言表，嘴里嗫嚅，建民哈哈大笑，扬长而去，真是文人本色，禀性难移。那时，我所在的报社经营不善，头儿私自出售版面，报纸办得一塌糊涂，一家三口蜗居在一所学校建筑工地的平房里，日子过得紧紧巴巴，此刻建民已在一家医院负责广告宣传，见我困窘状，心生怜悯，也为我介绍一科室，负责编印小报和宣传册子，薪水微博，但也能贴补家用，日子慢慢也由枯槁变得滋润起来。那一日，我与建民去一家公司结款，下了楼，建民随手塞给我1000元钱，"你生活困难，这点儿钱先花着！"我的眼睛湿润了。路上，建民问我，"我给你出一道命题作文叫《穷得没道理》，你本科大学毕业，又能写又能说，凭啥就过穷日子呢？你应该反思自己！"深夜，我回到住处，坐在校园花园的石凳上，思索到很晚很晚，遵命的作文也写了，随后我开始改变思路，摆脱了文人的清高与羞涩，英英武武、气气势势、风风火火地甩开膀子大干起来了。报社停业整顿，我开始了在多家大中专院校教课，最终落脚于一所学校，买了房子，工作也稳定起来。夜深人静的时候，我常常想念大哥，思索大哥对我说的话！俗语不俗，饱的时候送一斗，不入饥饿时送一口。建民送给我的何止是"一斗"和"一口"物质食粮，分明是我永远也咀嚼不尽的人生精神干粮啊。

人生过半，最爱回头看。忽一日，我突然迷恋上了对往昔生活的回忆，尤其是对大学生活的回忆。在《大学时光》的长文中，我把大学生活的零零碎碎串成了生命的珍珠：

引子 以下是我大学毕业后应一家报社的约稿而写的回忆大学生活的小文，权且拿来作为本篇的引子吧。

浅色 大学色香味的楔子是这样嵌在一个男孩儿记忆的榫槽中的。

跟娘进城去看望上班的爹。要小解，走街串巷，遍寻不得"佳处"。一门口，一群扎堆说笑的男孩儿女孩儿，示意娘俩进去。毕，娘说："孩子，这是大学！"男孩儿怯生生地环顾打量，楼高，树多，草绿。

数年后，已调回乡下的爹为鼓已读高三儿子的士气，父子再次进城看大学。门口，门卫锐声喊道："找谁？"爹堆笑解释。门卫挥手："进去吧，大学不是旅游区，有啥看头！"大学姿态，真真切切映现眼前，静谧、儒雅、神秘。爹对男孩说："你可要用功啊！"咬着嘴唇的男孩，手攥紧，点点头。

跌跌撞撞，男孩成了大学城里的一员。宿舍、教室、图书馆、食堂……印满了他脚印的图章。

这个男孩儿就是我。

杂彩 大学色香味浸透骨髓。

海报栏风景变换，如快进的磁带嘟嘟噜噜的景色眨眼而来忽悠而去，令人目不暇接。

激情、幻想、才气，张扬成猎猎作响的旗。"给我一个支点，我能把地球撬起来"，"仰天大笑出门去，我辈岂是蓬蒿人"，"孩儿立志出乡关，学不成名誓不还"。青春的剪影定格在勃勃雄心的人生底版上。拔节生长的书生意气拱破了圆滑事故的茧壳儿。

压抑日久的情感之芽，也在酥软潮润的象牙塔土壤中疯长。男孩邀女孩看电影，鼻尖冒汗，心中装兔，电影散场，竟不知情节人物。

浅薄脆的阅读在老师的宏文书卷里如缩水的蔫蔫嫩叶，自鸣得意孜孜涂鸦的文字，天女散花投出去，浪花微微，阅读和写作还走在朝圣文学缪斯的路上。

人多时候最寂寞。孤独袭心，咀嚼失意，是大学时期必须品尝的干粮，时时吞咽，强心健胃，成熟总是伴随着伤疤的潜滋暗长。纯洁的白色之光在三棱镜的折射下呈现赤橙黄绿青蓝紫。成长的色带应是这样的杂色。

多味 大学是人生的蜜月。

绿色堪染的塔松，依依袅袅的垂柳，都能从中嗅出青春荷尔蒙的气息。

新名词，新思想，新念头，如空穴来风，旋即把每一位学子裹进风眼儿，让你迷醉，亢奋。

激烈地辩论，偏激地执拗，清高的可爱，如没有瓶塞的酒精，在每位学子的心中发酵弥漫。这种气味是大学生的徽章，它在迈出社会门槛之后很久还盘旋萦绕在心空。

大块儿地广泛读书，书香盈怀，寡淡的饭菜，口舌灵敏，小饭馆美食一顿，是永远割不断的诱惑。

老乡会、迎新会、卧谈会、联欢会，是大学蜜月中的可口可乐，抄笔记，备考试，写论文，是大学生活中的怪味豆。

同窗几载，共居一室，每人毛孔中的气息黑暗中也能毫厘不爽地辨识出姓甚名谁。骂过、吵过、打过、好过，同学情感，浓酽如酒，常饮常醉。哭过、笑过、迷茫过、痛恨过、牢骚过，代代学子在这里往返穿梭，玄黄色杂，方圆体分。

大学色香味，谁能一言就尽呢？

临去郑大上学的时候，母亲把钱与录取通知书都缝在了我内裤的口袋里，当我来到郑大中文系报到的时候，那位戴着眼镜的女教师温和地对我说："请拿出你的通知书！"我满脸羞红地说："厕所在哪里？"旁人哄笑，女老师笑着对一个负责接待的男生说："带他去！"我来到了系办公室的二楼一厕所里，把线扯断，掏出了带着温热的录取通知书。宿舍在男生公寓11号楼603室，对面就是厕所，在这里一住就是四年，我习惯了水房里的歌声与吼叫，习惯了从这里飘散出去的臭烘烘气息，甚至也熟悉并认识了从这里飞进飞出的每一只苍蝇。开学了，开学典礼在理科区的"学习堂"举行，校长车得基先生，勉力我们要珍惜四年的大学生活，向我们描绘了郑大入围"211工程"的过程，我们很是激动。典礼结束，放电影，还记得片子是《毛泽东与他的儿子》，系里也举行了一个小型的师生见面会，我见到平生歆慕已久的著名学者鲁枢元先生，他儒雅谦和，给我们谈了学中文在市场经济时代的种种不合时宜，但怀揣对文学热爱的我丝毫没有因鲁先生的话而兴趣锐减。大学四年所有的教材都摆放在宿舍楼下的操场上，我一摞摞地抱回宿舍，平铺放在床上，斜歪着身体，一本本地翻看，每一本都是我中学时代喜爱阅读盼望阅读的书。还记得高三的时候，我曾借阅过语文老师上大学时的教材，记得是一本《现代汉语》，我摘抄过，背诵过，运用过，爱不释手，如获至宝，那时总觉得对现代汉语知识了解得太肤浅了。鲁枢元先生与钱谷荣先生主编的《文艺心理学教程》，翻阅着看，懵懵懂懂，倍觉神秘，原来创作还有这么多隐秘的心理。

大学的课程很轻松，我经常写信，那时最高兴的事是给亲朋好友写信，尤其是还在高中复读的同学，告诉他们我在郑大生活的状况，颇有炫耀显摆的成分。实际上报喜不报忧的我那时很是感伤，比起那些春风得意顺顺利利从高中考上大学并且是来自城里的同学，我心中很有自卑感，很羡慕这些普通话表达流畅、在同学老师面前言语得体且识多趣广的男女同学。

我至今还记得特别清楚：一次，辅导员老师征求我们新生对食堂饭菜质量的意见时，一个额头高高瘦削脸的女生娇滴滴地带着撒娇的口吻说："还没有我妈做得好吃呢！"老师问到了我，我憋红了脸用蹩脚的普通话嗫嚅着实话实说："比家里好吃多了！在我们农村老家，这会儿就没有菜，天天吃酱豆！"还记得那女生一脸不屑地瞪了我一眼，鼻子里"哼"了一声。在食堂里，我第一次喝牛奶，我买了一碗，端碗要喝，一股刺鼻子的膻味儿让我几乎要呕吐出来，心里在想"城里人就爱喝这膻玩意儿？"据说很有营养，我端着碗舍不得泼掉，走到一个偏僻的角落，为了"营养"，也为了体验一下城里人的生活，我憋着气一仰脖子全喝肚子里去了，那种膻味在我的肚子里来回翻滚，甚至想从喉管里往外冒。后来我才知道，我没有往牛奶里加糖。大学生活轻松得让人无所适从，我经常沿着金水河堤漫无目的地散步，金水河从校园内穿过，把学校天然地分为文科区与理科区。一天晚上，我向理科区走去，楼房幢幢，灯火辉煌，树荫灰暗，我转迷了路，走了很长的时间，结果还是回到了原处，我怯生生地问一位男生"文科区"在哪儿？他一直领我找到了回去的路。郑大真是太大了，我走在里面，几乎时时感觉到自己的渺小，仿佛自己是偷偷摸摸混进来的。我爱到学校南门的桃源路与兴华北街瞎转悠，一次，我看到了几乎每个商店里都有一种用红色塑料纸包裹的大大小小粗粗细细长长短短的东西，不敢问店主那是啥东西，我疑心可能是蜡烛，"但好好的蜡烛为什么要用塑料纸包裹着呢？"也不好意思问同学，我困惑了好一阵子，寒假回到老家，家里人问郑州有啥稀罕物？我说城里人真邪门儿，多粗多细的蜡烛都要用塑料纸包着，村里人也纳闷儿，那到底是一种什么样的蜡烛呢？新学期开学了，我们宿舍从经济法系调过来一个老家是洛阳市的同学，一天中午放学，我推开门，只见这位同学坐在床上正在吃"蜡烛"，我的嘴巴睁得好大，"蜡烛，城里人也敢吃？"这同学见此状，随手把"蜡烛"掰掉半个，递给我，"来，尝尝我们老家的春都火腿肠！"我细细地吃了一口，原来这叫火腿肠的"蜡烛"这么好吃！可见，当时来自穷乡僻壤的我是多么的憨蠢可爱。

慢慢地，我已经熟悉了大学的生活，课程松松散散，激动的心也恢复了平静，日子平平淡淡地向前过着，我喜欢涂抹点青春感伤的文字，系里有一位叫李凌的同学，在中学时就在《语文报》发表过文章，而且这一篇文章我还抄在笔记本上认真地朗诵过呢，我们决定成立一个文学社，取个什么名字呢？我们突然想起古人一句话，"苟日新，日日新"，于是，我们就叫"日新"文学社。我在上面发表了入大学以来的第一篇习作《半个都市人》，后来《教育时报》还转载了这篇文章，稿费25元，责任编辑是李若。这是我在郑大读书以来最快活的日子，那时我买了一台小收音机，每个电台都有文学节目，我都给这些节目投稿，稿子在陆续地播出，与中文系住在一起的经济系的同学见到我告知："中午，听了收音机里播送了你的文章！"我很是得意。在家乡正在洗衣服的妹妹听见了，"妈，快听！收音机里正播送我哥的文章呢！"《郑州大学校报》"家长来信"栏目上也登载了母亲写给编辑部的信件，我很是赚足了面子。有一天，刚吃过中午饭的我走出食堂，迎面一位同学正在发放一种叫《亚细亚人》的企业小报，我浏览着上面的内容，版面活泼，内容丰富，尤其是该报还刊登了郑大同学的文章，投稿的念头瞬时点燃，我写什么呢？只见该报副刊上有一篇署名阿红的《女人是书》的小文，投编辑所好，当天晚自习时间，我抓耳挠腮，一口气用调侃的笔调写下了《女人是小孩》的文章，写完之后，我又誊抄了几份，分别寄往几家报刊，过了些时候，一个个子高高、说话有点口吃的先生找到我，怀里揣了一摞子报纸，"我是《亚细亚人》报的王鸿宾，你的文章我发在了这一期！"我的心情也很激动，送别了这位以后成为我哥们儿的鸿宾兄，我来到学校的"长明灯"教室，我拿起报纸看了一遍又一遍，想了许多，对写作的热爱自此一发而不可收，随后我开始迈向了兴奋而又艰难的写作道路。当时确立的目标是先把郑州的所有报刊轮番"轰炸"一遍，然后河南各地区的报刊以及全国的报刊都应该一一占领，雄心勃勃，信誓旦旦。一天中午上课的时候，邻座的一位同学收到了《河南广播电视报》的样刊，里面刊登了这位同学写的一篇影评，我心里一惊，真是"莫道君行早，更有早行人"，我暗暗地为自己加劲儿，告诉自己必须拿下这家报纸。我瞄准了这家报纸名叫"五味子"版的副刊，当时该报正在举行"女性与家庭"征文，我写了一篇《扁担情结》的稿子，惴惴不安地投了出去，结果过了几天，我的这篇小文便被刊发在了这一版的头题，责任编辑是石秀英，这篇稿子又获得征文二等奖。随后我的文章成了"五味子"的常客，我已记不清发了多少篇稿子，多年以后我才见到了这位文静儒雅的石秀英老师，我深深地感激着如李若、王鸿宾、石秀英这些帮助过我的编辑老师们，内心的感激岂能一个"谢"字了得！当时我的身边已经团结了很多志同道合的好友，我们一块儿采写稿子，一块儿到报社送稿，一块儿领取稿费，清贫的日子，温馨的氛围，那段日子值得我永远地回味与珍藏。大学几年，我基本上实现了占领郑州报刊的目标，发表各种各样的稿子数千篇，几十万字，收获颇丰，光阴没有虚度。

听报告是我大学生活的又一重要组成部分。还记得，我听的第一场报告是全国著名"妇女学"专家李小江老师的报告，小江老师个子高高，气质儒雅，她为我们介绍了中外妇女学研究的现状与未来，她的身边坐着一位女老外，她们不时地用英语交流着。我很佩服李老师那锐利的锋芒，那高屋建瓴的描述，那超凡脱俗的气质，那一场讲座对我的震撼是巨大的，我看到了生活另一个高高的层面，还清楚地记得当时有一个学生的提问一下子激怒了李老师，一个条子上写着"为什么没有男人学？"只记得李老师回应了一句"有这个必要吗？"还有一场报告是从澳洲回来的外文系的田新爱老师，她介绍了自己在澳洲的生活与学习情况，她的英文更加纯正，澳洲干净的状况，青菜不用洗不用切，可以直接拿来食用，四天工作制与周薪水制，周末度假，原始森林的保护，一个柴火棒也不能拿走，路边的一棵树倒了，马路要绕行，让其自生自灭，保留着它的原始状态。田老师的讲座又为我打开了一扇看世界的小窗，我对生活的超越意识也是从那时开始萌发生长的。

本系老师与系友的报告给我印象深刻的有这样几位：一位是著名评论

家陈继会老师，他为我们做的是学术研究的报告，他的声音沙哑，但每一句话都很有内涵，他不知怎么就谈到大学生的生活问题，说本系的一个男生整天逃课，在社会上乱撞，校园内女朋友经常换，衣着光鲜，可是宿舍的被单褥子被子却脏得流油，陈老师的话语里流露着对这个学生的不屑。我买了陈老师的《拯救与重建》《文化视界下的文学》，这是两本我读得较早的文学研究专著。陈老师做学问的定力与气度，一直影响我到今天，他是我们中文系的骄傲，记得当时他刚获得庄重文文学奖，是我们全校师生崇拜的偶像。还有一位是刘成纪老师，我们的美学课老师，他的课、他的讲座都是最契合我心境的。成纪先生文雅中有一种才子气，正如学者翟墨先生对其精彩的评价，"有宽广的胸怀和良好的人缘"，"他在儒雅的风度中藏着凛凛锐气，长于以优美的语言阐释深刻的学理。"成纪先生温和谦恭，他的讲座总能一句话惊醒梦中人，总能使我豁然开朗、茅塞顿开，他的系列著作我都跟踪阅读，几乎书里的每一句话我都细细地咀嚼回味过，他讲究四两拨千斤的从容蕴藉，追求柔中带刚的生命韧劲，他会生活，而且是一位把做学问与生活结合得最好的老师，这一点对我的启迪濡染最大。还有一位系友卞卡（卞光兴）先生，《散文选刊》的主编，那是一个温馨的春野，卞先生来到系办公室，与我们谈起了散文的创作，还把他刚刚出版的散文集《大地风流》赠送给了我们系主任，我散文写作的兴趣就是从那时培养起来的。《散文选刊》也是我从中学开始就崇拜并且喜欢阅读的刊物之一，还记得高三时班里一位同学邮寄了一本该杂志的合订本，我只是扫了一眼，便被这位吝啬的同学收藏起来，对杂志合订本的喜爱也是从那时开始的，所以人生的许多爱好情趣都是可以追根溯源地找到生发的根系。还有一位系友是《中国科学报》总编郭曰方先生，在中学的时候，我就在《语文报》上读过介绍其人其文的文章，今日终得亲眼所见，郭先生回忆自己在郑大读书的美好时光，又向我们讲述了他患癌症后的思索，还当场为我们朗诵了他写的一首诗《我是一棵落光了叶子的树》，报告会后是签名售书，我借了同学的钱买了一本，珍爱有加，常常诵读。

　　校外学者名人的报告听得不多，印象最深的是评论家雷达先生，声音响亮，他对当代作家的精彩品论，让我明白了文学评论的切入点与思考点，雷先生风趣幽默，胸襟开阔，多年后我读了作家贾平凹对其高度的评价，觉得贾先生真是说到了点子上，"他黑头粗脸，衣着不整，形如匪类。""他不纠缠于一堆小情绪，不花拳绣腿作小摆设，他作横的大的思考，思考又真切独到，因而见出他大的深刻。"（贾平凹《读雷达的散文》）另一位是河南作家田中禾先生，讲座地点是在河南省图书馆，田先生很精神，他博闻强识，讲述了他文学写作的经历，尤其是他对外国文学的熟稔，让人折服，他的阅读量让我们汗颜，田先生的作品我读得不多，但总感到他的作品中有一种诗化的气质渗透在里面，包括《匪首》，这是他的长处同时又是他的不足之处。田先生的作家气质对我感染很深。还有一位就是国际知名学者陈鼓应先生在多媒体计算机楼的那场讲座，那翩翩的风度，那诙谐幽默的谈吐，那对老庄文字的诵读，已经感染了我们，他那饶舌的普通话也别有一番韵味，做一名学者的愿望也就这样深深地扎根在了我的心田，因为在我看来，人生在世，没有比当一名学者更幸福的事情了。大学的内涵我认为就是包括讲座等酿造的氛围，没有了丰富多彩的讲座，大学与中学还有什么差别！一个人的学养与气量往往就是在大学时萌发培育的。

　　郑大四年，听课无数，很多老师都是一闪而过，没有留下多么深刻的印象，但有几位老师是让我终生难以忘怀的恩师。除上述鲁枢元先生、陈继会先生、刘成纪先生几位外，在我的心目中可圈可点的还有如下几位：一位是教我们《诗经解读》课的翟相君先生，他朴素得如一老农，憨厚拙朴，可是学问做得却异常精道，但那时少不更事的我，还不能理解他对文字的热爱之情，对《诗经》的独到阐释。但在以后的岁月里，我却常想起先生的教诲，做学问要大胆与执着，要把作品烂熟于心，这一点让我终生受益。另一位是高有鹏先生，讲课大气，信息量大，在讲课中处处流露出对所教授的民俗学的热爱之情，当时我就有一种感觉，此人将来必有大成，现在中国民俗学界谁不知道高友鹏先生呢？热爱是做学问的先决条件，没有热爱，一事无成，这就是高先生给我的启示。还有一位是李恩江先生，先教我们《古典文学》后又教授《文字学》，李先生雍容大度，很有学者气象，讲课深入浅出，很有韵味，那种对字词追根溯源的乐趣，那种纵览学问的气度，都让我永远地感喟与学习。毕业多年，有时我还深夜给李老师打电话求教学问，先生总是细细地讲解，那种热情使我感到生命的温暖。郑大四年，我受益匪浅，感佩良深。我现在也站在了讲台上，这些老师们传达给我的精神财富与做人的品质，我都在不断地品味酝酿发酵，成为享之不尽的人生财富，也是我永远反刍的生命食粮。

郑大四年，难忘的事情无数：难忘桃源路那一路的小饭馆，难忘那一次次的老乡会，难忘那金水河堤上的旧书摊，梅湖的悠悠波光，难忘宿舍楼下的回民食堂，难忘食堂里的葱花饼，难忘系办公楼下的"蓝孔雀书屋"，大学路的"博雅书店"，一幕幕，时常入梦乡，有梦总难醒。

90 年代大学的文化生态环境　偶一日，与友人谈起大学文化生态环境，今昔对比，感慨颇深。现在的大学"新"，一是校名新，更名太快，很多名字大同小异，外人往往混淆，你叫"科技大学"，我叫"科技学院"；你叫"理工大学""工程学院"，我叫"工业大学""城建学院"。二是校舍新，都分成老校区、新校区，新校区都是占地广、楼房多而高。三是学科新，纷纷跟风走，忙与市场接轨，层出不穷的新专业新学院名字响亮诱人，可是中国大学在千篇一律的自然生态环境趋同中，似乎缺点什么？缺什么？缺的是字迹漫漶的大学牌子，缺的是校内那些沧桑斑驳的建筑，缺的是校内那一株株上百年的老树，缺的是校内白发苍苍步履蹒跚的老学者，缺的是图书馆内那些泛黄而珍贵的善本、孤本、珍本书籍，还缺那种浓得化不开的文化底蕴，那种磁力甚大的文化气场，缺的是我们说不清道不明的那种独特的大学"文化味儿"，说了这么多"缺"，似乎还缺什么？那么，如今的大学究竟缺什么呢？

我很怀念那时的大学文化氛围。那时，网络信息刚刚起步，商业气息远没有现在浓厚，精英文化还占据着大学文化的统治地位。那时，大学流行绿色的军用挎包，包里有书有水杯，还有永远写不完的书信，挎着包，提着暖水瓶，脚步匆匆，从水房穿过一条林荫道，随便找一个自习教室，天昏地暗地看书学习。有时候，看书累了，便喝着水仰望着窗外那遮天的梧桐树发呆。悠悠闲闲，我常常坐在教室里随心所欲地写作、思考、写信、想心事，没有人打扰你。可如今的大学生往往是睡眼蒙眬拿着食品袋子往教室里赶。那时，学生人数少，食堂开饭时间长，很少拥挤，到了开饭的时候，我心满意足地走出教室，一个人在餐厅一隅，慢慢地品味着大学生活的滋味。金水河从校内悠悠流过，靠近金水河文科区的南门口，有两排报廊，晨练毕、午饭后、傍晚时分，报廊前站满了读报的师生，时间长了，每天不到报廊前站一站，总觉得少了点什么。可是现在的大学报廊早就被各种各样花花绿绿的招聘、打工、考研、考证的信息占满，报纸对于现在的大学生来说，已是昨日黄花。那时，我们中文系就有一个很好的阅览室，我常常背着书包去哪儿读书，陶醉在琳琅满目的文学期刊里，随意地抽取几本期刊，心头常涌起一种莫名其妙的幸福感和富足感。现在大学阅览室里，最受学生喜爱的是那些明星娱乐期刊，那些学报性的理论期刊早已被束之高阁无人问津了。学校四周开设了很多品位很高的书店，学校东、南、北大门口的书店，书香扑面而来，是我课余假日最爱去的地方，随便翻阅，有时也能碰见老师，师生会意一笑，便各自开始静静翻书。有时，一个下午，我就懒懒地泡在这些书店里面，流连忘返，乐此不疲。大学四年，我的书柜里已经装满了淘来的书，利用一个长长的暑假，我把这些藏书系统地细读了一遍，很是感到暑期生活的充实。现在的大学四周，除了饭馆、商店，就是网吧、歌房、出租屋，前后二十多年，大学文化生态环境变化差异之大，令人喟叹咋舌。诚然，教育由精英教育向大众教育转型，但是，让我们困惑不解的是，教育转型是不是就以牺牲质量、文化生态环境恶化为代价呢？倘若这样，教育转型的意义又在哪里呢？我们再从大学里的海报看，八九十年代的大学里多的是各种学术讲座的广告，每天晚上，我们宿舍的同学常常走马灯似的各自选择自己感兴趣的讲座，回来后，又是一番激情洋溢的评判。还有那些数不清的文化活动，如舞会、辩论赛、座谈会、朗诵赛，把大学夜生活点缀得光华灿烂。现在的大学夜生活呢？你随意走进一所大学，夜色下的大学校园路旁、小树林中几乎全被一对对情侣占据着。教室里，玩手机的"低头族"数不胜数，机房里，看电影打游戏的正在战犹酣。

　　大学是一座文化葱茏的岛屿，常常有各种各样的风掠过心田，一阵清凉。大学文化的风向标一会指向了西风，于是乎，西风劲健，各种各样的西方哲学、心理学、文化学、政治学观点蜂拥而至。老师课堂上的大力推介，图书馆、书店里的这些书籍便被一扫而光。那时候，精神的饥渴远大于情感的饥渴。西方的哲学理论风靡大学校园，尼采、叔本华、弗洛伊德、荣格、马斯洛等哲学家的名字每天都在我们的耳畔回荡，他们的理论观点似懂非懂，但是我们却认为很好奇很时髦。记得，我从书店里购置了一本《叔本华箴言录》，奉为至宝，爱不释手，经常躺在宿舍的床上仔细推敲品味着这位生命意志哲学家的每一句话，一天傍晚，我饶有兴味地翻看这本薄薄的开本很小的册子，当我读到"人生就像钟摆在烦恼与快乐之间摇摆"的句子时，我的眼眶盈满了泪水。随后，我又陆续购置了罗素的《西方哲学史》、尼采的《瞧，这个人》、张岱年的《中国哲学史大纲》等书，狼吞虎咽地消化吸收。有人说，中学是"文学期"，大学是"思想期"，那时，读哲学书，谈论哲学家的逸闻趣事，是我们大学最有文化韵味的生命时光。哲学，是大学文化的精髓，是大学最有生命力和市场的必修学科，为处于极度精神饥渴的我们提供了营养丰富的精神食粮，为大学文化生活涂染了美丽炫目的思辨色彩。我一直固执地认为，一个人在大学时期，不论学什么专业，都必须经历哲学思想的洗礼，都必须与各种哲学家产生过一段难舍难分的精神恋情。哲学是大学思想的启蒙导师，哲学家是大学莘莘学子的大众情人。哲学阅读奠定了一个人一生精神大厦的基石，哲学思想决定着一个人精神的高度。哲学是营造大学良好文化生态环境的息壤，是大学文化的基本要素。可是，现今的大学文化，哲学已经被放置在了边缘化的地位，大学生们也把哲学视为难以下咽的鸡肋，包括现在的老师们，也把哲学当成了一种可有可无的点缀。哲学的式微预示着大学文化生态环境进一步的恶化，失去哲学支撑的大学文化也成了游荡的孤魂。有时候，看着很多学子那一脸的迷茫那一双空洞的眼睛，我的脑海中总是幻化出干旱贫瘠的土地上那一株株蔫蔫枯干的秧苗景象，总是想起骨瘦如柴的非洲饥饿儿童。一次校园内遇见一位老乡，极力向我推荐一位名叫周励的美籍华人写的一本《曼哈顿的中国女人》一书，我骑着自行车跑遍学校四周的书店，被告知此书早已售罄。我又马不停蹄地到市内各大书店，终于购得一本。华灯初放，我坐在学校常明灯教室一口气读完，里面女主人公传奇的创业经历和刻骨铭心罗曼蒂克的爱情，让走在校园内的我恍如隔世。一时间，这位"曼哈顿的中国女人"成为校园内争相谈论的美丽偶像，异域美好生活的诱惑，闯荡天下的豪情，如一团浓得化不开的彩云飘荡在大学校园的上空。此书我珍爱有加，后来被一位朋友借走，泥牛入海，再无消息，甚是可惜。西风稍息，港台风风头正盛，港台文化铺天盖地而来，白先勇、简祯、席慕容等人的作品成为我们阅读的宠儿。校园内从早到晚，郑智化的《水手》响彻不断，夜半歌声从水房里传来，"他说风雨中这点疼算什么，擦干泪，不要怕，至少我们还有梦。"声声入耳，迎接人生风雨的壮志豪情，让我久久激荡情怀，难以入眠。现在的大学校园，商业消费的奢靡之风，萎靡颓废的沉闷之风，似乎绿化美丽的大学也只是象无数由塑料作成的假花形成的风景，好看而不真实，美丽但不实用。

在我看来，所谓的大学文化生态环境是一种强大的气场。上一世纪九十年代的大学生态环境如春雨滋润的麦田，空气中飘散着一种青葱之气。置身于这样的气场，你会感到周身的热血奔流不止，你被气场裹挟着像刚浇过水的菜园里的瓜果蔬菜，拔节生长。早晨，天刚刚亮，校园内跑操的人群已经聚集，金水河畔，晨读之声，和着鸟鸣，清脆悦耳。那时的我，爱在晨读中朗读我摘抄的内容，优美的句子如甘泉润心养胃，口舌生津，晨读一直持续到太阳初升，阳光暖身的时候，回食堂就餐，充实富足，胃口香甜。大学几年晨读，我几乎把几大摘抄本诵读数遍，积累的语言财富让我终身受用。大学气场，涤荡着每天的太阳都是新的，总感觉到，有一股看不见的力量，催促着你每时每刻都要马不停蹄地往前冲，虽气喘吁吁，但绝不敢懈怠。那时，我的一位女老乡，热衷女子防身术，金水河畔，自掏腰包，跟一位年长的武术老师学习防身术，一群女大学生伸胳膊跷腿，学得有板有眼，一丝不苟。防身术刚刚在社会兴起，女大学生们就率先引领潮流之先。夏天，蓄满清水的金水河，清澈见底，中文系的一位教授畅游河中，姿态优美，引起很多师生驻足观看，喝彩不断。健身的氛围弥漫在大学师生心中。昂扬向上的勃勃生机，至今还让我感到大学校园是青春的校园，大学文化是健康健朗的校园文化。现在的大学校园，晨读几乎绝迹，中午第一节课，到处都是拎着食品袋睡眼蒙眬往教室冲的学生，教室到处都飘散着早餐食品的味道。大学没有了引导人奋发向上的力量，没有了辐射力极强的磁场。

那时，大学的夜生活很丰富。学校大礼堂（当时叫"求知堂"），每周末都有电影放映，电影片子很是新潮。票价也不贵，电影院是很多大学情侣消磨周末大学时光的最佳去处。大礼堂也经常聘请专家讲座，我记得最清楚的是《中国科技报》主编、祖籍是河南原阳县的当代著名诗人郭曰方先生，为我们讲述自己在母校读书的美好回忆、自己担任谷牧副总理秘书跟随领导出国访问的经历、自己被查出癌症的生命思考，随后就是签名售书，我的钱包里没有钱，记得是借了同学的钱，买了一本《郭曰方诗选》，郭先生飞快地为每一位购书者签名，这也是我平生获得的第一本作家签名本。我们经常在宿舍里朗诵诗集中的代表作《我是一棵落光了叶子的树》，这本诗集后来送给了正在上中学的妹妹。还记得当时在大学生中最火爆最有人气的郑州人民广播电台情感类节目"今夜不寂寞"著名节目主持人沈楠、寒江、新月来校的情形，场面热烈，人山人海，我们争相目睹主持人的尊荣。寒江是高我两届的师兄，南阳人，当我见到台上瘦弱的寒江，才知道这位师兄我经常在食堂就餐时见到，今天，才把名字和真人合而为一。

想不到，这位瘦小斯文的师兄，做起节目来，却是那样的犀利果断。我的一位同学和寒江是老乡，从他口中才得知"寒江"真名叫"韩强"，我们随后也认识了。每晚，"今夜不寂寞"陪伴着我们，听着"寒江"兄在电波中对当事人率真本色的评判，很是过瘾，节目结束，我们宿舍的哥们儿，还就节目的情爱纠纷，争论、哀叹、愤激，声声不绝。体育课上得也很有意思，天热了，我们在老师的带领下，去学校计算机中心清凉静谧的地下室，看世界经典大片，记得放映的片子有《巴黎圣母院》《红与黑》等经典大片。看完走出地下室，外面骄阳似火，教室内外冰火两重天，心情很是惬意自足。《河南日报》的记者们史家轩、赵红还到系办公室，征求大家的意见，随后，报纸登出专版"人生价值观"的讨论，那上面有师兄孙军的一篇讨论稿件。那一期报纸，在家乡上班的父亲看了很久。校园内，每天，各种讲座的海报，让人应接不暇。华灯初放，吃过晚饭，"听讲座去"成为我们的"难忘今宵"。记忆最深的是中文系老师陈继会先生，那时，他刚评为校青年骨干教师，奖金1万元，在那个时代，1万元是一个极诱惑人的数字。陈先生文质彬彬，讲课很有才子气，声音稍微有点嘶哑，需要你细细地听，先生是一位很有思想的学者。我购买了先生的三本书，两本是他的个人专著《拯救与重建：20世纪中国小说文化精神》《文化视界的文学》，最后一本是他主编的《文学的星群：南阳作家群论》，我都系统地一一拜读。特别是前一本书，我放在宿舍的床头经常翻阅，不知被谁拿走了，遍寻不着，后来，我又从书店里买了一本，作为永久的留念。那时，我们的校外文化活动很多，记得和同学一块儿去一家文化公司，讨论策划贾平凹小说《浮躁》的剧本改编问题，大家很是激情满怀，踊跃发言，整个会议室才气弥漫。那时的学子们，很有精英意识，个个充满了文化的自信。

大学的文化环境置身于时代的大文化环境中，一代大学生有一代大学生的文化气质。在我的身上，永远洋溢着文化至尊的气息，尊重一切有才气、有思考的学者。文化崇拜意识根深蒂固，虽然在这个市场化的文化环境中，不能免俗，但是骨子里依然有曲高和寡的孤独感。大学教育最终影响人的不仅仅是专业知识，而是文化气场，这种气场陶冶你的文化性格与文化品格，陶铸你精神生命生长的形状。一个人，一辈子也走不出自己大学时代的文化气场。气场就是大学所独有的文化气候。20世纪90年代的大学文化气候，决定了我们这一代大学生有着极强的对世俗文化的排异反应。商业文化与精英文化不能共融，存在着明显的文化裂痕。我们的文化记忆就定格在了20世纪90年代的大学文化语境中，这是文化人的宿命。大学文化环境的不同，决定了一代代大学生文化走向的不同。商业气息浓厚的大学环境，大学生们并没有老一代大学生对商业文化的戒备、警觉心理，而是很自然而然地合流到这样的洪流中去，平平常常地融入到这样的文化环境中，身心没有痛不欲生的撕裂感，没有文化身份难以认定的危机感。语境的迥异，一代代大学生彼此之间情感认知很难达成一致性。精英教育与大众教育本身就存在很深很宽的鸿沟，文化环境存在着严重的错位，这是我们不能回避，必须正视的严峻现实。就如我们追忆二十世纪三四十年代西南联大的文化环境，时代语境如大浪推着无数的知识分子在战火硝烟的躲避中，潜心学术，这里面饱含着一代学人捍卫民族文化传承的抗争意识。伟大的时代，不等于就有伟大的大学文化。时代的伟大属于政治意识形态层面，文化环境属于思想文化层面。政治清明的时代，可能是文化平庸的时代。文化环境受时代语境的影响，但是，文化环境又有自己的文化质地、文化生态。

大学里的老师们 如今，很多大学中文系都改称为文学院，我总感觉没有原来中文系称谓内涵丰富、韵味十足，叫得顺口。我在郑州大学中文系读了四年本科，又在河南大学文学院读了三年研究生，遇见了很多有个性的老师，穿透生活的云烟，这些老师们我都难以忘怀，他们的言谈举止都已经濡染了我生活的色彩，都已经浸透在我读书行文的场流里。他们是我心目中的经师，更是我生命中的人师。

鲁枢元先生 郑大中文系读书四年，给我影响最大的是鲁枢元先生。鲁先生没有教过我课，第一次见到先生是在新生见面会上，九月校园，暖阳温馨娇媚，梧桐摇曳婆娑。中文系办公楼四楼的走廊里，一团青葱稚嫩之气的中文系新生静静地围坐在鲁枢元先生周围，系主任热情地介绍鲁先生，是享受国务院特殊津贴的国内著名文艺心理学研究专家，但是面前坐在藤椅上的鲁先生身材高大、衣衫简朴，稍微黝黑的脸膛温和恬静，儒雅淡泊，语调缓缓，话语质朴，深邃的目光柔柔地看着我们，先是祝贺我们考进大学，然后长叹一声又为我们报考中文系感到悲凉，他从自己担任的各种研究会会长、副会长说起，从二七广场纪念塔上那一条条巨大的广告条幅说起，感喟市场经济喧嚣、文学式微，文学研究走入低谷、中文专业边缘化。先生给兴头十足要圆作家梦的我们兜头一盆凉水，鼓胀的热望马上变得干瘪起来，心中以为这是先生久处学术圈，可能是熟悉的地方没有景色之故吧。以后的日子，我常常见到骑着二八型自行车的鲁先生，在学校的林荫道上缓缓骑过，目不斜视，神采内敛，如早春的暖阳，光亮温润，在匆匆忙忙的人群里，先生好像是刚离开夜晚的书桌，和青青子衿的学子们沐浴在那蓬蓬的塔松下，徜徉那冒出淡黄嫩芽柔媚的垂柳中。那是一次老乡聚会，一位外校老乡得知我在中文系读书时，一脸的羡慕："你们系有个鲁枢元老师，中学时，我在报纸上读过他的文章，写得真好！"我却没有读过先生的只言片语，先生的文字该是怎么个好法，如常春藤般的美梦一直撕扯着我、逗引着我。从此后，羞愧汗颜的我一直在搜索着先生的文章。

一次在去食堂的路上，穿越一片蓊郁的花园，花池边的一张破碎的报纸映入眼帘，上面赫然有鲁先生写的一篇关于玩具的随笔，我一下子被那密集的信息、那醇厚质感的文字深深折服，细细地裁剪贴在了我的精美摘抄本上，在课堂上，每当我听课感觉无聊的时候，先生的文字是我常常咀嚼的方糖。在学校文科区八角楼的常明灯教室里，先生一篇篇的文字灼烤着我压抑已久的写作激情，这些文字也成为我青春年华里最让我为之倾倒的春缪芳茗。也是偶然中从同学宿舍弄到一本书页卷褶的旧杂志，随手一翻，在卷首语中竟然发现了鲁先生的《人之变》的文字，我如获至宝，哆哆嗦嗦的手，抄写在本子上，摩挲品味，馨香满口。先生的文风震撼着我影响着我，那从容的笔致，那芯片般层层叠叠的信息，那不温不火的气度都一直在濡染着我的文风。一段时间里，我走笔行文都刻意地模仿着先生的文风，但最终发现只能仿其皮而不能入其骨，其文风里面有着学富五车的文化积累，有一个庞大的裹挟着先生自身血性才情的生命气场。我一直在搜罗着先生的著作，但是除了一本由先生和钱谷融先生一块儿主编的《文艺心理学教程》外，先生的其他著作一直没有搜罗到手。在临近毕业的时候，我去别的宿舍闲逛，一本淡蓝色封面印着鲁枢元三个大字的《超越语言》，扑入我的眼帘，我惊喜地叫了一声，马上借过来贪婪地阅读，书的后面有作家王蒙先生、评论家南帆先生写的评论文章。在宿舍里我躺在床上读，在深夜的常明灯教室里，我边读边抄，陶醉得"不知东方之既白"。对先生专著的占有欲，还是让我从这位同学口中得知他是从位于郑州市农业路与文化路交叉口的三联书店购得，我急匆匆地搭乘公交车换乘了两次车，满头大汗奔赴书店，却被告知书已售罄。失望而归，最终同学的那本书被我以"丢了"为借口占为己有。这本书，我不知读了多少遍。一次，我的一位在某大学教中文的亲友，闲谈中说到鲁枢元先生，他谈起《超越语言》一书，也是羡慕中极渴望得到一本，重情分醉意朦胧的我慷慨相赠，酒醒，亲友离去，我后悔不已。

后来，我临近毕业时，从系里一位老师的口中得知鲁先生调到了海南，想念着先生远去的背影，我惆怅中感到失意的落寞。那是一次系里开会，系里的一位领导洞若观火般带着肯定的口吻说："鲁枢元到海南研究什么精神生态学，我看他研究不出什么名堂来！"台下的我，默默地思忖，这些话，与其说的是鲁枢元先生，还不如说的是他自己。这位先生混迹官场多年，脚踩官人与文人两只船，角色模糊，心态浮躁，除了"文革"时写了一些所谓紧跟形势的打油诗外，就是在新时期为别人写些抬轿子吹喇叭的所谓序跋、评论的速朽文字，除了这些名堂外，他还有的本事就是参加各种吃请的所谓作品研讨会，煞有介事地说一些不咸不淡的话，装模作样地发一些不痛不痒附庸风雅的感叹，如此而已！鲁先生却在天涯海角接连抛出精神生态学研究的系列著作《精神的守望》《文艺生态学》《生态学批评》等多部著作。这些年来我几乎全部搜罗殆尽先生的各种著作：《隐匿的城堡》《猞猁的言说》《蓝瓦松》《生态批评的空间》《心中的旷野》《文学与生态学》《文学与心理学》《文学与语言学》，等等。这些著作，是我藏书中的奇珍异宝，我异常珍爱它们、敬重它们。多少次，我把自己珍藏的先生所有著作，放置案头，任凭外面雨打芭蕉，冷雨敲窗，雪落无声，先生书写的文字都是澡雪我精神、启迪我智慧的生命食粮。先生如今又寄寓江南苏州大学，我的一位同事考入苏大读博，羡慕能够经常依偎在先生的身边，亲炙先生教诲，该是多么羡煞人的读书求学之旅呀，我却没有这样的福分啦。

耿占春先生　我对文字有强烈的占有欲，我最难忘郑大读书时系办公楼十四号楼洞下面的那一家面积不大的"蓝孔雀书屋"，老板叫方家欣，也是位爱书之人，我常去闲逛翻阅，慢慢熟悉。一日，他向我推荐了一本书《隐喻》，著者叫耿占春，从此先生的名字保存在我的记忆之中。一次，系里聘请了一位北京电影学院的仁兄为我们做一场讲座，激情氛围中，他突然提到了河南省文联的耿占春先生生活中耽于沉思默想，妻子叫其吃饭，他回应道"不要打扰我思考！"耿占春先生又一次深化了我的记忆。我们宿舍里有位爱写诗的仁兄，一次天色灰暗，他一脸疲惫，把一摞诗稿摔在床上，气呼呼地说："耿占春太冷淡了，跟他说话爱理不理的，唉！"又是耿占春先生。这是一位怎样神秘的莫测清高孤傲的先生，我迷惑了。一日，在校园的读报栏里，《郑州晚报》的副刊上登载了耿占春先生诗化般的散文《说吧，痛苦》和《写给天上的姥姥》，这些文字融情感与哲理为一体，写出了生命的悲悯与无奈。我站立在报栏前，逐字逐句地抄写这些散金碎玉的文字。在以后的日子里我又从"蓝孔雀书屋"中购得耿占春先生的《痛苦：挣扎或忍受》，一本薄薄的小书，从书中了解了先生多灾多难的家庭生活，文笔犀利，语句精警，诗意浓郁，情感深沉，思想深邃。

　　真正见到耿占春先生那是在一家名叫"月亮船"郑州书店里，我正在翻书，猛抬头，看见一位胡子茂密，面容清瘦，个子高高的中年人，呀！这不就是我在书中看到的耿占春先生吗？我的心在突突跳，名人就在我身边，但是我没十足的勇气与耿先生搭话，只是用余光瞥见先生停留那些外国人写的名著前，翻了一会儿，耿先生就走了，我望着先生的背影，心中一阵阵激动。等我再次见到耿先生，是在郑州市经七路，那时我已经购得先生的《独岛上的谈话》和《炉火与油灯》两本书，对先生的文章仰慕已久，但是始终没有前去搭话。那是一个薄暮冥冥的春日早晨，我在郑州经七路晨练，走到海燕出版社的时候，只见几辆轿车，耿占春先生正要上一辆车，先生神清气爽，笑眯眯地坐进了车内，我站在远远的马路旁，看着一辆辆车从我身边鱼水般穿过。耿先生，我深深地在心里叫了一声。真正与耿占春先生面对面，是我到河南大学文学院读研究生，为我们讲课的老师中就有耿占春先生，我心情非常激动。那是暑期的一个下午，在研究生院一楼教室里，耿先生与我们开始了面对面的交流，先生讲课声音不高，时时需要你屏住呼吸细细地听，但是每一句都是那么富有哲理韵味，先生陶醉在诗学的美丽意境中，清瘦的面容中呈现出对美的执着追求，那些灵动的哲思掩映在他那浓黑茂盛的胡子里。先生注重西方理论资源的吸收，那一本本西方学者撰写的思想著作，先生消化吸收，视野开阔，思考深入透彻，文风简约清澈纯粹。先生轻缓的语调与美丽的诗学梦境完美地融合在了一起。我从先生那儿讨得手机号码，只联系过一次，直感到自己那肤浅的见解与先生高山仰止的思想搭建不出对话交流的平台。我们全班同学几乎跑遍了河大周围的数家书店，淘尽了耿先生的所有著作，大部分书我都已经购得，只有一本《中魔的镜子》一书，我没有，一位同学在毕业时忍痛割爱送给了我，先生的书至此全部收罗齐备。接下来的日子里，我曾出版过几本拙著，想让先生拨冗赐序，但总感到浅陋不堪，只好作罢，尤其是购得先生的《失去象征的世界》与《沙滩上的卜辞》两本书后，我更看到了自己文字的粗糙与思想的贫瘠。多少次，我一本本地翻阅这些年来购得的先生全部著作，每一本书都是一座思想的富矿，每一句话都是语言的炼金术，每一个词句都是密集的芯片。后来，我从媒体上得知，先生所著的《失去象征的世界》获得华语文学传媒大奖，我崇拜的当代学者谢有顺先生在为之撰写的颁奖词中对于先生诗学研究给予高度的评价："耿占春的文字是一个思想者的絮语。他分析、提问、论证，探究时间、生命、历史、梦想在人类身上留下的印痕，并着迷于揭示语言和它们之间的复杂关系。他以自己富于诗意和创见的写作，把批评重新解读为对想象力的发现，对自我感受的检验和表达：在知识的面具下，珍惜个体的直觉；在材料的背后，重视思想的呼吸；在谨严的学术语言面前，从不蔑视那些无法归类的困惑和痛苦。他出版于二〇〇八年度的《失去象征的世界——诗歌、经验与修辞》，把象征的存在与消失，阐释成了人类生存境遇的某种寓言，以及自我认知的诗学途径。在人与世界、人与自我、人与诗歌的关系面临全面改写的时代，耿占春的写作，具有当代学者不多见的精神先觉，而他优美、深邃的表述风格，更是理性、智慧和活力的话语典范。"这些评语先生当之无愧。

耿先生虽然只教了我们两天课，但是我却终身受益。在河大校园内，耿先生脚步匆匆，先生时时刻刻都活在他自己努力经营的纯美诗学意境中，活在他倍感温暖的思想家园中。走笔至此，我是多么羡慕先生这样唯美的生活。我能这样生活吗？我问自己。

刘福智先生　中文系四年，写作课按文体模块儿教学，教我诗歌与杂文两大模块儿的都是刘福智先生。我初见先生，身材瘦小，性格温和，镜片后面的一双眼睛炯炯有神；我与先生交谈，总是带着慈爱的温和；簇拥在先生的身边，听着他谈起对诗歌与杂文的喜爱，平平常常的日子里就有了纯净醇厚的芳香，流蜜的大学时光又增添了粉红的色彩。你怎么也想象不到他是如何把诗歌的唯美与杂文的犀利结合起来的，但是先生一生喜爱这两种文体并在教学中亲自写作，在我看来，他是把教学与个人兴趣结合得最好的为数不多的老师之一。

那时候，我们青春年少，对诗歌和杂文都非常喜爱，他在课堂教学中总是爱把自己写的诗歌与杂文念给我们听，甚至有一次讲到诗歌写作的押韵问题，他给我们唱起来了一首歌，先生唱得婉转动听、情真意切，每一次上先生的课，总是一种美的享受、美的熏陶、美的启迪。先生后来又开设了一门名叫"科学美与艺术美"的选修课，很受我们同学的欢迎，最难能可贵的就是先生在繁忙的教学中，还把这门课的讲义整理成了一本书，先生那时刚出版了杂文集《中国的"泼皮士"》，书不厚，薄薄的一本，收集了这些年先生为报刊撰写的系列杂文。那时一个仲春的周末，先生在文科区操场边的过道旁，置一小桌，签名售书，我购得杂文集《中国的"泼皮士"》和《科学美与艺术美》两本书，我为《科学美与艺术美》这本书写了一篇书评《美的联姻》，刊登在一家名叫《读书生活报》的"读书"版上，送给了先生一份样报，先生还把这篇小文作为著作评论文章，放置在系办公室的教师成果展台上，这篇小文后来又收录到了我那本散文集《豪饮沧桑》中。

大学毕业后，我分到一家报社，曾经向先生约杂文稿件，先生寄来几篇，但是后来报社调整办报思路，稿子最终没有刊登，很是抱歉，先生却没有丝毫的怨言。那时，我得知先生研究诗歌与杂文写作的两本专著已经同时出版，我和妻子到了先生家中，先生家中摆设朴素，但是依然干净明亮，我们刚落座，先生就把两本带着油墨香的新书送到了我们手中，两本书均以剪纸画作封面，端庄素雅，很有书香韵味，我一直收藏在自己的书架上。毕业多年，我见到先生的次数就少了。记得那时我刚调到高校教书的新世纪初，我的兴趣不知怎么转移到了女性与艺术研究方面上来，我去拜访在某民主党派任职的原中文系老师毛德福先生，向其讨要他所著的《心灵的颤动》一书，恰巧，在毛先生办公室里见到了福智先生和诗人陆健先生，因为被毛先生告知书早就送完了，寒暄了几句，我们就告别了几位先生。后来，毛先生看我求书心切，让他的一位女研究生把她珍藏的一本送给了我，这本书至今我还精心地保存着。日子依旧流水般往前行进着，福智先生的两本书一直放在书架上，一日兴起，我又翻阅了这两本书，率性写了一篇稿子，里面对"教学体"式样的教授著作做了评判，言辞颇欠斟酌，只凭着"我爱我师、我更爱真理"的勇气，仓促地寄给了福智先生，稿件寄出后，冷静下来就后悔不已，心中很是惴惴不安。一日，我的手机响了，传来了我熟悉的福智先生的声音，"你说得对！我这书的毛病就是这样！""老师，对不起！我太冒失了，您原谅学生的无知无礼吧！"先生在话筒的那边哈哈大笑："批评就是苛求吗？如果批评不自由，表扬也就没有意义了。"我放下话筒，沉默良久。福智先生，我永远感激的恩师。

刘成纪先生　大学是一块调色板，颜色纷呈。为我的大学生活乃至人生涂上美学色彩的是刘成纪先生。先生性格平和，言语款款，为人谦和。美学课堂上的先生在平缓的讲解中，才情喷涌，锐气凛凛，一语中的。先生讲解西方美学家的美学思想，把知识还原到生活中去，深入浅出，鞭辟入里。在学校计算机信息中心大楼一楼报告厅一次专家讲座上，主讲人是当代著名的庄子研究专家陈鼓应先生，报告厅座无虚席，很多人都是站着听讲，我一眼看见成纪先生也站在那里，先生听得非常认真，整场讲座气氛热烈，陈鼓应先生讲课引经据典、俯仰之间，背诵庄子精彩片段，我们与陈鼓应先生一起融入到了庄子哲学的唯美意境中。报告结束，陈鼓应向校方赠送自己的专著，可是校方却无甚相赠，在一旁的成纪先生着急地说："为什么就没有准备赠书呢？"这就是成纪先生的人品，他的赤子情怀深深地影响着我。

那是一个初春的一天，无意中看到了海报，海报贴得很醒目，刘成纪先生要在文科区八角楼一楼教室作一场名为《中国文学中的月亮、蝴蝶》的专题讲座，我早早地就坐在了最前排，先生博学睿智，诙谐幽默，先生从月亮与蝴蝶在中国文学中的沉浮变迁说起，细细爬梳，观点前卫而不剑走偏锋，思想犀利而不失蕴藉。成纪先生的讲座，让我一下子感悟到了学术的魅力与乐趣，也激发了我走学术研究道路的决心。讲座结束，我和先生聊了起来，说起了我曾经读过先生刊登在某杂志上一篇谈论初唐四杰之一的卢照邻疾病与诗歌关系的文章，很受启发。而后，又从某杂志上读到了先生写的一篇《爱情物语》的文章，文风讥诮调侃，学理与情趣兼备，通篇漫溢着冲天的才气。一次，我和成纪先生在校园内不期而遇，不知怎的谈起了文人的理想，成纪说文人切忌成为文痞，而是要立志成为"文雄"。先生又谈起了自己大学生活时挣得的第一笔稿费，和同学冬夜"文火炖肥羊"的故事。学生时代，书生意气，挥霍谈笑，那是一段多么撩人魂魄的青春时光啊。

此后的岁月，我和成纪先生交往断断续续，一次，我又闲逛到中文系办公楼下的"蓝孔雀书屋"，书店老板方家欣先生告诉我，成纪先生快出书了，我很兴奋，盼望着能够尽快读到先生首部专著。我有一个爱读熟人著作的习惯，读起来如见其人如闻其声，感到分外亲切。直到毕业，也没有读到先生的著作。分到一家报社的我，通过一位留校工作的同学的多方打听，知道了先生的电话，大清早就怯生生地打过去，话筒里传来了先生那柔和而又浑厚略带嘶哑的声音，听起来好像刚睡醒，问起了先生的著作，先生告知我书已经出版，书的名字《审美流变论：艺术与生命的新对话》，"你来吧，我送你一本。"激动之情不溢言表。人生在世，我最佩服的是学富五车、著述等身的学者，我最羡慕的是那些出版个人学术专著的学人。我骑着我那辆破旧的自行车，穿街走巷，一路狂奔，到了郑大家属院桃源路社区，气喘吁吁地给先生打电话，不一会儿，先生下了楼把带着油墨香的著作送到了我的手里，拜谢之后，又是一路飞奔到我在关虎屯租赁的屋子里，一口气读下来，口齿生香，坐卧两忘。先生的著作文风依然劲健犀利，观点依然醒豁切中肯綮，书中很多观点先生在我们的美学课堂上大都讲过，今日重温，似有久别重逢往事历历在目之感。读完之后，我写了一篇读后感似的简短评论文章刊登在了我所供职的一家报纸的副刊上，把报纸寄给了先生，后来这篇文章又收在了我的第一本散文集《豪饮沧桑》里面，终因小书肤浅，汗颜难堪，没有勇气送给先生。我搬家的时候，所有的书都没丢，偏偏就丢了先生的这本书，那种失落感一直纠结于心。遍寻郑州各家书店不得，最后还是鼓足了勇气，又从先生那儿讨得一本。在先生的家里，先生又为我打印了一份自己的作品目录，从这篇目录中我才知道，时下在《大河报》副刊上署名"西城"的系列时评文章都出自先生之手，我一阵惊愕，想不到温文尔雅的先生时评之文也能这样文采飞扬、纵横捭阖，我把这些文章都剪辑在粘贴本上，经常拜读，为之拍案叫绝。先生又谈到为儿子写了一本书河南一家出版社要出，我随口说了一句自己也为女儿写了一本童话集，先生说"那就一块儿出吧！""现在各家只有一个孩子，我们一定要为孩子的成长留下一些生命的记忆。"但是，这样的出版计划终于泡汤，我从网上得知先生的这本《太初有言：一位美学教师的育儿手记》已由广西师大出版社出版，那时还没有网上购书，我就一直留心于郑州的各家书店，但还是一无所获，后来，我委托一位到上海出差的同事购得了这本书。先生情感细腻，把学问与生活完美地糅合在一起，学问里充满生活的情趣，生活中洋溢着学问的气息，先生"文火炖肥羊"的生命境界，真是羡煞我辈也。

先生的书一本接一本地鱼贯而出：《美丽的美学：艺术与生命的再对话》、《形而下的不朽》、《物象美学》、《自然美的哲学基础》，我都一一购得，很多时候，我到书店购书实际上也是为了能够邂逅先生的新书。我后来写了一篇《文火炖肥羊：刘成纪著述读札》的文章，收录在了我出版的书话评论集《灵魂孤筏的泅渡》一书中，聊以慰藉我对先生的感激之情吧。从成纪先生著作的"后记"中得知，他到武汉大学读博，后又分到了北京师范大学。多少年就这样一晃过去了，我时常想念着先生，成纪先生，你在他乡还好吗？

中文系先生们的那些课　临近到学校报到的日子，我把妹妹用过的一沓书写了一半的小本子用细铁丝穿起来，订成一本本厚本子，准备大学做课堂笔记用。对于纸张，家庭贫穷的我，从小就异常地珍爱，在我看来，所有的纸张只有正反两面都充分利用了，才算彻底发挥了作用。这种习惯，一直保留至今。单位学习，分发的硬皮本，我都舍不得用做会议记录本，记录那些不疼不痒的流水文字，在我看来，真真是糟蹋了这么精致的本子，实在有点可惜。我总爱把女儿用过一半或才写了几页便废弃的"夹生本"装订起来，作为会议记录本。好马配好鞍。这些好本，我要么珍藏要么作为摘抄本，这样才算物尽其用。走进大学，我才从老师的口中第一次知道我所在的系，全称应该是"中国语言文学系"，简称"中文系"，我所学的专业是"汉语言文学"。生活中，经常被朋友问及中文系都开设哪些课程？我总是习惯性地概括为"历史、作品、写作、文论、汉语、语言、专题"七大部分，具体来说，"历史"主要指"中国古代文学史"、"中国现代文学史"、"中国当代文学史"、"西方文学史"；与之相配套的是"中国古代作品选"、"中国现代作品选"、"中国当代作品选"；"写作"指的是"写作概论"；"文论"指的是"中国文学批评史"、"文艺心理学"；"汉语"主要指"古代汉语"、"现代汉语"与"音韵学"；"语言"主要指"语言学概论"；"专题"主要包括"《诗经》研究"、"文字学"、"民俗学"、"书法理论"、"科学美与艺术美"、"先秦美学"、"中国语文工具书"、"中国现代小说流派"、"台港文学研究"、"巴金研究"，等等。

大学四年，我的学习很是一般。在我看来，中文课程，大多是看起来很美，听起来很是空洞无味。于是，懵懵懂懂，浮光掠影，蜻蜓点水，四年时光轻抛，现在思之，已悔之晚矣。多年以后，我也成为文史类教师，始发现，人文社科课程因太注重理论提炼而易流于空泛虚浮。大一之初，文学概论课程，刘老师从文学的产生、文学的阶级性、文学的种类、文学的思想性与艺术性，等等，探幽发微，但这对于刚入学阅读量很小，思考力贫弱的我们来说，味同嚼蜡，乏味透顶。刘老师不苟言笑，讲课认真，往往讲述完一个问题，就要我们记录长长的一段文学理论要点，一学期下来，笔记记录了厚厚的一大本。临近期末考试，我们最担心的是文学概论课考试，怯生生地问老师如何考试，能否划定范围？个头不高、面容清瘦、戴着眼镜的刘老师，不紧不慢地说："这门课，考不及格很不容易！"我们都被这句幽默的话语逗笑了，笑过之后，我们细细品味老师的话，感到莫名其妙，何谓"考不及格很不容易"？双重否定就是肯定，言外之意，不就是"考及格很容易嘛"。但是，临近考试，我们不敢掉以轻心，依然对着笔记老师圈定的范围，直背得昏天黑地。

中文系开设的写作课，是按照不同的文学体裁分学期上的。"诗歌"、"杂文"两大板块儿是由刘福智先生讲授。刘先生影响我最深的是他教课与创作齐头并进的那种幸福感与成就感。先生瘦瘦的身材，上嘴唇上长着稀疏的胡子，戴着变色眼镜，说话柔和纤细，举止文雅，讲课清新儒雅，浅白纯净。先生在课堂上列举的诗歌杂文范文，大都是先生自己创作发表的文章，很是亲切有感染力。"流火"是先生诸多笔名中最常用的一个笔名。这些杂文汇编成集书名谓之《中国的"泼皮士"》。先生一次周末在文科区校园系办公楼前的林荫道旁签名售书，我毫不犹豫地买了一本，并让刘老师签名，薄薄的一本书，汇集了先生撰写的几十篇杂文，我开始了阅读，先生的杂文往往借助刚发生的新闻事件或普遍的社会现象，引申开来，语言柔中带刚，峰回路转，视角独特，观点独到。但是，美中不足的是气象还略显狭小，表达还略显忸怩，没有完全放得开。这本书我还一直保存在书架上。先生"诗歌"写作教学，给我印象异常深刻，他在课堂上朗诵自己的诗作，抑扬顿挫，很有韵律。记得他布置的作业就是让我们每位同学写一首诗，他一一在课堂上点评，表扬了几位同学的诗作，还记得我写的是《接到大学录取通知书》，用了很多表示喜庆的意象，水平一般，我知道了自己平庸的写诗天赋，至今，对于诗歌只是喜欢朗读却从不敢亲自捉刀。先生诗歌教学对我们的诗歌创作很有启发，记得有几次讲到韵律，先生以《故乡的小河》为例，在动情的演唱中让我们体会歌词韵律的优美。先生的歌声多年来还仿佛还依然回荡在耳鼓。一次，台湾诗人杨平、文晓村等诗人来大陆访学，在系一间办公室中，杨平先生朗诵自己的诗歌，反响微微，他很是气恼失望。河南诗人王怀让、刘福智先生也在现场，先生即兴朗诵了新作《我的大中华》，声情并茂，很有感染力、震撼力，但是我的脑子里总想起"中华烟"，滑稽很煞风景。先生很是勤奋，大学毕业，我在报社工作那段时间，也曾向先生约稿，先生派人送来了几篇杂文新作，送到主编案头却被告知稿件不适合报纸风格，此事流产，很是愧疚先生。先生在讲义基础上整理加工润色，由西北大学出版社出版了《诗歌艺术论》和《杂文艺术论》，承蒙先生错爱，我有幸获赠先生赐书，曾用来作为教材蓝本为一届学生通讲了一遍。这两本书同样也带有先生清浅质朴的风格，没有过分高深的理论，内容浅显易懂，是典型的讲义体专著，可是，在我看来，先生是职业与事业结合得很好的大学教授，一辈子陶醉在诗歌、杂文的教学与创作中，这是多么令人羡慕的生命境界。我后来又选报了刘福智先生《科学美与艺术美》选修课，我也是最早购买这本书的读者。先生还与人合写的《邓亚萍传》颇有影响。

小说写作版块儿是孙春冈老师讲授，只记得他在讲课中很重视小说细节的描绘，他列举一个吝啬鬼吃油饼卷大葱，每吃一口油饼，大葱就往下拉一次，大葱成了吃油饼的诱饵，很是生动形象。结课考试同样是上交一篇自己撰写的小说，我根据自身的经历，写了一篇《送礼》的小说。

新闻写作课是荆老师和王振亚老师讲授，只记得新闻的"倒金字塔"写法，那时的我满脑子都是散文写作，对新闻写作的兴趣不浓。王振亚老师讲了几次报纸版面制作，如何设计报纸版面，还是印象不深，印象最深的是王老师收藏的一张刊登错误的照片的报纸，林彪事件发生后，因为消息封锁，蒙在鼓里的一家报社还是想当然地在国庆节那天刊登了毛主席和"林副统帅"在天安门一起观礼的大幅照片，结果，闹了一个天大的笑话，可是，此期报纸却成为收藏界可居的"奇货"，那时，我才知道，收藏还有这么多道道儿。毕业后，我曾在一所广播电视学校教授《消息写作》和《电视语言》，总感觉知识条条框框，空洞乏味，没有文学写作厚重，这种偏见一直影响至今。

大一还开设了古代汉语课。个子高大，体态丰满，寿眉茂密，气质高雅脱俗的李恩江老师，讲课很有气势，讲解古典篇章字字句句都落实到位，功底深厚，但是，还陶醉在青春梦里的我们总感觉此课枯燥乏味。他要求我们要背诵相关章节，每次上课还要提问，这对于沉浸在文学梦里的我们是一件苦差事，好在几次提问点名背诵的都是爱学习的女生，偷懒的我每次都侥幸蒙混过关。古代汉语课走马观花，很多优秀的篇章没有来得及细细品味，认真研读，虽然这些教材还保留在我的书架上，几次乔迁搬书，我轻轻地摩挲发黄的书页，抱憾青春浅薄，叹惜时光轻抛。包括后来，李恩讲老师开设的文字学专题课，李老师每次上课，手拿卡片，一个字一个字地讲解来龙去脉，现在想想这是多么机会难得妙趣横生的课程。可是，口味很刁胃口不佳的我，三心二意，那时脑子里盘算着如何写一些报纸副刊喜欢的青春美文，对厚重朴茂的文字学还没有激发深入研读的兴趣。昏昏沉沉，酣然入睡，文字学课草草收场。多年后，我自己购买包括《中国文字源流词典》《说文解字》等文字学方面的书籍，才知道文字学是学问之基，是中国文化之本。我的一位朋友报考了清华大学的文字学博士，几次闲谈，我在羡慕中直恨自己青春年少的孟浪，捶胸顿足，仰天长叹，却于事无补。

大一下半学期，中国当代文学史课走进了我们的学习生活，该课先后由王小林等几位先生讲授。一时间，我们疯狂地借阅购买各种老师在课堂上讲到作家作品，昏天黑地如饥似渴地恶补。一阵子是张一弓的《黑娃照相》、《春妮和她的小嘎斯》、《犯人李铜钟的故事》，一会儿又换成了邓友梅的《那五》、冯骥才的《矮脚女人和她的高个子丈夫》、《神鞭》，面对这些过去闻所未闻的作家作品，个个狼吞虎咽，宿舍里通宵达旦地贪婪阅读。想想，中学时代，东躲西藏地偷看小说，奢想着考上大学，一定要过过小说瘾，现在，读小说成了光明正大的事儿，成了中文系学生的日常功课，成了老师布置的作业。天下哪有这么好的专业，人间哪有这么美好的事情。

大一带着深深遗憾和愧疚懵懂度过，日子粗糙，现在每每回头细想，当时，要是要是有高人指点，帮我绕过暗礁，摆脱浮躁，唤醒春梦，告别无聊，放宽心胸，平心静气，踏实沉稳，收获颇丰，该多好啊！可是，到如今，一切都是"此情可待成追忆，只是当时已惘然"的惆怅无奈。

　　由游国恩、萧涤非、季振淮等先生主编的黄色封皮四卷本《中国文学史》及六卷本棕色封皮的《中国古代文学作品选》从大一一直上到大二，是中文系所有课程中时间跨度最长的一门主课。该课程一样分时期由不同的老师授课。"先秦文学"部分由个子高高大大、清爽干练、风华正茂的贾宾老师讲授，先生第一节课的"开场白"甚是抓人眼球、扣人心弦，那引经据典的博学及一唱三叹的书卷气一下子折服了我们，尤其是先生吟诵《诗经》里《摽有梅》《采薇》等名篇，如春风轻轻从心空吹过，如春泉潺潺从心田流过，引发了我对《诗经》永久的痴迷与热爱。毕业后，我买了一本由著名学者姜亮夫先生注译的《诗经》，时常翻阅，每次都想起贾先生讲解《诗经》的情形，顿感亲切温暖。可是后来，贾先生业余下海，讲课激情慢慢丧失，上课经常发些文人清贫无奈的牢骚。记得一次讲到《易经》，先生还带来了卦筒，下课给学生们讲解如何卜卦。

　　接下来，讲授"魏晋文学"部分的是个头不高、胖胖的脸庞、戴着一副黑色镜边眼镜的徐正英老师。徐先生讲课嗓门高亢，陶醉其中，白色吐沫挂在口角，讲过一段，爱习惯性地摘下眼镜，深度近视的他，眼窝深陷，眯着眼睛看一下教室里的我们，再戴上眼镜，又开始了陶醉似的讲解。期末考试，先生别出心裁，要求我们把魏晋文学部分所有作品选里的诗文全部背诵，然后诗词名句填空。我们一下子懵了，上学多年，还是第一次这样考试。三百多首诗歌、辞赋，都要考试，都要背诵。临近春节，外面银装素裹，白茫茫一片。宿舍内，热火朝天，个个争分夺秒，狂背不止，点滴时间，全都用在了背诵上；宿舍走廊里，到处都飘散着陶渊明、庾信、谢灵运、鲍照的诗句，业余闲聊调侃，为加深记忆，常常用刚背诵的名句磨牙斗嘴，你一句"拜迎官长心欲碎"，我接一句"鞭打黎民令人悲"。你一句"池塘生春草"，我来一句"园柳变鸣禽。"我的背诵之功，从大学时奠定。古代文学史，这一部分最是终身受用。后来，徐正英先生又教授我们中国文学批评史，先生从"兴观群怨"一直讲到梁启超的"小说界的革命"，很是系统详细，但是我们还是对此理解不深。多年以后，细细想来，这是中国文论最精彩的华章。我购置钱钟书先生的《管锥编》及《谈艺录》，才知道这是进入中国古代文学最基础最关键的理论部分，也是最有趣味最值得研究探讨的部分。

"唐宋文学"部分由宋恪震先生讲授，宋先生年龄稍长，衣着简朴，讲课生动投入，特别是对白居易的《长恨歌》形式大于内容的精彩分析，至今还印象深刻。

"元明清文学"部分由乐烁先生、陈抱成先生主讲，各种原因，这些部分印象中几乎都是走马观花，浮光掠影，认知很是浅薄。多年以后，我教授大学语文课时，才发现，元曲和明清小说部分都是我的薄弱环节，悔之晚矣。

曲春景老师讲授文艺心理学课，曲老师梳着辫子，瘦削脸庞，戴着眼镜，斯斯文文，性格温和，态度慈祥，声音柔美。曲先生讲解文艺心理学课，所讲内容大多已忘记，只记得弗洛伊德的"力比多"；只记得她讲自己考研时期生病几乎精神要崩溃的时候，读到诗人里尔克的诗句"挺住，意味着一切"时对自己的激励。还记得一个冬日，曲老师上课，一位身穿皮夹克戴着眼镜头发凌乱，浑身透着烟味儿和皮衣味儿混合气息的先生，不声不响地坐在了我身边的座位上。我被这种气味呛得晕乎乎的憋闷，心中想着这个烟鬼是谁？我试着与之搭讪："老师，您也是来听课的？""烟鬼"只是"嗯"了一声，身子仄歪坐在阶梯教室的椅子上。我注意到，听课间隙，"烟鬼"可能是烟瘾发作，他的手下意识地不时地伸向衣袋中掏烟，几次把烟拿出来，又几次放回去，一只手在鼻孔旁不停地嗅闻。下课休息，曲老师笑盈盈来到我身边，"烟鬼"起身对着曲老师笑了笑悠然离去。我忙问曲老师："这位老师是谁？"曲老师似乎心不在焉地说："王鸿生老师。"我"哦"了一声，便不作声。大学快毕业时，我从《郑州晚报》的副刊上读到了署名"王鸿生"的语录体散文《交往者的自白》，一下子被那如锥子般直刺血脉的文字深深折服，文字干净犀利，针针见血；思想单刀劈面而来，直抵心腹。从此以后，我在书店里一直搜寻这位王鸿生先生的书，终于购得由东方出版中心出版的《交往者的自白》一书，狂喜之情溢于言表。再后来，我才知道王鸿生与曲春景老师是一对儿情深意合的伉俪，兴奋中惊讶好奇了好一阵子。大学毕业多年，陈思和先生来郑州越秀酒家讲座，我才与曲老师不期而遇，随后又因为他们夫妇送我一套由王鸿生先生主编的"金芒果"批评文丛，我还到了他们位于郑州大学南门的家中，恳请王鸿生先生在《交往者自白》一书的扉页上签了名，我们三人又谈了一阵文坛特别是批评界的事情，鸿生先生笑眯眯的，话语不多。后来，他们调往上海，一别之后，就再也没有见面的机会。但是，二位先生所出的书，凡是我在书店见到必买，书架上他们的书，我集中放在一起，每次看见，心中都感到特别的温暖亲切。

教我们现代文学史课的是贾玉民老师，贾老师脸庞清瘦，戴着镜架黑色的眼镜，冬天里，常爱穿一件黑色的呢子大衣，衣领高耸，脖子里面围着黑色的围巾，声音略微有点低哑。由唐弢先生主编的两卷本灰褐色封面的《中国现代文学史》还是按照"鲁郭茅巴老曹"的顺序专章介绍，那时，总觉得版本陈旧，对这些作家的作品又在中学一知半解些，贾先生态度温和，对我们也比较宽容，现代文学史的学习也只是水过地皮湿般的浮皮潦草。后来，贾先生又为我们开设了"巴金研究"的选修课，也是缘于听课不投入，印象模糊。我和贾先生交往密切是毕业后我向其主编的《美与时代》杂志投稿，记得那是一篇描述打工仔文学梦的稿子，我送稿子到先生家中，先生和师母很是热情。一次，先生打电话来说稿子要用，激动的我不知说什么好，不久我收到了先生寄来的样刊，翻开一看，先生竟然把这篇小稿安排在了杂志的头题，稿费汇款单还是先生亲自填写寄来。贾先生儒雅淡泊，他有一次给我打电话，说有读者来信反映，我的那篇稿子有一稿多投现象，在别的杂志上也发现了这篇稿子，先生核实此事，电话中先生语言依然不愠不怒，愧疚的我不知给先生说什么好。我的书房里，至今还存放着当年先生送我的一套杂志合订本，我从书店了购得先生注解的《说文解字》，虽然搬家数次，但我还一直珍藏。每每睹物思人，先生虚怀若谷的胸襟与气度，那宽阔磊落的品格涵养，让我永远仰慕、敬佩和崇敬。

　　大三，我们开设了美学概论课，老师是刘成纪先生。听课之前，我听过一次先生在八角楼一楼阶梯教室的讲座，题目是《月亮、蝴蝶的物象美学》，阶梯教室人山人海，我坐在最前排，成纪先生性格宽厚，语言缓缓，观点新颖深刻，简直字字珠玑，美不胜收。先生自足平静，内功很深。记得我走出教室，在校园内一个人慢慢地回味先生讲座的每一个观点，在深深被折服的同时，我深切地感受到了学术研究的魅力，如灵光乍现，确立了我终生从事学术研究的志向。后来又在几家杂志上读到了先生撰写的美学文章，文笔清新晓畅，平常的生活现象在先生的美学点化下，本质呈现。先生的美学课，我很少逃课，每一次听课，先生都为我们打开了一扇我从未开启的美学之窗。大学四年，成纪先生和鲁枢元先生是对我一生从事学术工作影响最为深远的两位老师。

　　教授我们现代汉语课的先后有崔灿先生、张明奎先生，他们分讲"语音学"和"语法词汇"，崔先生个头很高，大背头，爱坐在讲台后面，台上一杯茶水，说话很有板眼。语音学部分很是难懂，崔先生讲课思路稍乱，我们听课效果不佳，包括后来他主讲并由他主编的"语文工具书的运用"课程，给人的感觉也是走马观花地一掠而过，感觉大学教授教课水平不过尔尔，心里纳闷，莫非是先生擅长研究而不擅长教书之故？这是大学四年及毕业后，一直困惑我的问题。张明奎老师圆脸，戴着眼镜，似笑非笑，讲解"汉语词汇"部分，边板书边讲，满手都是粉笔灰，很是投入。但是，对知识挑剔的我一直没有深入细致地研读"语音、文字、词汇、语法、修辞"等现代汉语知识。直到大学毕业，我在某高校代课，这本由胡裕树先生主编的《现代汉语》教材我饶有兴趣地教授几遍，理解掌握的程度比起学生时代真是向前跨了一大步。

　　毕业后，长长一段我在各个高校教书的时光，几乎等于让我又把大学中文系的教材重新熟悉了一遍。我很怀念那段为了生计什么课都敢教授的时光，也是从那个时候开始，我开始理性地审视中文系的课程设置及语文教学，开始细细地盘点自己大学学习的收获。

从大三下半学期开始，中文系的课程以选修课为主，我选了齐冲天先生的书法理论课，教材是油印的厚厚一卷，由吴小如先生作序，从吴先生的序中才知，齐先生毕业于北京师范大学，一生从事书法和语言研究。他那夹杂着淡淡南方口音的普通话，听起来独特别致。齐先生书法理论课，功底儿厚实，见解深刻，年轻的我，对书法美学的认识实在是一窍不通，一学期下来，也是一知半解，收获寥寥。大学毕业后，我从书店里购得由大象出版社出版的齐先生撰写的《汉语词汇学》一书，先生学问，功底扎实，考证细密，语言质朴明晰，我辈哪能企及！

我选修了翟相君先生的"《诗经》研究"，初见先生，很是诧异，先生个头不高，头发花白，满脸皱纹，如一位朴实的老农。以貌取人的偏见，影响了我们对先生水平的错误判断。选修这门课的同学，印象中好像只有十几个人，但是翟先生驾轻就熟地讲起了对《诗经》很多篇目的"新解"，果然见解不落窠臼，自成一家之言。有一次上课，他从自己提的布包中拿出由先生独著、中州古籍出版社出版的《诗经新解》，每人发了一本，我如获至宝，这本书收集了先生《诗经研究》的最新成果。大胆假设，小心求证，文章观点很是独特，如他通过各方面条分缕析的多方考证，认为《关雎》是一首"断简"的残诗。先生对中国古代文化的把握更让人感佩，一次上课，他在黑板上熟练自如地画了一幅古代夏历时间及五行、天干地支对照图，我很是佩服。先生这项本领，我到现在还没有登堂入室，还是一个懵懂无知的"门外汉"。先生还告知我们他一生酷爱文字，正在着手编辑一本自己独创的简便查字方法，先生还在黑板上做了演示，果然大大提高了查字的速度。那时他正一个字一个字地测试，书稿已经在书房里摞成了小山。记得先生语重心长地对我们说："只要感兴趣，再枯燥的工作也会充满乐趣。"先生的这些话影响着我一生对文字的热爱，一生对学术的不懈研究追求。

　　大学读书四年，我始终听不明白的一门课就是黄笑山先生教授的音韵训诂课，讲义是一本油印的小册子，我保存了多年，可是，在一次搬家中，我丢失了这本书，很是可惜。黄先生学问渊博，讲课很是投入，但是任凭我怎么全神贯注地听讲及记笔记，还是如坠五里云雾之中。一次，黄先生说了一个他上学学习音韵训诂的小故事，老师问同学们"听懂了吗"，学生们回答"听不懂"，老师好像非常满意地说道："这门课，听不懂就对了。"老师的话很是耐人寻味。黄先生后来又教授我们中国古代文化课，内容涉及官制、礼仪、典籍、民俗等多个方面，青春轻狂的我们哪里珍惜这些金子般的知识，也是胡乱地听讲了一遍。多年以后，我又把这本书拿起来重读，倍感亲切。我又陆续购置了很多中国古代文化词典等工具书，中国古代文化博大精深，作为一名中国学人，我常从里面汲取营养，开阔视野，扩大知识面，滋润身心。我对中国古典文化的热爱，将一直伴随着我匆匆走过的生命历程。

　　时光如电，已经到了大四学年，稀稀拉拉有几门选修课，记得印象比较深的有陈飞先生的古代科举制度，陈先生很有才气，每次上课，陈先生最大的习惯就是念读他摘抄的卡片，或者是在黑板上抄写这些精彩的片段，字体很小，坐在阶梯教室后面，眼睛近视的我看黑板上的字，即是戴着眼镜，看得还是不很清楚，大四临近毕业，心绪浩茫，听课很难入定，听课效果也不是很理想。倒是陈飞先生撰写的那一本描写古代仕子命运名字叫《历史的呜咽》的书，至今还保存在我的书架上，偶然翻阅，如烟日子，历历在目，那个戴着眼镜，斯斯文文，一身书卷气的陈飞先生的容貌就在眼前浮现。

　　还有一门课叫"中国现代小说流派"记不得是在哪一学年哪一学期开设的，只记得教课的是杜显志先生，先生身材高大，面庞宽阔，讲课语流缓缓，声调适中，一个个文学流派讲解，刘纳鸥、穆时英、施蛰存等作家的名字第一次进入我的脑海中。这门课，同样因为少不更事的我，满足于一知半解，以至收获寥寥，但是先生和薛传芝先生合写的《中国古代小说流派论稿》，我一直精心地保存着，它和我后来购买的刘增杰先生编写的《中国现代文学思潮》一书，成为我品读中国现代文学的优秀参考书目。

　　大学最美好最值得珍惜的读书学习时光，就这样草草收场、落下帷幕。如果时光倒流，如果大学学习重来，如果让我再一次坐在中文系上课的教室，在这无数个数不清的"如果"假设中，我收获的肯定不是无比的遗憾痛惜无限的惆怅悲凉。美好的大学读书时光，宝贵的拜师学习的机遇，珍贵的学习环境，我都当成了似水流年的日子匆匆走过，当成一阵清风从心头掠过。回头用心用情来摩挲每一门我一度轻视糟蹋的课程，留存在心的是对它们永远的愧疚。这些课程，是我大学生活最核心最重要的内容，可是我却把这些充实的内容当成了形式；是我青春最可珍惜的文化精神财富，可是，我却把这些财富当成了阻碍我青春恣意疯狂的包袱；是我糟践蹉跎青春时光的见证，它们汇集在一起把我推向了历史的审判席，让我在永久的忏悔里凤凰涅槃般获得青春的重生。这些课程引导我走入博大无边的精神世界，让我知道了通向学术的路径千万条，学术的大厦的雄奇巍峨。这些课程如无数个蜡烛，烛光莹莹，照亮了我一往无前精神跋涉思想历险的道路。这些课程，也是我青春生命的血肉，她们滋养了我的心灵，让我青春的身体不再羸弱日子不再贫穷。

　　大学生活，已经慢慢地退回到了逐渐遥远的生命历史记忆深处，退回到了我保留的这些发黄变脆的教材里，退回到了今天我这些粗粗浅浅、挂一漏万的回忆里。可是，随着时光的流逝，这些课程将伴随着我更深入更细致的解读，成为我读书学习的动力源，成为我回望大学时光的驿站，成为我打捞大学读书学习最重要的记忆碎片。谁亵渎了大学读书学习，谁一生就得不到心灵的抚慰。随着社会生活阅历的增加，愈来愈认识到大学开设课程的重要意义，愈来愈体会到这些课程在一个人一生读书生涯中重要的份量，可以说，它们基本上奠定了一个人专业读书的基础，确立了一个人一生的专业读书方向。大学教材，值得永远保存，永远地温习研读品读细读，这是一种安慰，这也是对青春生命的再回望再回味。大学教课的先生们，成为我们生命历程中别人替代不了的精神导师；大学开设的那些课程，成为对我文化熏陶思想熏染最浓厚的一部分，成为我生命记忆中色彩最绚丽颜料最粘稠的部分。这些课程，是我们青春的灵魂，一直游荡在我们生命的梦呓里。多少年过去了，多少年就这样一下子过去了，大学的那些先生那些课，就如初恋女友身上的气息一直在心中挥之不去，就如童年吃过的美食让我们永远铭记，就如瓜秧丝丝缕缕遮蔽生命的黄土地。

大学时代的学生刊物 大学时光，最难忘三五文友，怀着无比的神圣与无限的崇高，聚拢一起，昏天黑地、乐此不疲铆着劲儿办一份内部交流传阅的小报纸、小刊物，那一份执着与虔诚，那一种情感的温暖与纯真，多少年后，一直萦绕在每个中文系学子的心头，成为人生时光中最值得珍藏的美好回忆。刚入学那阵，宿舍内，时不时地有中文系高年级学兄学姐们分发的由他们自办的报纸与刊物，边分发边轻轻柔柔地说："多给我们投稿呀！"在他们温文尔雅的气质及翩翩风度的映衬下，一下子，让我们这些"新鲜人"看到了自身那种傻乎乎的稚嫩与灰蒙蒙的青涩，一阵风中，淡淡的报纸油墨香与他们身上洋溢的青春气息，也瞬间幽灵般地把我们青春的才气撩拨得鼓胀胀的飞扬，须臾搅和得青春的才情如蓬蓬一团火般的炽热。

至今还记得有两份报纸《郑大人》与《小天地》，急忙打开，篇篇章章都定格化了我们内心同样湿湿漉漉惆怅与感伤的青春思绪，都写满了我们生活中同样飘飘忽忽的青春寂寞与无奈，自认为这是天下最瑰丽的华美之章。一个时期，我把这些华章剪贴在我精美的摘抄本上，晨风中诵读，课堂上品味，晚自习仿写，它们成为我大学时光心灵与情感同样饥不择食时的干粮，成为拔节生长的青春肌体内汩汩流淌的血液。那是一个美好的夜晚，受学兄学姐之邀，我们几个愣头愣脑的新生围坐在中文系的一间办公室里讨论两位学长的诗歌，诗歌如爽口的青橄榄般熨帖肺腑，主持人请我点评，我也大言不惭地说了一通，讨论结束，主持人对一旁做记录的学兄说，"把今天的发言整理一下，发在咱们的《郑大人》上！"此后的日子，我望眼欲穿地盼望学兄学姐们到宿舍发报纸，报纸上登载我的发言内容，好在室友面前满足一下我那小小的虚荣心，可是终没盼来，望穿秋水、急不可待的我终于按捺不住登门到学兄那儿索要了一张报纸，在第二版密密麻麻的整版研讨会上，我寻寻觅觅找到了自己的名字，名字后面括注为（中文系级新生）后面是两行字，"的诗写得很有沧桑感，我很喜欢！"短短的一行字。痴痴呆呆边走边看，索性站在操场旁的塔松下面久久地凝视，虽然现场说了那么多，结果见报的只有几行，却分明是我趔趔趄趄走出的歪歪扭扭深深浅浅的文学脚印，我依然自恋般的珍爱有加。

那个时候，我最爱读的是校报《郑州大学》的副刊版，编辑是我大学毕业也未谋面一直觉得很神秘很崇高的林虹老师，最早的一期是在军训期间，我从一位室友那里讨得一期校报，副刊版上登载了我们同年级新闻系名叫高亢的长长散文，文笔细腻，情感真诚，写出了新生那微妙复杂的情愫，好长一段时间，面对剪贴本上的这篇文章，我咀嚼品味半天，里面很多句子我都偷来书写在了我给在中学复读的朋友们的书信中。当我多方打听经人引见终于见到瘦瘦高高的高亢，并从此成为好友的时候，终生与文学女神厮守的信念就这样深深植根于我的心田。在中学已开始发表文章并在郑州大学小有名气的高亢兄，那时他发表的文章真多，天女散花般地飘落在校内外各种各样的报刊上，我也在寻寻觅觅地搜罗高亢兄的文章，记得有一篇《女孩儿的心事》的散文，还一直保存在我珍藏至今的大学时期的摘抄本上。高亢兄毕业后，当了一家省报记者，刚毕业，那时我也蜷缩在一家报社寒碜度日，还断断续续地联系，此后我到高校教书，跌跌撞撞，养家糊口，虽同居一城，但再也没有彼此的音信。我的高亢兄，我的大记者，你在那面孔严肃的党报里，混得还风生水起吧！发表文章，对于那时的我，如吸毒者刚经历过不适应期，毒瘾入骨，不可自拔，中文系同年级的一个哥们儿，爱到理科区的校报编辑部为林虹老师送稿，回来常爱在我们面前炫耀林虹老师对其习作多么欣赏。我文人羞怯，不敢亲炙。忽一日，同学告知，校报登载了我的父母来信，这张报纸我一直珍藏至今，那是我在大学时期的第一次露脸。后来，教我们政治课的老师带领我们到临颍县南街村参观，回来后，我与那位常到校报给林虹老师送稿的哥们儿共同撰写了参观记的稿子，终于登在了校报上，这是第二次我在校报露脸。一直到大学毕业，我又写了一篇《与春天同步》的散文，几乎占据校报副刊半个版面，编辑依然是林虹老师，但是，怯懦的我到现在也没有勇气去拜谢我永远感激不尽的林虹老师。林老师，您在哪里？您也许不会记得我这个胆小如鼠没有出息的来自中文系的毛孩子啦！

我们同年级的几个文学哥们儿也终于按捺不住办刊的热情，经过一番结婚生子般的酝酿筹划，一张名叫《日新文学》的小报终于如挂在枝头顶花带刺的小黄瓜新鲜出炉，上面登载了我的一篇习作《半个都市人》，我把这张小报炫耀式地分别寄给家乡的亲朋好友。但是，等到出版第二期的时候，我们的报纸大样已经打出来了，上面也登载了我的一片小稿子，可是，问报纸负责人——我的好友李凌被告知硫酸版已经破坏，报纸夭折。据我所知，很多校园小报的命运大都是这般轰隆一阵，要么因为内部经费，要么因为人员闹矛盾，都名存实亡。后来，同室好友拿来一本其大学同乡们编辑的一本名叫《石人山》的打印期刊，里面登载了室友的一首小诗，室友拿着期刊自言自语道："我的诗只要变成铅字，我都喜欢！"那时在大二期间，经过别人介绍，我结识了外地一所学校的一位文质彬彬的哥们儿。我们在食堂里一块儿就餐，信誓旦旦要创办一张覆盖省内高校的报纸，报纸名字叫《原色报》，诚邀我加盟并为报纸积极撰稿，我办报的热情又一下子被激发出来，青春有挥洒不尽的热情与激情，有永远不会枯竭咕嘟嘟往外冒的才情。上课期间，我撰写了《原色，生命的本色》的发刊词，又胡诌了一篇《风度是别样的美丽》的散文诗，送给了这位仁兄。一个多月过后，仁兄抱了一摞散发着油墨香的报纸，打开这张八版套红印刷的报纸，一阵激动，一张报纸登载了我三篇稿子，与仁兄聚在一起，我们几个骨干成员商议如何把这一堆报纸卖出去收回投入千元的成本，我们各个信心百倍，马不停蹄地到临近各个院校推销，效果很不理想，一张报纸一元，很多人看后，几乎问的都是一个问题，"报纸能不能白送一张？"最后，我的壁柜里塞满了《原色报》，慢慢分送给了我身边的朋友，《原色报》就这样又无果而终。

学校食堂门口，有一段时间，经常有人散发一张名叫《亚细亚人》的报纸。翻看这张报纸，第四版"琴台"副刊，赫然登载的几乎都是省城高校大学生撰写的稿件，其中，有一个栏目叫"大学生与亚细亚"征文，我创作的热情又被激发起来。那时，作为全国知名商业品牌的亚细亚很有文化气息，《亚细亚人》报纸知名度很高。还记得，那是金黄十月的晚上，坐在"长明灯"教室（这些公共教室昼夜开放，很受"夜猫子"学生和谈恋爱学生的喜爱）一隅，我写下《亚细亚情结》小稿，在夜色中我投到校园邮箱中，从此，便开始了漫长的等待，可是翻看每期报纸，都是别人的稿子，很是郁闷和惆怅，鼓足勇气，打电话到报社编辑部，接听电话的是一位男编辑老师，声音浑厚，说话热情，告知我稿子已经收到，写得很好。又告知我他叫王洪彬，也是中文系毕业的，欢迎多为报纸写稿。放下电话，新的创作热情又在心头鼓胀。恰好，最新一期的《亚细亚人》报副刊登载了一篇该报主编张弘先生（笔名阿红）写的一篇《女人是书》的文章，我也心血来潮，在晚自习课期间，我放开地写了一篇《女人是小孩》的稿子，直接寄给编辑王洪彬。那是两三周后的晚上，文友联系我到其宿舍一趟，文友宿舍里坐着一位个头高高，眉头高耸，脸庞宽厚，说话稍稍口吃的男子，握着我的手自我介绍说他就是王洪彬，随后从床上拿起一捆报纸，"这一期刊登了你的那篇《女人是小孩》的文章，这是500份报纸，明天你在食堂附近散发一下吧！"告别后，我把报纸拿到"长明灯"教室，独自一人品赏着我的《女人是小孩》，坐在那儿，沉思默想了很久很久，我隐隐约约感到埋藏在我心中很久的文学种子在悄悄地萌芽破土。我舍不得散发，把这一期报纸珍藏在壁柜里，慢慢地品赏送人。随后，这张企业小报，我的稿子不断在上面"站一站""露一下脸"。我的文学之路，可以说，这张小报是我绕不开的生命驿站。大学四年，以至于给系友一种印象，我发文章的媒体品位不高，好像我只会写一些《女人是小孩》这样风花雪月般的文章。我付之一笑，没做任何辩解。王洪彬，也成为我文学道路上刻骨铭心的启蒙之师。我们慢慢熟悉起来，成为无话不谈的好友。洪彬先生性格耿直，为人坦诚透明，热爱新闻事业，关心时事，后来，他到南国闯荡，彼此交往日趋稀寥。我一直怀念因为稿子因为性情因为生活我们相处的美好日子，我一直惦记着至今还是单身贵族的这位仁兄。好人一生平安，仁兄，你在他乡还好吗？

　　离开学校多年，我在一家媒体工作，晚我几届的学弟学妹们拐弯抹角地找到了我，怯生生地要我做他们文学社的顾问，并指导他们的文学期刊《乳蕾》杂志，受宠若惊的我幸莫大焉，我有何德何能做他们的顾问，这只是一个连接，重新连接了大学岁月的地气，让我再次打开那些尘封的日历，品尝那些发酵浓烈的青春之酒。此后，便开始了深深浅浅的交往，收到他们编辑的《乳蕾》，版式设计朴素大方，内容格调劲健，思想前卫而不浮华，处处散逸出青葱蓬勃的青春朝气与才气。岁月匆匆，虽然我搬家数次，但这本《乳蕾》我一直保留至今。青春生命中的每一寸时光，每一个回忆，都值得永远珍藏。中文系学生期刊，还在一代代学生中间发芽、夭折，这都无所谓，因为，我们来到这个世上，不是为了别的，只是为了看看阳光。

　　大学里的文学创作　中文系的学生大都怀揣着文学的梦想，虽然老师们常常为我们泼冷水，"中文系不是培养作家的地方。"但青春荷尔蒙分泌过剩的我们依然在文学的芳草地里奔跑不已。那时寂寞的大学生活，一台小收音机把大学生活渲染得充满丝丝绿意，各家电台几乎都开设了文学节目，我的文学起步就是从给电台的文学节目投稿开始的，那时是军训期间，我给郑州经济广播电台写稿，写的无非是一些青春感伤的散文，远在乡下的妹妹正在井旁洗衣，听到收音机里传来我的作品，忙不迭地告诉母亲："妈，收音机里播送我哥的文章啦！"印象最深的，记得有郑州人民广播电台的《今夜不寂寞》，我写的一篇《冷眼看缘分》在深夜播出，第二天下楼的时候，哲学系的朋友见我边说："昨晚听到你的文章啦！"心中很是惬意。渐渐地，我已经不满足为广播电台写稿子，毕竟不能变成铅字，而且这些节目播出单分量太轻。慢慢我转入了为各大报刊写稿的阶段，最初，有一家刚创刊的《郑州工人报》来系里约稿，我就怯生生地写了一篇《朋友来了有……》的散文，过了不久，我的这篇习作便登载在这家报纸的副刊上，从此，一发而不可收，连续为这家报纸写稿子。有一天，中午上课大课间，我们年级中那位胖胖矮矮戴着眼镜斯斯文文负责报刊信件收发的女生，把一个印有《河南广播电视报》的信封交给了我们班的一名男生："哇！我的文章登出来了！"大家都围上去看，原来是这位同学写的一篇影评，给我震动很大，我隐隐地感到我们这个班平时波澜不惊，其实藏龙卧虎。我从街上报摊上买了一份新出的《河南广播电视报》，发现副刊版"五味子"很适合我写文章，而且此版正在举办"女性与家庭"征文，我铆足了劲儿，写了一篇《扁担情结》，为了投稿保险，我又抄写了几份，投给其他几家报纸。于是我开始天天到报摊上翻看新的《河南广播电视报》，大概过了两周，《扁担情结》登在了副刊的头题，哆哆嗦嗦地从地摊上多买了几份，我要保存下来，细细地品赏，久久地玩味，永远地珍藏。又过了几天，另外两家报纸也把这篇稿子刊登了出来。这种热衷于发文章的兴趣一直持续到大学毕业，记得我写的第一篇人物故事体随笔是《二叔，你好窝囊》，先是发表在《河南广播电视报》上，后来又陆续在其他报纸上发表。对写作的兴趣就是这样培养起来的，几乎每天脑子里都装着要赶写的文章，每天都琢磨着每篇小文的起承转合，每天都在研究不同报刊对稿子不同的要求。比如《郑州法制报》，我为了投稿，不停地搜集素材，时间长达一年之久，终于写成了一篇占大半版篇幅的《伸向大学校园的黑手》。为了给一家《经营消费报》的报纸投稿，我连编带访写成一篇《螺蛳壳儿里做道场：校园小吃部写真的小稿子。当时，还有有一家《读书生活报》，我很喜欢，也想投稿。我骑车到报社去送稿，一位编辑老师对我说："写稿一定要选取有特色的视角，比如这一篇《重复的贾平凹》就是针对贾平凹作品重复出版，有感而发写出来的，就很有新意。"老师的话对我启发很大，恰逢我系刘福智先生刚出了一本书《科学美与艺术美》，我便写了平生第一篇书评《美的联姻》小文，发表在了《读书生活报》上。后来，我又陆续为王鸿生先生、刘成纪先生的著作写了书评，自此，撰写书评、书话的兴趣一直持续保持到今天。大学时期，不论题材、体裁，我只要有机会，逮着就写；只要有发表的机会，我都乐此不疲写得昏天地暗，甚至我还为家乡逝者亲人写碑文，为乡政府写先进人物事迹上报材料，为一位族叔写竞争上岗稿件，为一商场老总写创业感想。我从书法家乔筱波先生那儿，学会了把发表的作品剪贴在一个硬皮本上，这样日积月累，便于检索收藏自己的每一篇小文。敝帚自珍，集腋成裘，翻看自己的作品剪贴本倒也成了我生活的一大乐趣，成了单调大学生活的一大乐事。大学期间，我收到的第一次约稿是《河南画报》的李力老师发给我的，她当时正主办一个栏目："照片的故事"，我写了一篇名叫《我的第一张照片》的简短文字。不久，文字连同那张泛黄的照片同时刊登在了《河南画报》上，那时，还在县城上班的父亲得知消息，兴奋地走遍县城所有的报刊零售点，遍寻无果。他又到邮局查阅订户，偌大的一个县，只有某乡里一村民订阅了一份。写作，成了我生活中的重要内容，也成了我终生的癖好。

　　大学的宿舍与教室　这是 20 世纪 90 年代的中文系宿舍，四年都住在文科区 11 号楼 6 楼，楼下两棵茂密的梧桐树遮天蔽日，出楼道右侧是一个长满杂草、剩饭、经常从晾衣架上飘落下来衣服的花坛，左侧是一排平房，外边搭着白色的帐篷，挂着"回民食堂"的牌子，一口大锅永远咕嘟咕嘟地熬制着羊骨头汤，地面上永远是树叶与煤灰染成的土路，腥膻的味道好像昼夜不停地向楼道里渗透。出楼道门走过花坛，一排茂盛苍翠塔松围绕着的就是操场了。这是一个六层楼高的宿舍楼，中文系高居顶层，下面五层住着经贸系、哲学系、经济法系、外文系、文博系的学生。一个宿舍住八人，四张桌子，每人一个壁橱，四年爬上爬下，倒也没感觉累，年轻人有的是力气，那时郑智化的《水手》正在流行，楼道里到处飘散着"他说风雨这点疼算什么，擦干泪不要怕"的歌声。军训刚刚结束，在操场上开始分发教材，四年所学的教材小山似的堆在那儿，每个人抱了一堆书吭哧吭哧堆放到床头儿，懒洋洋地躺在床上，胡乱地翻看着四年要学习的全部教材，"大家看，《古代汉语》、《中国古代文学作品选》都是繁体字，都啥时候了，还要学繁体字！"宿舍的其他哥们儿也都开始翻看这些繁体字的教材。一阵欣喜惊讶后开始在每本书上写上自己的名字，整整齐齐地堆放在衣柜里。宿舍里又恢复了往日的喧闹。大学生活就这样如水般平淡无奇地流淌。

时令九月，天气燠热。宿舍旁的水房里，夜夜冲澡人络绎不绝。几十条脱得精光光的哥们儿冲、洗、搓，牙膏肥皂水洗发液与仅一墙之隔的卫生间里飘散过来的尿液味混合在一起，从水房一直飘到楼道，再与楼道垃圾桶里散发的由发馊的剩菜剩饭与烟头儿、纸灰发酵混合而成的一种莫名其妙的味道，成为大学四年每个人生命记忆中永远挥之不去的"大学味儿"。深夜被热醒的哥们儿，重返水房，一边用毛巾上下揉搓，嘴里还陶醉似的声嘶力竭地唱着"让我一次爱个够"，还有那些深夜喝醉酒返回宿舍依然兴奋不止也高歌不断的应和之声，成了大学四年每个人生命记忆中永远难忘的"夜半歌声"。楼道东头钢筋架构的阳台，也是我们纳凉闲聊的佳处，夜晚，坐在阳台，抽着烟，看着都市万家灯火，往往心潮涌动，思索着生活中的烦恼忧愁，设计着毕业后何去何从的人生走向。

中文系宿舍"中文"的味道很浓。大一的时候，开设当代文学课，大家纷纷从中文系图书室借阅各种各样的书，一时间，冯骥才、邓友梅、张一弓、舒婷、北岛、顾城一个个作家的作品，铺满宿舍的床头案桌，饥肠辘辘，狼吞虎咽，大家昏天黑地铆着劲儿地狂读。一时间，叔本华、尼采、弗洛伊德、休谟、海德格尔的著作，又成了我们宿舍的座上客，这些已经作古的"洋人"重又"复活"在我们青春无休止的争辩中，"复活"在我们对社会人生的懵懂认知中。一时间几个志同道合的文友开始切磋诗歌创作，一腔的真挚坦诚庄重严肃神圣。一时间，大家又开始挨门串户地酝酿着一张自办小报的征稿、排版、校对、印刷、分发问题。一时间，临近期末，宿舍里大家开始背诵"文学理论"、"竹林七贤"、"陶谢"、"三李"，借笔记的，完成考查课作业的，宿舍成了上考场前的"演兵场"。

那时候，文科区流传着"外文系洋、历史系土、中文系酸"的说法，中文系宿舍也疯狂。打牌更是宿舍不可少的娱乐项目，嘴里叼着烟卷，骂着打着，宿舍里烟雾腾腾，牌战结束，被窝里还在不依不饶人地议论着输赢。嘴战之后，稍稍平息，精力旺盛永远处于亢奋状态的我们又开始了"卧谈会"，必不可少的内容就是谈本系或外系的女生，"谁长得太胖!""谁说话太嗲!""谁的眼睛是猫眼!""谁最风骚勾人!"然后评选出系里的"十大美女"与"十大丑女"，再给这些丑女们一一用绰号命名，个子矮的女生我们称之为"根号二"，肥胖的女生我们称之为"圆周率"，说话娇滴滴的，我们称之为"老嗲"，等等，青春荷尔蒙在这每天的"卧谈会"中悄悄地挥发。嘴瘾过后有人"喊饿"，方便面开始在半开不开的热水里泡涨起来，味道弥散，每个人肚中的食虫蠢蠢欲动，刺溜溜的吃面声，诱人胃口，终有一人忍无可忍，猛然坐起，光着身子来到饭主前，"来，哥们儿，让我喝口汤!"话音未落，汤和面已经下肚。饭主不悦，嘟嘟囔囔："你说喝汤，怎么连面都吃了? 要吃，自己泡去!"窃饭者已经躺在被窝里哧哧笑着。沉默中馋涎欲滴的室友，重启"卧谈会"，又开始了新一轮以"吃"为主的唇枪舌剑，一个说："二食堂的葱花饼好吃，就是量太少!"一个说："上午打了一份小酥肉，刚盖住碗底儿!"一个说："最恶心的是晚上我买的一份青菜里有虫，全部倒掉啦!"一个说："听老乡说，三食堂的砂锅饭不错，明天中午去尝尝!"一个说："砂锅好吃，就是等的时间太长!""卧谈会"在余音袅袅中，在方便面的余香中慢慢"闭幕"。

早上五点多钟，宿舍开始慢慢觉醒，贪睡的伸个懒腰继续卧床不起，晨练的已经早早起床奔跑在校园的林荫道上。七点多钟，宿舍水房又开始了人头攒动，洗漱完毕，楼道里开始呼朋引伴地招呼着下楼吃饭上课，也有找人代替"答到"的，在宿舍睡"回头觉"。中午的宿舍最是喧嚣，很多宿舍买了"热得快"用来烧水，用酒精灯做饭，宿舍里到处都是切菜炒菜的声音，饭香飘散，宿舍变成了临时厨房，水房池子里各种扔掉的菜叶与倒掉的饭菜，打扫楼层卫生师傅的大嗓门，传得很响。一直过后的午觉，往往刹不住闸，一觉醒来，下午上完课的同学已经回来了。"老师点名了没有？"成了这些睡懒觉没有上课同学最关切的探问。

最热闹的是每天中午时分，常有本系女生光顾，我们一脸真诚，满脸热情，同学友谊，全在这宿舍一座、一谈、一笑之间了。宿舍里常有室友的女朋友光顾，娇滴滴的声音常搅扰得我们心烦意乱，难以入睡，更有甚者，女友进入宿舍，我们佯装睡觉，一对情侣窃窃私语，无意倾听却声声入耳，心旌摇动，难以入眠。大二时期，宿舍的每个床位都时兴用布幔围挡起来，我也在一次家教回来的路途中，用家教费买来几尺廉价布匹，也把住在下铺的床位围挡起来，俨然成了一个四四方方的封闭空间，顿感温馨安全了许多。其他室友，纷纷效仿，独立的小空间都成了生活的个人化空间，这样，我们每个人都可以安然入睡，任凭室内哥们儿的女友如何破门而入，如何悄无声息刺溜溜钻入那封闭的空间，如何卿卿我我缠缠绵绵，哥们儿依然酣然入睡；如何眉来眼去，暗送秋波，我们依然视而不见；如何在床上发出情爱的呻吟语，我们充耳不闻。尤其是周末，宿舍哥们儿的女老乡、女朋友进入宿舍，嘻嘻笑笑中，作为局外人的我们只好抽身离去，可是走出宿舍，满眼都是一对对儿搂肩搭背的情侣，孤独之感油然而生，硕大的校园，谁能与我同聚？心中阵阵怅然。室友的亲人也时常光顾宿舍，小摊小贩也时常在宿舍不厌其烦地推销商品，这一切，我们都习惯了，清纯的我们就这样慢慢地适应了大学生活，老师们很少光顾我们的宿舍，我们也不喜欢老师随意打破本属于我们的私人空间。我们在这里完成对大学生活的真实书写。毕业前夕，室友纷纷搬离宿舍，问其故，大多室友与女友已经租房而居，室内孤友，斗室之间，顿觉天地人间"对影成三人"之感。毕业之际，楼层空荡，几位室友，焚烧书物，宿舍窗台盆花，早已干枯凋谢，室内狼藉一片，同学四年，毕业在即，各奔东西，天南地北，恩怨情仇，都化为这满堆的垃圾、矿泉水瓶里的烟头儿，还有那几十本破书；十几年寒窗苦读，就变成了数杯苦酒、一声长叹、两行热泪，一床破烂不堪的旧棉被，全都去你妈的吧，我们哭着，喊着，埋葬着。大学，就这样胡乱地画了个句号，句号画得圆不圆，也都见鬼去吧！

大学里的常明灯教室　大学四年，最难忘的是那日夜灯火通明的常明灯教室，那是我们青春的桃花源。经过一番挫折，我才考进大学，年龄比其他同学大一两岁的我，备感大学读书学习的珍贵，也更加珍惜这得来不易姗姗来迟的大学时光。厌弃了宿舍里通宵达旦战犹酣的"牌战"，厌弃了宿舍卧谈会那肉麻而无聊的青春意淫般的闲聊，厌弃了薄暮时分在校园内茫茫然悠悠然的闲逛，厌弃了那些树丛中小径边河岸旁花开花落却不结果的情感缠绵，厌弃了宿舍内室友们一拨拨男女老乡来访那虚假的寒暄语与充当电灯泡似角色的难堪，我像一只误闯误撞进大学校园的小松鼠，惊恐中急着要找到树林里那个可以藏身的树洞。无路可逃的我，终发现常明灯教室是我安身立命之所。

常明灯教室，全校公共教室，文理校区皆有。文科区在北门附近八角楼一楼，教室四周亭台环抱，树影婆娑，静谧安详。常明灯教室，包容一切，考研的、谈情的、白天睡足后夜猫子般读书的、安神静坐沉思遐想的、无聊发呆的，都可以在这里找到独属于自己的一片天地。常明灯教室，是我大学四年涂抹青春的画板，它留存了我大学金子般年华中最美好的回忆。晚上，我爱提一个暖水瓶和一个军用书包，坐在常明灯教室一隅，创作那些在心中酝酿很久永远也写不完的稿子，一个人静静的，思接千载，文思泉涌，意如飘风，涂涂抹抹，圈圈改改，一篇小文，常常熬费半宵苦寒，子夜时分，走出教室，长伸一个懒腰，点燃一支烟，今夕何夕，校园静寂，蓝天星斗闪烁，夜色阑珊，月光轻抚，顿感充实自足。宿舍内室友鼾声此起彼伏，悄悄地脱衣上床，躺在床上，很久不能入眠，心事家事文事情事一起涌入心头，在慢慢梳理中进入梦乡。大一时期，周六周日，常爱满校园满城区地疯跑疯玩，新鲜感已过，颇觉无聊，偌大都市，高楼林立，我将安居何处？每想至此，如锥扎心，情绪蔫蔫，悲观悲凉，如电周流全身，让我震颤。如冬天兜头的冷水，让我不寒而栗，猛打一个激灵。大二周末，我选择了泡在常明灯教室，躲避外在喧嚣的聒噪，逃避纠缠不清的各种剪不断、理还乱的各色人际关系，如惊蛰后躲在草丛土层中的小虫。一个人，把从大一开始发表的文章，从报刊上剪下来，一一粘贴在我买来的硬皮账本上，翻看这些长长短短、各种各样的文章，总有按捺不住的激情，心中常涌起无与伦比的温馨幸福。看着后面那厚厚的空白页，我心中又油然升起一种创作不止的冲动，感到时不我待的压力与动力，夜深人静，我坐在常明灯教室，心事浩茫，思绪飘飞，常爱用笔在纸上罗列那些只有题目还没有成文的文稿，脑中常爱思索那些可以投稿的各种报刊。深夜的常明灯教室，考研者还在孜孜不倦地阅读那些翻破翻旧的书页，我还在一遍一遍地品读那些敝帚自珍、自恋异常的文字。走出常明灯教室，外边阳光刺得眼睛眩晕，踩在教室外那些枯黄的树叶上，温温柔柔，生命斯文，情感熨帖。在树枝上不停跳跃喳喳叫不已的麻雀们，我很羡慕它们无忧无虑、自由不羁的快乐生活。

写作时间长了，便有脑子被掏空的感觉，我当时迫切需要读书滋补、大补一下，读书充电的渴望与日俱增。大三暑假，很多人选择了打工，我选择了留校读书。我计划把壁柜里购买来的各种书刊，利用暑假好好地通读细读一遍。为了节省有限的生活费，我保持一天吃两顿饭，假期的学校食堂，窗口很少，饭菜简单，还记得读了一下午书的我，到食堂里打了一碗豆角菜，狼吞虎咽中，猛然发现一条绿色的菜虫混杂在菜中，挑出去，依然照吃不误。常明灯教室里，还有考研者，也有如我一样假期"恶补"者，谁也不干扰谁，谁也不打听谁，读书神圣，教室安静，心静如水，我常常带两本书，交叉轮换着读，心气内敛，不急不躁，老僧入定般咬文嚼字，早中晚不停地阅读如月子里的婆娘大快剁颐滋补身体，也如一只抱窝的老母鸡，心无杂念地孵化着知识的鸡卵。这是我大学期间读书最用功的一段时光，一个假期下来，我精读了三十多本书，身心愉悦，神清气爽，枯竭的文思得到了补充，干渴的心灵得到了滋润。常明灯教室，也成为我读书时光中最值得回忆的伊甸园。多年后，我工作安家省城。某周末，到城西闲逛，我和妻子、女儿又拐到母校，常明灯教室人员稀少，我坐在教室中，万千滋味，涌上心头。窗外，树木葱茏，枝叶摇曳。看着妻女，环视这空荡的常明灯教室，我默默地问自己，那个坐在常明灯教室苦读的少年哪里去了？走出教室，避开妻女，我的泪水夺眶而出。

饥渴的大学时光　那时，总感觉每天都是食不果腹，饥肠辘辘。每天，精打细算着生活费，不敢超支。早饭，买一元刚出锅冒着热气油乎乎香喷喷的葱花饼，边走边吃，快到教室了，油饼已经全部下肚；还想吃，只能咽下口水，舔着嘴巴，边听课边回味着葱花的味道。上午四节课，最难熬的是第四节课，肚子咕咕响，午饭，一份菜，两个馒头，三下五除二就下了肚，还想吃，却不敢再吃了。晚饭后，走向河堤，卖各种小吃的摊位，香飘入鼻，诱人食欲，终于按耐不住，买了个豆腐串夹烧饼，来不及细嚼慢咽，就已经全部报销。晚上，下了自习，漫步在金水河堤，那一家卖混沌的摊位，香油味在空气微微飘散，坐满了既要保持身材又要打牙祭的女生们，男生很少光顾，在男生们看来，混沌好吃而不实惠。夜里入睡，青春年少的我们，大家不约而同地又说起了白天的吃。一位说："晚上吃了三个馒头，撑得现在肚子还难受！"另一位说："食堂那个人打菜太少！"大家七嘴八舌地说着说着，也不知哪一位，喊声"真饿"，便开始了泡面，味道勾人，受不了的便嚷嚷道："哥们儿，让我喝口汤！"说时迟那时快，连汤带面又下肚了！深夜了，过完嘴瘾，实在熬不住，就穿衣下楼，楼下一家私人开的回民食堂，灯火通明，宽宽软软的烩面，浓得发白的羊骨头汤，飘着的香菜，几滴芝麻香油，馋猫子似的呼噜噜连汤带面吃了个精光，抹抹嘴，上楼躺在床上，很久才能入睡，心中在骂着自己："嗨！今天又超支了。明天，忍一忍，再也不贪吃了！"面对着捉襟见肘的生活费，我们纷纷想办法，也曾与同学到批发市场批发几十双袜子，费尽口舌到别的宿舍推销，但利润太薄，几次后就撒手不干了。又开始与室友推销带有字帖的旧台历，批发一毛一本，我们卖一元，每天晚上，我们都到附近院校宿舍里去推销，那时，我们练出了一副好口才，只说练好字的好处，一元钱买了一本字帖，太划算了！大学生脸皮儿薄，看着我们满头大汗地轮番推销，经不住我们热情的纠缠，你一本，我一本地买起来。推销完，我们在街上一个夜市摊位上，甩开腮帮子狼吞虎咽吃个痛快，然后把余下的钱一人一半。我们走遍了十几所高校，一个月下来，也挣了几百元，我存在学校附近的银行里，日子开始慢慢地变得滋润起来。我又开始干家教，骑车到人流最多的大石桥，把挂着"家教"牌子的车子扎到路旁，我们便开始了耐心地等待，一个上午过去了，很少有人问，同去的哥们儿熬不住走了。我一人还在等着，终于等到一位操着南方口音的中年男子，停下车子问道："一小时多少钱？"我不敢说高："三块！""好吧！明天到我家，可是说好了，是教两个孩子！"我欣喜地满口答应下来。

这一家几口人租房而居，住在一栋二层小楼上，兄妹两个学习倒也踏实，只是爱在上课的间隙与我聊天。男孩儿告诉我，他最喜欢吃咸菜不爱吃炒菜；女孩儿告诉我她们家乡的男人业余都喜欢打牌，不会打牌的男人，别人就会瞧不起。每次家教结束，我走在华灯初放的街上，心中感到特有成就感与幸福感，特别是到了月底发课时费的时候，兜里揣着几百块钱，小心翼翼，唯恐被别人偷去，常常踅进一家餐馆，一碟小菜、一碗面、一瓶啤酒，便吃得津津有味，饭毕，心满意足，打着饱嗝，慢慢地骑着车，惬意地行走在车水马龙的大街上。后来，我又去了另一家，还是为一名小学生辅导语文课，其母亲爱坐在一旁听讲，我这人也是个"人来疯"，往往家长越坐在一旁听，我就讲得越带劲儿，在我精心的辅导下，这个胖乎乎的小男孩儿进步很大，家长又为我推荐了其姐姐家的同样也上小学的一个小女孩儿，家教地点在某派出所内的二楼办公室内，这个小女孩儿，我一接触，就发现有点反常，她调皮得站在办公桌上面，告诉我她特别喜欢小蚂蚁，上课基本上就上不下去，但是我还是耐着性子慢慢地讲课。有一次，我去上课，见派出所院子里的一棵树上绑着一个人，时令已到寒冬，这个人被冻得瑟瑟发抖。我在上课时说了一句"这人真可怜"，谁知，这个小女孩儿一脸不屑我的"慈悲"，"他是小偷儿，冻死活该！"我心中猛然一惊。讲课基本上连哄带劝地学一会，随后就是开始在屋里乱跑，看着我无可奈何生气的样子，她得意地嘻嘻笑个不停。后来，我发现，小女孩儿的父母感情不和，我每次去，几乎都能听到两口子在吵个不停，男的脾气暴躁，女的比较文弱。一次，我与小女孩儿谈及她的父母，她成人式的回答让人震惊："我早就习惯了！"课是上不下去了，我只好辞了家教，那天晚上，女孩儿的妈妈送我很远，止住步，叹了口气，像是自言自语又像是对我说："可别学我呀！"我最后辅导的一个学生是一名初中生男孩儿，父亲开了一家汽车修理厂，每次上课都是装模作样一阵子，然后就开始向我显摆他喜欢的一个女孩儿，好在我们关系很融洽，一直到他中考，还让我陪着他上考场。家教所挣的费用，几乎都用来贴补饭资和买书，那时的我还处在三种"饥渴"的状态：肚子、情感、知识，我的衣柜里塞满了平时省吃俭用精挑细选的书，我很珍爱他们，特别是随着写作的深入，我知识的饥渴感与日俱增，感到自己读得太少，思想深度不够，文章写得太肤浅。大学时光，我一直在饥肠辘辘和知识的焦渴中度过。杜甫诗云："五陵衣马自轻肥，同学少年都不贱。"我却在一种试图摆脱贫寒的状态中度过了寒碜的大学时代。学者艾云言："自己在写体己的小文字时，才感到快活和惬意。"我也是为此，才写上述啰啰嗦嗦不厌其烦的"小文字"。

感觉粗糙　大学几年过得粗糙。虽然从我迈入大学门坎儿的第一天起，我就不再幻想着一切是合情合理的规则平整，一切都是心想事成的一帆风顺，但我却渴望着自己的生活画卷是工笔的描绘，而不是印象派的粗线条勾勒。

大学最后一年，实习的日子，我远离了热烈沸腾的校园，毅然搬出宿舍，到郊外租了一间小屋。说不清是为了什么，也许是为了躲避世俗的风沙，也许是为了体验一下个人独处一隅的空间。像一只在风雨中躲进屋檐下舔舐自己淋湿羽毛的小鸟，我细细地梳理、触摸着生活中每一个打着结、浸泡着欢乐和忧伤的感觉。

朋友们都不知道我的住处，我也不想告诉他们。常常一个人从报社实习回来，顺便在街上买点东西，回到小屋烧点儿水便吃了起来。身子埋在书堆里，身影嵌入墙壁，心中却一片澄明与宁静，往往彻夜地看书和写作。我想把飘浮不定的噪音，凹凸不平的浮躁和粗糙得磨手顶心的烦恼关闭在门外，尽情地为自己的理想和灵魂，剥去粗糙裹身的世俗外壳，袒露着我的真诚和怯懦，不再担心那防不胜防突袭我的飞沙走石，把我的精神家园腐蚀得斑斑驳驳。

我知道，这虽不是我永驻的世外桃源，但它却是我歇息疲惫心灵的小站，我固守着。还记得，曾在一个寒风怒号，雪花落地有声的夜晚，我一个人在小屋内慢慢地翻看大学四年写下的十几本日记，日记写得蜻蜓点水似的轻飘，无非是"孤独想家了"、"考前突击夜战了"、"没有评上奖学金了"、"文章发表的狂喜与退稿的失落"、"生日宴会的欢笑与失恋的痛苦了"……虽然回头看，这些只不过是面包上切下的薄片，打水漂似的信笔涂鸦，但这生活的浪花，在当时的心湖却激起了层层涟漪，它在凸现着一个蹒跚人生栈道上的莘莘学子的伤感、浪漫、执拗和狂热。它们是我珍藏的一笔财富。

这些日记更是我青春心灵的"秘史"，它在昭示着我：大学并不是一把十分锋利的雕刀，你永远也别奢想它能把我们打磨得玲珑剔透，完美无瑕，经它旋刻出的只能是粗糙的毛坯。大学生的称谓也只能是一件质地并不十分细密，做工不完全精良的粗毛边外衣，承认自己并不十全十美，需要社会之锤打，我们就会坦然地面对并走向社会中的风风雨雨，确认自己披的并不是件美丽袈裟，需要生活之剪之针之线去不断地剪裁和缝补，我们就不会顾影自怜地夸大自己的价值和取向。

　　我有集信的习惯，厚厚的装订成册的一本书信集，捧读重温每一位朋友的来信，都感到它们是束束熠熠的亮斑，照亮了我曾迷茫孤寂的心空。虽然信中散射着浓浓的青春气息，弥漫着清高的才气，偏激的坦率，但它们却过滤掉了生活中太多的积垢，变得纯净和透明。当物欲愈来愈粗野地覆盖我时，我用这洁净的精神和情感裹紧自己。

　　粗糙是一种感觉，就像一棵树，远望去苍翠挺拔，走近看才知道树皮皲裂伤痕累累。生活的层面永远不会平滑得摩擦系数趋于零，我用粗糙磨砺自己。

　　总之，青春生命的发育对于一个人、一个民族都至关重要。青春是生命拔节生长最快的时期，也是最容易被摧毁的时期。青春向未来展开无限的可能性、可塑性，这也是青春存在巨大危险性的根本原因。青春生命，最容易受到外界各种各样的诱惑，情爱的诱惑、梦想的诱惑、思想的诱惑，它们都会让青春生命改变航向，改变底色，甚至改变品格。回顾人类每一个历史的转节点上，都会有青春力量的推动，都会有青春激情的激荡，甚至还会产生巨大的颠覆力量。"他们常常靠自己的文化来对抗成年人的主流文化，以取得某种安全感。"[①] 一个人青春的发育关键是要经历各种"擦枪走火"的摩擦叛逆事件，青春才会逐渐走向成熟。各种青春事件的发生，构成了青春丰富多彩的内容，也构成了青春最冒险的生命阅历。目前，虽然有了"青春文化"这一概念，但是我们对青春发育这一重要的精神生态景观还缺乏最充分深入的研究探讨，特别是对每一个时代青春文化内涵还缺乏详细的解读和研究，当务之急应该从历史到现实对青年文化进行文化的分析审视，进行更加广泛的探讨。

---

① 　姚文放：《当代审美文化批判》，山东文艺出版社，济南，1999.

第三章

文化血脉的考察：生命精神的发育

第一节　文学的胎记

文学是最诱人的精神活动之一。人们通过文学的书写来宣泄心灵的苦闷，抵御与生俱来的孤独。思维是人类生命的基质，也是人类痛苦的渊薮。人类思维活动的私密性与局限性，使人类的精神活动特别是文化艺术活动一开始就呈现出意象内涵的驳杂性、心灵愉悦的精神感染性。她持续时间最长，从青春年少一直到耄耋老年。青春时期，在生理与精神荷尔蒙的双重激发下，文学艺术带给人无限的精神抚慰。年龄愈大，生命中的诸多精神痛苦远远大于生理疾病带来的痛苦，文学对人的精神疗救作用就愈大。文学创作活动本身贯通着酒色才气，它们融聚在一起完成了人类精神的超越与心灵的飞腾。甚至文学书写过程的本身就是人生形态构建的过程，有人说，青春是诗，中年是散文，老年是小说。西方心理学家皮亚杰把生命时段分成几个不同的文化时期：幼儿园是绘画期、小学是故事期、中学是文学期、大学是思想期。语言生成精神，千百年来，人类创作的文学艺术作品通过丰富民族语言的表达力，慢慢熔铸成了民族的文化品质和精神品格，逐渐积淀成了血脉相传的文化基因。王国维先生在《人间词话》中云："凡一代有一代之文学。楚之骚、汉之赋、六朝之骈语、唐之诗、宋之词、元之曲，皆所谓一代之文学，而后世莫能继焉者也。"①　其实质也是揭示了文学种类与民族文化心理相辅相成的关系。当代著名文艺心理学专家鲁枢元先生发现"艺术，并不只是一种职业一门技能。艺术还应当成为一种人生态度，这意味着独立自主、自得其乐、自我完善。艺术还应当成为一种生存境界，一种流连忘返、沉迷陶醉的高峰体验。艺术本质上是肯定，是祝福，是生存的神话，是人们的自我救治、自我保健。"②　生命的成长就是精神的发育，在歌谣、民谣、鬼神故事、童话的滋养中，人的精神开始成长壮大。作家安徒生的童话《卖火柴的小女孩》，看似一篇很凄美的童话，但是她对人类心灵高度的提升、美学境界的升华价值意义不可低估。多年前，笔者在一篇名为《就着生命的炉火取暖》文章中曾分析了这篇童话的生命美学意义：

　　在安徒生先生众多的童话作品中，《卖火柴的小女孩》童话色彩最淡，从叙事学意义看，完全可以划入小说的范畴。可是，生命美学意义最为浓厚还是这篇《卖火柴的小女孩》。情节单一，语言洗练，撼动人心。童话在"这是一年的最后一天——平安夜，鹅毛般的大雪纷纷扬扬地从天空中飘落下来，天气冷得可怕"的简明叙述中拉开了帷幕。"鹅毛般的大雪"为"平安夜"增添了多少美丽的诗情画意，圣灵降福的白色平安夜，冲淡了"冷得可怕"的天气。相反，冷色却更能让人感觉人间的暖意。

　　一个卖火柴的小女孩在街上走着，她的衣服又旧又破，打着许多补丁，脚上穿着一双妈妈的大拖鞋，但是这又有什么用呢？她还是又冷又饿，风吹得她瑟瑟发抖。她的口袋里装着许多盒火柴，一路上不住口地叫着："卖火柴呀，卖火柴呀！"人们都在买节日的食品和礼物，又有谁

----

① 王国维著，滕咸慧校注：《人间词话新注》，齐鲁书社，济南，1986.
② 叶舒宪主编：《文学与治疗》，社会科学文献出版社，北京，1998.

会理她呢？

快到中午了，她没有卖掉一根火柴，没有哪个好心人给过她一个钱。

童话抽去了时代背景，暖色与冷色不断置换，在雪的世界中，小女孩形单影只，孤孤零零；在平安夜这温暖的意境中，她只能通过"火柴"获得生命的温暖。"火柴"是温暖的意象，它小小的火苗，给人类带来红色福祉。火红的亮色让人获得生命的力量，瞬时的亮光让人能感觉到生命燃烧的短暂。人类学家说"人工取火"的发现，是社会文明发展的推动力。可是，在这篇童话中，"火柴"却是对文明的反讽，"卖火柴"本身就是一个人类群体中，穷人谋生的手段，成本低廉，利润微薄。这篇童话最为珍贵的是通篇都是孩子的语言，从"脚上穿着一双妈妈的大拖鞋，但是这又有什么用呢"这句话中还分明能感觉到小女孩似嗔实娇的话语，她纯净水灵的眼睛还没有读懂社会的残酷与冷漠，还不能承载生存的沉重。"卖火柴的小女孩"，题目本身就让人心底产生源自人性最柔软最脆弱最深处最本真最自然的爱意。唯美的诗意淡化了社会过于沉闷的色彩，在平安夜，"又冷又饿，风吹得她瑟瑟发抖"的小女孩、微不足道的"火柴"与"人们都在买节日的食品和礼物""快到中午了，她没有卖掉一根火柴，没有哪个好心人给过她一个钱"形成了巨大的反差，"小女孩"在整个硕大平安夜的背景映衬下显得微乎其微的多余，显得生命意义苍白的孤独。"卖火柴"是生活中最微小的细节，它微小到淡出人们关注的视线，微小到逃逸出人们审美的取景框。但是，"卖火柴"又是整篇童话中不可替代的文学意象，试想，如果我们把"卖火柴"改为"卖鲜花"、"卖水果"、"卖报纸"，整篇童话的生命美学内涵就会削弱许多。"火柴"擦燃生命感动的火花，助燃整篇童话审美的文化热情。只有"卖火柴"才能折射出人性的亮光，才能烛照出社会最隐秘处的冷色。实际上，如果我们细细考察一番人类文化艺术中"火"的不同内涵，就会更加透彻地把握理解"火柴"的生命美学意义。普罗米修斯的"窃火"，是为人类带来光明；中国文化中，《红楼梦》中把"失火"叫"走水"，是为了避讳和对火神的敬畏；白居易的《卖炭翁》为了揭露官吏的欺诈；"绿蚁新焙酒，红泥小火炉。晚来天欲雪，能饮一杯无"是为了烘托朋友间朴素的感情。安徒生的"卖火柴的小女孩"却完全是一个纯美的文学意象，"卖火柴"目的单一，就是为了简单地活着，而不是为了复杂地生存。在这唯美温馨的平安夜，小女孩口袋中的火柴能给她带来生活的希望吗？小女孩微弱的叫卖声能打动那些"好心人"的心灵吗？

她走着走着，在一幢楼房的窗前停下了，室内的情景吸引住了她。哟，屋里的圣诞树多美呀，那两个孩子手里的糖果纸真漂亮。

看着人家幸福的表情，小女孩想到了生病的妈妈和死去的奶奶，伤心地哭了。哭有什么用呢？小女孩擦干眼泪，继续向前走去。

"卖火柴呀，卖火柴呀！叔叔，阿姨，买一些火柴吧！"

可是，人们买完节日礼物，都急匆匆地赶回家去，谁也没有听到她的叫卖声。雪花落在她金黄色的长头发上，看上去是那么美丽，可谁也没有注意到她。

这篇童话最大的特点就是没有以凄苦的笔调描写小女孩卖火柴的辛酸，而是完全以生命美学的色彩笼罩全篇，以健康的审美心态来寻找生活中的美好因子。生存不能扼杀美，生活不能剥夺人审美的权利。小女孩纯净的审美眼光完全超越了现实生活世界的残酷。对美好事物的向往是人类生存的最基本最坚强的内在动力，"美丽的圣诞树"、"漂亮的糖果纸"、"金黄色的长头发"，冲淡了生活的艰辛，呈现了本真的生活亮色。我们很多中国作家，面临的最大问题就在于失去了健康的审美能力，作品滑向了病态畸形的审丑泥潭中。作品缺乏深度的生命美学意义追问，缺乏健康生命美学意义的观照，作品走向粗俗化感官化，甚至孜孜以求于以制造恶心为能事的叙事泥淖中，这些都显现了作家审美心态出了问题。审美不是美饰美化生活，而是呈现生活本来就存在而被作家割舍掉的美好因子。《白毛女》父亲为女儿扎上二尺红头绳的细节，就是健康的审美，而不是因为大雪封门艰难度日就抹杀掉了人物自身应该享有的审美权利。《红楼梦》中生活遭遇坎坷不幸的香菱依然对写诗情趣甚浓；鲁迅先生在白色恐怖中依然种养了一棵水横枝；在安徒生的这篇童话中，小女孩处处以审美来驱散生活的不幸，以审美来获得生活的动力。"哭有什么用呢？小女孩擦干眼泪，继续向前走去。""雪花落在她金黄色的长头发上，看上去是那么美丽，可谁也没有注意到她。"这些晶莹剔透的句子让人感受到了灰色生活中美丽而又温暖的亮色。甚至，在这篇童话中，因为对生命美学的真诚追求，作家安徒生还舍去了惯常的控诉与宣泄，惯常的揭露与批判等刚性因素，文风偏柔，文质重美。这里没有阶级的分析，没有贫富差距的感叹，没有对人情冷暖的惊叹，甚至，整篇人物的对话都省略去了，只有小女孩奔走在大街小巷的孤单身影，只有小女孩那柔弱的叫卖声。即使"看着人家幸福的表情，小女孩想到了生病的妈妈和死去的奶奶，伤心地哭了"，我们也看不到作家站出来义正词严的表态陈述，看不到一丁点儿小女孩愤世嫉俗的呼喊。童话只能用童真无邪的审美视角来描述生活，童话的力量也在于少了作家主观色彩评判的过度介入，童话也就有了生命美学的意义。童话的过分成人化，也就丧失掉了童话文本的本质，走向文本的反面。《卖火柴的小女孩》很容易写成成人审美视野里的悲情故事，很容易写成过分巧滑的成人控诉书式的小说。

小女孩走着走着，一辆马车飞奔过来，她吓得赶快逃开，大拖鞋跑掉了。马车过去后，她赶紧找鞋。那是妈妈的拖鞋呀，妈妈还躺在床上呢。可是，一只找不到了，另一只又被一个男孩当足球踢走了。小女孩只好光着脚走路，寒冷的雪将她的小脚冻得又红又肿。

天渐渐黑了，街上的行人越来越少，最后只剩下小女孩一个人了。街边的房子里都亮起了灯光，窗子里还传出了笑声。食品铺里飘出了烤鹅的香味，小女孩饿得肚子咕咕直叫。小女孩好想回家，可是没卖掉一根火柴，她拿什么钱去给妈妈买药呢？

雪越下越大，街上像铺了一层厚厚的白地毯。

没有情节，只有这些惯常的细节。没有众多的人物出场，只有这个孤零的小女孩儿。没有生活的抱怨，只有最简朴的渴望。这里，只有一组组对照鲜明的意象："灯光"、"笑声"、"烤鹅的香味"与"天渐渐黑了"、"光着脚走路"、"小脚冻得又红又肿"、"饿得肚子咕咕直叫"；这里，只有淡淡的叙述，只有小女孩在"雪越下越大，街上像铺了一层厚厚的白地毯"中独行的身影。只有小女孩不停的自责，"那是妈妈的拖鞋呀，妈妈还躺在床上呢。""可是没卖掉一根火柴，她拿什么钱去给妈妈买药呢？"小女孩"光着脚走路"，走在"厚厚的白地毯"上，她身上有着圣子的影子，有着圣母的情怀，有着处子的纯真。《卖火柴的小女孩》之所以数百年来打动人心，就在于她通篇洋溢着超越了罪感与羞感的美感，这里没有道德主义的审判，没有宗教哲学的诠释，没有人道主义的悲悯与同情，没有社会意识形态的拷问。文本纯洁干净得只有这些细节的真实，只有这些细节的感动。在"马车飞奔"中，跑掉了大拖鞋，在女孩心中也只是"那是妈妈的拖鞋呀，妈妈还躺在床上呢。""妈妈"是女孩唯一的牵挂，也是她生命的寄托。这里没有高尚与卑鄙、贫穷与屈辱的辨析，没有命运不公的呼喊。即使"另一只又被一个男孩当足球踢走了"，女孩也没有呼天喊地的指责。即使"天渐渐黑了，街上的行人越来越少，最后只剩下小女孩一个人了"，女孩的内心世界也没有仇恨、愤懑等悲观的情绪。生命的大美，剔除掉了过多生命的悲凉。生命不需要附加诸多外在的条件，甚至不需要过多的对外在条件因素的苛求。安徒生笔下的"小女孩"没有名字，没有家庭出身的介绍，她只是一位纯净的生活者，一位不需要别人施舍过日子的普通人。她活在自己的生活中，她就着自己的生命炉火取暖。

　　小女孩一整天没吃没喝，实在走不动了，她在一个墙角里坐下来。她用小手搓着又红又肿的小脚，一会儿，小手也冻僵了。真冷啊，要是点燃一根小小的火柴，也可以暖暖身子呀。她敢吗？她终于抽出了一根火柴，在墙上一擦，哧！小小的火苗冒了出来。小女孩把手放在火苗上面，小小的火光多么美丽，多么温暖呀！她仿佛觉得自己坐在火炉旁，那里面火烧得多旺啊。小女孩刚想伸出脚暖和一下，火苗熄灭了，火炉不见了，只剩下烧过的火柴梗。

寒冷中依然充满生命的暖意，寒冷中依然怀抱有对生活的热望。"小小的火光多么美丽，多么温暖呀！"《卖火柴的小女孩》与其说是一篇童话，不如说是一篇生命美学的宣言，是对生命美学的形象阐释。她诠释了在生命的行进中，人如何寻找内心的温暖，如何面对这个冰冷的世界？也就是如汪曾祺先生所言的"取小暖在人间"。但是，小小的火苗驱散不了人间的寒意，就如盗火的普索米修斯最终被钉死在十字架上。小女孩，取火自暖，但在强大的社会寒流中，自暖是一种自救，自暖是对生命尊严的捍卫。萨特说"他人即地狱"，实际上，他人也是热源，只是距离我们太遥远。一位英国诗人这样写道，"别抱怨我躺在你的床上/因为这寒夜/几乎把我冻僵"，冷暖自知，现实无助，我们就要到梦想中取暖。

她又擦了一根，哧！火苗又窜了出来，发出亮亮的光。墙被照亮了，变得透明了，她仿佛看见了房间里的东西。桌上铺着雪白的台布，上面放满了各种各样好吃的东西。一只肚子里填满苹果和梅子的烧鹅突然从盘子里跳出来，背上插着刀叉，摇摇晃晃地向她走来。几只大面包也从桌上跳下来，一个个像士兵一样排着队向她走来。然而就在这时，火柴又熄灭了，她面前只剩下一面又黑又冷的墙。

"亮亮的光"，这是生命美好的背景，这是小女孩擦燃的生命希望之光。美好总是与幻想为邻，就如美好与温饱是孪生的姐妹。幻想与现实暂时的分离，会软化现实锐利的痛苦，会模糊现实那些明亮的残酷。幻想是生命活下去的动力，幻想也是唯一不可剥夺上天赋于人的至高无上、神圣无比的权利。当生命被现实逼进狭隘的又黑又冷的墙角，幻想依然可以在宽广无边的美丽温暖的草原上驰骋。当生命孤独无助的时候，温暖的幻想依然会如约而至地抚慰我们心灵的忧伤。幻想会填平理想与现实的鸿沟，让处于饥寒交迫悲苦中的人们，重新燃烧起生活的希望。幻想就是一位美丽的小女孩，她用自己的美丽与善良让小草在冬天的雪被里悄悄发芽，让腊梅在飘飘的雪花中温暖绽放。幻想是一簇火柴，让那些身处绝望深渊的人们把希望之路照亮。"卖火柴的小女孩"本身就是幻想的化身，永远飘散着生命美学的芬芳。就如小女孩对"烧鹅""面包"的幻想，这些饥饿寒冷中的温暖食物，成为我们喂养生命、滋养灵魂的干粮。诗人顾城言自己是"一个被幻想妈妈宠坏了的孩子"，"我想在大地上画满窗子，让所有熟悉黑暗的眼睛都熟悉光明""我希望/每一个时刻/都像彩色蜡笔那样美丽/我希望/能在心爱的白纸上画画/画出笨拙的自由"。"卖火柴的小女孩"也是幻想妈妈膝下的公主，让她降临人间，学会用幻想抵抗人间的凄凉；让她学会当"火柴又熄灭了"，"只剩下一面又黑又冷的墙"的时候，再次擦燃幻想的火柴，把忧伤与痛苦逼向那"又黑又冷的墙"。

　　小女孩舍不得擦火柴了，可她冻得浑身直抖。无奈之下，她又擦了一根，哧！一朵光明的火焰花开了出来。哗！多么美丽的圣诞树呀，这是她见过的最大最美的圣诞树。圣诞树上挂着许多彩色的圣诞卡，那上面画有各种各样的美丽图画。树上还点着几千支蜡烛，一闪一闪地好像星星在向她眨眼问好。小姑娘把手伸过去，唉，火柴又熄灭了，周围又是一片漆黑。

　　七彩的幻想升腾起"一朵光明的火焰花"。"圣诞树"、"圣诞卡"、"美丽图画"、"蜡烛"、"星星"，这些都是簇拥在幻想妈妈身边的孩子，也是小女孩生命相依的伙伴，这些属灵的事物围成了一座抵御饥寒的温暖小屋，小女孩就是这座童话小屋里唯一享用的白雪公主。人在苦难的时候，究竟应该是诅咒般走向精神炼狱的审丑还是幻想般迈进天堂的审美？"卖火柴的小女孩"如黛玉葬花般决绝地把美丽推向生命的极致。选择美好是对生命高洁高贵最有力的捍卫。蝇营狗苟、摇尾乞怜是对生命神圣崇高最有力的颠覆与摧毁。邪恶丑陋冷酷都是被美丽美好击碎的炮灰，落满炮灰的土地上依然绽开着朵朵生命美好娇羞的花卉。对美好的向往就是生命不息的希望。"卖火柴的小女孩"表征着一个人应该时时处处都应该有审美的洁癖，永葆生命精神的尊贵。当我们咬牙切齿地呼喊苍天无眼命运不公的时候，恰恰是我们自己给自己的脸上、心上涂抹了脏兮兮油腻腻黑乎乎丑陋懦弱的污秽。虽然，"火柴又熄灭了，周围又是一片漆黑"，但是，我们还可以擦燃火柴，把幻想的火炬又一次点燃。人间温暖无，就要到天堂找。生活中不是没有黑暗，关键是不被黑暗所吞没。

小姑娘又擦了一根火柴，她看到一片烛光升了起来，变成了一颗颗明亮的星星。有一颗星星落下来了，在天上划出一条长长的火丝。所有的星星也跟着落下来了，就像彩虹一样从天上一直挂到地上。"有一个什么人快要死了。"小女孩说。因为她那唯一疼她的奶奶活着的时候曾经告诉过她：一颗星星落下来，就有一个灵魂要到上帝那儿去了。

小女孩又擦亮一根火柴，火光把四周照得通亮，奶奶在火光中出现了。奶奶朝着她微笑着，那么温柔，那么慈祥。"奶奶——"小女孩激动得热泪盈眶，扑进了奶奶的怀抱。"奶奶，请把我带走吧，我知道，火柴一熄灭，您就会不见的，像那暖和的火炉、喷香的烤鹅、美丽的圣诞树一样就会不见的！"小女孩把手里的火柴一根接一根地擦亮，因为她非常想把奶奶留下来。这些火柴发出强烈的光芒，照得比白天还要亮。奶奶从来也没有像现在这样美丽和高大。奶奶把小女孩抱起来，搂在怀里。她们两人在光明和快乐中飞起来了。她们越飞越高，飞到没有寒冷，没有饥饿的天堂里去，和上帝在一起。

火柴熄灭了，四周一片漆黑，小姑娘幸福地闭上了眼睛。

"奶奶"这一温暖的意象，一下子击中了每个人生命最柔软的心灵。"奶奶，请把我带走吧！"这一声呼唤，让人寸断肝肠。"小女孩把手里的火柴一根接一根地擦亮，因为她非常想把奶奶留下来。这些火柴发出强烈的光芒，照得比白天还要亮。"故事在这里达到了高潮，"奶奶"是女孩温暖的天堂，是她逃离痛苦生命皈依的家园。她豁出去了，"把手里的火柴一根接一根地擦亮"，向那"没有寒冷，没有饥饿的天堂"飞奔而去，"和上帝在一起"，和"唯一疼她的奶奶"永远在一起。飘渺美丽的幻想在温柔、慈祥的老祖母那儿找到了生根的地方，找到了"光明和快乐"永不消逝的地方。淡淡的"反讽"里，作者安徒生笔下依然没有出现一个非常有锐度的词语，没有出现一句过于辛辣的表达，温和平静的语调里，我们分明能感觉到作者那颗没有冷冻的心灵，就像小女孩在"一片漆黑"中，"幸福地闭上了眼睛"。"幸福"这个令人鼻子发酸的词意味深长，"幸福"存在于小女孩笃信的天堂中，幸福寄托在奶奶那温暖的怀抱中，更体现在她灵魂飞升摆脱人间生命沉重的解脱中。"死亡"在这里不是生命的结束，而是生命幸福的开始。"死亡"不是可怕的诀别，而是生命与生命温暖的相逢。"死亡"不是对这个社会的痛恨，而是对尘世依依不舍的留恋与张望。"我来到这个世界，只是为了看看阳光。"因为，"新年早晨，雪停了，风小了，太阳升起来了，照得大地金灿灿的。"这就是生命的留恋；"大人们来到街上，大家祝贺着新年快乐。小孩们着新衣，愉快地打着雪仗。"这就是小女孩最简单的奢望，最美好的渴望。

　　这时，人们看到了一个小女孩冻死在墙角，她脸上放着光彩，嘴边露着微笑。在她周围撒满一地的火柴梗，小手中还捏着一根火柴。

　　我们应该怎样抒写生命的大美，我们应该怎样面对这个我们爱之深恨之深的尘世，我们能像这位"脸上放着光彩，嘴边露着微笑"卖火柴的小女孩吗？

　　人类进入新世纪（21世纪）以后，从表象上看，文学精神疗效的作用在降低，在各种新兴媒体中，文学变成了调味生活的佐料，特别是随着网络文学的异军突起，文学的民间化、娱乐化、大众化色彩愈加浓厚。从其实质看，其实只是文学的作用发生了变化，文学由药品治疗变成养生品的保健，文学从"经国之大业、不朽之盛事"的庙堂神坛走到了"红泥小火炉"的市井民间。比如诸多电视媒体的文化讲堂节目，虽然遭人诟病，但是在文化的普及方面，功不可没，尤其是央视的"百家讲坛"，虽不能说坛坛都是美酒，但可以说坛坛都是绵软醇正的粮食酒，是滋补精神的人参酒、枸杞酒，是苹果醋、高粱麯。笔者在《"百家讲坛"的先生们》一文中，对于其中重要的几位"讲主"进行了个性化的"圈点"：

　　个人购书总受时代风潮的影响，看似自由，实际上是在社会出版风尚的裹挟下，一种被动选择的自由。央视"百家讲坛"引领读书潮流，出版的各类著作，我自觉不自觉收入囊中赫赫然也有 20（种）本之多：纪连海先生的《历史上的和珅》、周汝昌先生的《周汝昌评说四大名著》、王立群先生的《王立群谈〈史记〉之汉武帝》、《王立群谈〈史记〉之秦始皇》《中国古代山水游记》、赵玉平先生的《向诸葛亮借智慧》、刘强先生的《竹林七贤》、孙丹林先生的《孙丹林品读历史人物》、马瑞芳先生的《百家讲坛这张"魔鬼的床"》、《马瑞芳讲聊斋》、《幽冥人生：蒲松龄和〈聊斋志异〉》、董平先生的《传奇王阳明》、毛佩琦先生的《平民皇帝朱元璋二十讲》《毛佩琦细解明朝十七帝》、姚淦铭先生的《孔子的智慧生活》《老子与百姓生活》、康震先生的《康震品李白》《康震评说李清照》、曾仕强先生的《易经的奥秘》、钱文忠先生的《传统的再生》、于丹先生的《于丹〈庄子〉心得》《于丹〈论语〉心得》、刘心武先生的《刘心武揭秘〈红楼梦〉》、易中天先生的《易中天品三国》、阎崇年先生的《明亡清兴六十年》《中国古代都市生活》、隋丽娟先生的《说慈禧》。看一看上述我不厌其烦列举的著作，真是让人文化食欲大开的一桌桌精美的文化盛宴。作为读书人，能够收看这些老师们口吐莲花、含英咀华的讲解，再细读这些乘热出笼的著作，撇开个人成见，这是生活在 21 世纪初的中国人多么幸福的文化生活享受，"百家讲坛"是这个时代中国读书人永远值得留恋的文化事件，是值得多少关注中国文化进程的学者们认真研究的文化现象。有时候，想把自己的书房里的书重新整理一番，换掉那些零零碎碎的书，重新购买成体系成规格的书，发现这不可能，一个人的购书也是随着一个人思想兴趣爱好的变化而不断发生变化的。再说，书房里的每一本书都是我自掏腰包、精挑细选、权衡斟酌出来的，每一本都舍不得扔掉，这些是我终身相依的人生伴侣，我对她们敝帚自珍式地珍爱。有时候，读书人也自恋得可爱。"百家讲坛"的先生们，永远是我尊敬的老师；他们的书，也是我常读常新的精神导师。我想通过我印象式的粗浅点评，来表达我对他们发自内心的尊敬。

易中天先生　我认为易中天先生是"百家讲坛"最有思辨色彩的智慧学者，也是我至今亲眼目睹、亲耳聆听的唯一一位学者。那是某一年的秋季，我和众多的郑州学人在 CBD 国际会展中心，一起聆听了易先生主讲的"儒墨道法的救世之策"，鞭辟入里，幽默风趣，很有震撼力。演讲结束，易中天先生问有什么问题吗？全场沉默。易先生看来很是遗憾，呆坐良久。我坐在那儿，脑海里本来准备了几个问题，在这种沉默中我也打消了念头。后来，细想，大家沉默的原因不是不想问，而是在博学的学者面前，感到无啥可问。这些问题，对于追逐现实利益患得患失的学人与易先生构不成对话的可能。要知道，对话是需要在一定的理论水准上的默契与思辨。随后，易先生匆匆离开现场，赶往机场，到另一个都市演讲。书架上，我已经林林总总地购置了先生几乎所有的著作：《中国智慧》、《高高的树上》、《书生傻气：人物、事件、看法》、《祖先》、《国家》、《斯文》等等。这些书，我经常翻读，每次都感受到先生思考问题视角的独特与深刻。他的幽默是对那些僵固不化学术生态的调侃与反叛，包括他在国内最早以随笔体写的学术著作，就摆脱了学术僵硬呆板的面孔，文章写的有机趣、情趣、理趣。学术不是高高在上九五之尊式的威严与神秘，就如鲁迅先生所言"伟大也要人懂"，近些年，他在江南某镇默默撰写的"易中天中华史"系列著作，就给人耳目一新之感。幽默的易中天在缺乏幽默传统的中国人眼里，经常会被幼稚的读者误解扭曲，被卫道士们无端地挞伐，被眼泡红肿者攻击谩骂。多年前，钱钟书先生就发现："一般人并非因有幽默而笑，是借笑来掩饰他们的没有幽默。笑的本意，逐渐丧失；本来是幽默风趣的资源，慢慢地变成了幽默贫乏的遮盖。"这就导致中国学者面孔的僵硬和文字的生涩。生涩有时也是思想僵化的伪饰。即使如学术著作如《闲话中国人》《中国的男人和女人》《艺术人类学》《读城记》《品人录》《大话方言》《人的确证：人类学艺术原理》《破门而入：易中天谈美学》等专著也是写得活色生香。易中天先生的文字机警幽默俏皮，让人在忍俊不禁中茅塞顿开、豁然开朗。比如论及中国人的生命与身体，易先生考证中国文化："生命既与身体同一，则灵魂也与身体混同，或以肉体代心灵。比如意志不得自由，本是'心不由己'，却说'身不由己'；体验他人情感，本是'感同心受'，却说'感同身受'。看来，中国人的知觉、感受、体验、领会，都是先'身'而后'心'的，就连体验之'体'，领会之'领'，都与'身'有关。"易先生的文字没有生涩的术语，家常话却能道出朴素的文化哲理，这是一种功夫，也是一种民间学术立场。学术不是学者书斋里自娱自乐的游戏，而是让有文化感悟力的国民都能心灵相通、情感共鸣、思想共振。易中天先生谈论中国历史的系列书籍：《易中天品读汉代风云人物》、《先秦诸子百家争鸣》、《我山之石：墨儒道法的救世之策》、《帝国的终结》、《公民心事》、《帝国的惆怅——中国传统社会的政治和人性》，文笔洒脱，语言质朴幽默，在很多学者眼里，这些"随笔式"的文字不能算是真正的学术专著，但恰是易先生冲破学术外壳的"野路子"，让我们普通读者看到了学术田野里的美丽风景。以现代学人的视角品"三国"，谈中国文化，易先生文字充满了人性的灵光，深奥的东西通俗化，笔墨纵横；艰涩的问题口语化，饶有情趣。"我们是一个农业民族，农业民族既不主张巧取，也不主张豪夺，而主张实干。根据实干精神，清谈是要误国的。这就使我们对议会民主之类的制度，先入为主地不以为然。于是，中国历史上就只有宫廷政变，没有议会民主；只有逐鹿中原，没有共和政治。同样，我们也不可能有宪政制度。因为，我们更看重的是信义而不是契约，是道德而不是法律，怎么可能有法治，又怎么可能有宪政呢？"这些观点不论深或浅、对与错，如果要让一些西崽们论述，不知道要几番引经据典，要几番繁琐的考证？易先生的文字就是这样通达醒豁。在大众麦克风的时代，如何拓展我们精英文化的空间？问题的关键不在于两种文化形态的合流，而在于两种文化如何打破人为的壁垒，互相吸收，彼此融合，寻找文化接受的均衡点？在某些学者看来，易先生的文字显然还缺乏更精细的打磨，更精致的雕琢，更精美的考究，但是，易先生作为一名接地气的民间学者，文字倒也有虎虎的生气，就如草长莺飞的原野，固然没有都市花园的整齐有序，但是，这种无拘无束的野性到更能荡人情怀，启人心智。

阎崇年先生　阎崇年先生是"百家讲坛"最具有大家气象的学者。先生气宇轩然，腹笥充盈，儒雅大度，博闻强记，条理分明，娓娓道来，立论有据，资料翔实。从阎先生身上，让我们感悟到了学术的无限魅力。作为一名教书人，我也从阎先生身上看到了如何做一名文化思想精神厚重的思者、悟者、行者。我购买了阎先生的三本书：《正说清朝十二帝》、《明亡清兴六十年》(上、下卷)、《阎崇年讲中国古代都市生活》，非常喜欢阎先生持论有据的文字，他条分缕析地梳理历史，脉络清晰，链条衔接紧密，浑厚齐整，很有气度。作为学者，如何讲述历史？这涉及学者的历史观问题。历史需要一代代学人讲述，历史只有在不断的讲述中才能变得鲜活生动。在阎先生看来，历史不是由一个个完整的故事构成的，而是由一个个细节组成的。历史叙事学不是一种简单的呈现复原，而是一种梳理表现，要找出那一条条潜藏在历史雾霾中忽隐忽现草蛇灰线般的历史叙事学的线索。阎先生文字简短有力，散文化诗化的文字，概括精准，耐人寻味，文字灼灼，言辞刚性十足。随便引一段文字，便可窥一斑而知全豹：

年羹尧与隆科多二人，对雍正来说，是狡兔死，走狗烹；飞鸟尽，良弓藏。对他们自己来说，则是知进不知退，知显不知隐，泰极否来，自酿其祸。《清史稿》论者谓：隆、年凭借权势，无复顾及，即于覆灭，古圣所戒。

这样的文字，出自阎先生这样的史学家之手，实在比当今的所谓大文化历史散文要真实生动，别有情趣得多。最好的学术文字是充满诗性散文化等文学色彩的文字。当今很多学者，最大的问题就是文字表述粗糙，文字功底儿很差，只能靠大量的摘引掩饰自己文字表达的贫弱。阎先生文字功底儿深厚，语言运用调配自如，情感渲染适度，理性把握客观，文字气韵饱满，清正明达。如在《明亡清兴六十年·下卷》对袁崇焕的评价，颇有文采、情韵、理趣：

我认为：袁崇焕是中国历史上一位大仁、大智、大勇、大廉者。袁崇焕的仁与智，令人赞颂；勇与廉，令人敬佩。这种爱国精神，同他的浩然正气密切相连。袁崇焕留给后人熠熠永辉的思想、薪火永传的精髓，是"正气"，就是"浩然正气"。什么叫"浩然正气"？《孟子·公孙丑》说："浩然正气"就是"至大至刚""配义与道""塞于天地之间"。通俗地说，"浩然正气"就是正大刚直、合乎道义、充满天地、超越时空之气。袁崇焕身上的这种"浩然正气"，主要表现为爱国的精神、勇敢的品格、求新的旨趣和廉洁的风范。

学术文字也是为人生求得意义确证的文字。从一个学者的文字表述，最能够看出这位学人或通明或灰暗、或正义或猥琐的生命情怀来，最能够看出学者的历史旨趣来。面对历史的烟云，我们如何拨开浓雾见青天？如何选择历史叙事的视角和方式？阎崇年先生设坛开讲，中正理性，敦厚端方，一派大家风范。历史叙事的背后是明理，是让所有活着的人对历史保持客观理性的尊重和敬畏。我们喜欢谈史论史，我们都是历史的人，每个人都逃脱不了历史那宏大的叙事范畴。阎崇年先生的讲座，有一种撩人心魄的磁力场，很有文化的穿透力和辐射力。阎崇年先生的文字，有一种高瞻远瞩的历史俯瞰和让人沉思的历史在场感。

马瑞芳先生 马瑞芳先生是"百家讲坛"最有作家气质的女学者。作家与学者融为一身，先生的文笔洒脱清秀。马瑞芳先生是当今"红学"专家、"聊斋"专家，听马先生讲"红楼"、"聊斋"，有女性细腻的感受，有学者鞭辟入里的分析，有作家饱含感情的描绘，文字就水灵灵的饱含着飘渺的水汽。在我有限的阅读视野里，我比较喜欢的女学者有叶嘉莹、赵园、艾云、马瑞芳、夏晓红等几位学人，他们的书我都爱读，深入浅出，细腻坦诚，很有韵味。马瑞芳先生笔下的蒲松龄颇传神入画，"康熙十八年，在子夜荧荧、灯昏欲蕊中，萧萧瑟瑟地在案冷凝冰中写作《聊斋自志》的蒲松龄，曾感叹他的写作生涯如惊霜寒雀、吊月秋虫般孤寂，他期待着知音：'知我者，其在青林黑塞间乎?'"马瑞芳先生的学术研究也是从自己对文本的认真细读、独特感受开始，观点往往率性而出，没有惯常学者那样繁琐的考证，没有引经据典的资料堆积，文字清新疏朗，似乎在字里行间没有研究的沉重，倒有文本阅读的自足与快感。"爱情是文学作品的永恒主题。无数作家探索过爱情的秘密和爱情迷人的奥秘，爱情描写随着时代发展而发展，一曲《西厢记》轰动文坛，杜丽娘还魂又几令西厢减价。蒲松龄继承前人又超越前人，他在《聊斋志异》里构建了一座爱情百花园，春兰秋菊，夏荷冬梅，纷纷绽放自己的美丽。"作家原本就应该与学者融为一体，才能感同身受地体会作品的真正内涵。现在的学者与作家分得很清，学者文字要力避感性化，作家文字也要避免过多理性思考的介入。好的文字都是感性与理性结合得最好的文字。马瑞芳被易中天先生称之为"作家性学者"，学者的面孔是温和的是很家常很有亲和力的，学者的文字肌理也是细密真诚可感可赏的。就如易中天先生所言："学问这东西，也有两面性。它能使人丰富，也能使人异化。僵硬的学术体制和研究模式，就更是'害人不浅'。它制造的是'死学问'，消磨的是'活灵魂'。许多学者的个性，其实就是被它们弄没的。"我们如何做一位名副其实的学者? 学者必须是懂得人间烟火的人，必须摆脱日益土壤板结的学术土壤，必须掀掉僵硬的学术外壳儿，学术才能在宽广的学术沃土中根深叶茂。"百家讲坛"让学者走出青灯孤照的书斋。

康震先生 喜欢康震先生主讲的李清照、李白、柳宗元等文学大家，他把文学家还原到历史的气场中，让我们看到文学家复杂多变的生命轨迹。我购买了康震先生的两本书：《康震评说李清照》、《康震品李白》，我们在品读文学家们的作品，得到艺术熏陶的同时，实际上每位艺术家的生命经历给予我们每个人的生命启迪也更加深刻厚重。艺术与艺术家的关系，艺术家与芸芸众生的关系，都是一个复杂需要深入探究的课题。病蚌成珠，苦难磨砺生命，其实背后都是对生命精神境界的提升，对心灵深度的探寻。作为中文老师的康震先生，把文学大家从历史模糊的烟尘中拉回到现实生活中来，让艺术家与其作品一样温暖着我们因命途多舛烦恼多变而产生的冰冷与绝望，破解着我们每个生命都面临的诡谲的悖论。康震先生认为"理想与现实的巨大反差造就了李白人格的巨大矛盾，造就了他诗歌思想内涵的深入深刻，也造就了诗歌艺术的剧烈起伏与浪漫色彩。李白在政治上越简单、越幼稚、越单纯，他的诗歌艺术就越纯粹、越杰出、越不同凡响，他的政治悲剧也就越来越深重。这是李白永远也无法摆脱的现实悲剧，而李白对这悲剧人生的演绎却成为古代诗史中最奇崛的一道风景。"活在现实生活中的人们，与同样活在现实生活中的艺术家最大的区别就是，普通人与现实生活达成妥协，甘愿淹没在生活的洪流中，艺术家与现实生活始终保持着警醒的距离，保持着对峙与对抗，他总想试图从现实的天罗地网中挣脱出来。艺术完美与现实的粗糙成为艺术家永远处于痛苦状态的根源。"道"与"术"虽然都为人服务，但是服务的境界迥异，"道"为形而上的生命服务，"术"为形而下的生活服务。艺术家都是求道之人，众生都是偏术之人。艺术的魅力就在于对大道的不懈追求。艺术家们留下来的闪光篇章，都是肉成道身的吉光片羽。就如李清照，这样的才神为生活中的女性树立了生命的高标。康震先生在这本书的结尾动情地写道："一代婉约词宗李清照永远离我们远去了。她没有子女来传承诗歌艺术，也没有入室、私淑弟子继承他的衣钵。她似乎将要永远一个人在暗夜里咀嚼那些缠绵悱恻的诗词了。然而不！李清照的诗词文章至今依然在我们的血液里流淌，在我们的书本上燃烧，在我们的内心里放声歌唱。只要我们还需要表达自己的真实情感，还需要面对世事沧桑的轮回变化，李清照和她的诗词文章就永远不会消失，就永远流传下去，世世代代，永不断绝。"艺术的功用不仅在于启迪智慧，更在于点化人生。一个时代有一个时代的文化气场，唐宋文人风流倜傥，有健康的文化审美自觉意识，生命就超越了琐碎庸常，脱俗而出，绽放出生命大美的光彩。人至老境，文学就不仅仅是欣赏，而是疗治，是舒缓心灵的痛苦，生理之病，中草药可治也，心理创伤，只有艺术品才可以慢慢缓解，沧桑阅尽，才发现人生最大的痛苦就在于词不达意的表达痛苦，那些欲说还羞欲说不尽的痛苦，庆幸的是，艺术家们已经给我们传神地表达出来了，而且表达得那么含蓄通透、淋漓尽致。就如酒能暂解生活中的小忧伤，唯有剑才能消解人心中的大块垒。"虽南山之竹，岂能穷多口之谈；惟智者之言，可以止无根之谤。高鹏尺鷃，本异升沉；火鼠冰蚕，难同嗜好。"艺术之药效，不可与草木精华同日而语也。艺术直抵心灵深处，它是心灵释放的透气孔，是心灵最隐秘清澈的表达。康震先生也是一位讲课有激情才情与热情的先生。在"百计讲坛"上，先生先后主讲了李白、李清照及唐宋八大家。作为国人，我们对这些彪炳千秋的文学宗师，知之甚少，不过是从各时期的语文教材上读过他们有限的几个篇章。康震先生讲课眼睛微眯，似乎已经陶醉到了讲课的气氛中，激情中融合着无限的才情，才情在忘我的讲课境界中被发酵成一坛浓烈清醇的美酒。讲课也是生命热情的释放，热情是生命活力的象征。作为文化普及性的一个栏目，热情更是生命对生命的唤醒，是生命与生命情感的传递。在这个浮躁、急躁、焦躁的时代，很多学者的社会关怀热情消减，学术职业化、娱乐化、技能化、功利化的现象愈来愈严重。同时，才情枯竭现象更是触目惊心，传统学者那种皓首穷经、兀兀穷年的心劲儿慢慢丧失，在一知半解中自得其乐，在自我满足中自我陶醉。学术研究的边缘化现象越来越突显。康震先生在"百家讲坛"的系列讲座，是激情的燃烧、才情的喷射，热情的挥发，是他健康劲健精神生命的集中呈现。文学作品塑造着民族的文化性格，提升着一代代国人的审美境界。这些文学大家们的生命轨迹，同样也值得我们后人一唱三叹地评说，评说他们其实也就是评说我们自己。因为每一个人都活在与之相濡以沫的文化气场中。这些作品，描绘了我们每个人在生活中都会遇到的情感波折与困惑。文学是疗救我们心灵创伤的良医，文学作品是包治心灵百病的良药。当代学人有一个心照不宣的偏见，就是与相关媒体特别是广播电视媒体说不清道不明的暧昧关系，要么排斥媒体，认为媒体传播都是浅薄、幼稚的快餐文化、大众文化，那些在电视上传经布道的学者就被调侃称为电视教授、学术超男；要么就是与媒体胶着在一起，成了电视明星。实际上，媒体为书斋里的学者提供了宽广的平台，公共性是文化的基本属性，文化只有在传播中才能获得恒久的生命活力与旺盛的生长力。媒体也是文化传承的基本方式，传承就是发展与延伸。很多学者把做学问当成了个人自娱自乐的私密活动，气象就变得狭小了，趣味变得寡淡了，胸襟变得狭隘了，参与社会文化建设的热情降低了。会在公众场合讲授那些似乎很专业很学术很枯燥的文化，这本身也是作为一名学者的基本素养，也是参与社会文化空间构建的最真诚最实际的践履。书斋里做学问，课堂上会讲课，媒体上会演讲，这是界定合格学者身份最基本最根本的三把尺子。回到公共社会文化空间中来，这是当今中国学者告别"书斋里的革命"后，应该抉择的学术路径。

纪连海先生 我酷爱文史，但是一直没有遇到一位让我心悦诚服的好历史老师。纪连海先生是我看到的最好的历史老师之一。很羡慕在北师大听他讲课的学生们，想想，那该是多么幸福的一件事啊！在我看来，历史不仅仅是教科书上粗浅的知识点的记忆，而是应该回到历史的细节中去，回到历史真实的场景中去。纪连海先生讲历史上的和珅，就让我们看到了一个有血有肉的士子如何蜕变成官场油子政治投机家的和珅。历史就是让我们认清自己的位置，认清世人的真面目。历史不仅仅是一个时间概念，还是一个具有空间意义的概念。历史文化修养是一个人最基础的修养，是所有文化发生学的根源。中国人的历史教育，意识形态化的灌输过多，导致我们对厚重历史文化的人为取舍。做为中学老师身份登上"百家讲坛"的纪连海先生，一下子改变了对中学历史老师的印象。纪连海先生主讲的和珅，让人信服，史料丰富，逻辑性强，而且他融入到历史的语境中去，让人喜欢在那些历史诡谲的游戏场中，那些让人长久唏嘘感叹的细节。我酷爱文史哲，尤其是历史，但是在应试教育环境中熏染日久的我，没有遇到几位让我佩服之至的优秀历史老师，甚至我怀疑他们对历史也只是停留在教科书那些粗浅的线条勾勒中，我一直渴望重回中学讲堂，向学生讲授我热爱我了解的文史哲。可是，当我接触了几位中学历史老师的时候，他们一脸地疲惫与无奈，历史课在学校不是受重视的主课，而是被边缘化的副课。历史失去了细节，干瘪乏味。"百家讲坛"一大多半内容都是讲史，因为一切历史都是当代史，我们都处于绵延不绝的历史时空的经纬网中。我喜欢央视"百家讲坛"开设的各种历史讲座，她们细节生动传神，线索清晰晓畅，语言通俗活泼，情节引人入胜。很多当代学人缺乏宏阔的历史视野，特别是越分越细的专业，导致很多学人文化整体把握能力退化，只会在局部挖挖掘掘，学术的胸襟变小了。历史不仅为我们思考问题提供了背景，也为我们在历史的坐标系中找到自己精准的学术位置。纪连海先生历史视野开阔，对历史的脉络把握清晰，同时又能深入浅出地娓娓道来，讲史是智慧的表达，是对生命的深入解读。让人忧心的是，当代国人的历史教育大多是从"戏说"改编的历史影视剧中了解历史史实，这些"戏说"的历史成为很多国人接受历史教育的文化快餐。"百家讲坛"在正说历史方面功不可没。纪连海先生讲史，依据史料，还原人物到鲜活的生活语境中，拉近历史人物与我们的距离，让人物起死回生，走近他们，贴近他们，让他们可真可信可感。纪连海先生展示了一位真正历史老师的风采，他纠正了人们对中学历史老师的种种偏见。中学老师同样可以成为某学科的专家，历史课照样可以讲得引人入胜，历史课有无限拓展的空间。历史教育也应该扩大范围，二十四史应该纳入到公民的阅读体系中来。一个民族的历史是民族情感赖以维系的基本链条。身边的很多人，对民族的历史大多一知半解，这是民族虚无主义产生的历史根源，也是心灵焦虑迷茫失落的主要根源。我购置了一本纪连海先生的《历史上的和珅》一书，时时放置案头品读，明白如话，逗人遐想，历史原本就是已经定格的生活，而且是典型人物的典型生活，本身就充满了无限的乐趣，充满了无限解读的可能性。纪连海先生讲史，是从平民化的视角切入历史，这样的历史就充满了亲和力。和珅艰辛曲折的奋斗史、发家史，也给当代人的事业奋斗提供了正反两面的有益启示。纪连海先生讲史，讲出了历史深处那些风云变幻中的真实场景，包括历史裁剪中丢弃的边角废料，同样色彩鲜艳，不失历史的本色，小巧可爱，这也许就是历史带给人们的无穷魅力吧。

于丹先生　学者一旦经常在媒体上抛头露面，便成为大家街头巷议的公众人物。有时候，我们的读者与公众缺乏应有的宽容与包容，缺乏理智的欣赏与评判，常常在过度吹捧的"捧杀"和吹毛求疵的"棒杀"中，无意中充当了扼杀公众人物的刽子手。于丹先生是"百家讲坛"的一只百灵鸟，她讲孔子、庄子、昆曲、唐诗宋词，聪明的于丹都把她们搅拌成了酸甜可口的文化果汁，都变成了入口即化的速食品。我购置了她的两本书：《于丹＜论语＞心得》、《于丹＜庄子＞心得》，小点心般的快餐养眼爽口，酥脆润心。于丹口才好，再加上她作为女性主讲人，伶牙俐齿，侃侃而谈，融故事性与哲理性为一体，成为了我们喜爱的文化便餐。也许是因为她宣讲的内容早就先入为主，定格的形象在人们的脑海中根深蒂固，比如孔子、老子，一旦对他们艰深的理论做成巧克力味道的奶油蛋糕，在舌苔甜腻的味觉体验消失后，传统的口味追求就会成为人们更根本的追求。于丹主讲孔子、庄子，也就成了打着捍卫传统旗号的人们反叛于丹的重要把柄，这是阅读中极容易出现的"水土不服"、口味失调综合征。于丹这位被人称为学术超女的形象遮蔽了她好学深思理性深沉的学者形象，于丹又被贴上了学者明星、电视教授的社会称谓，定格成了肤浅、幼稚的学人形象。坦率地讲，作为主讲人，年轻是一种资本，同时也是一种潜在的危险。就如口才也是一把双刃剑，她成就了于丹，同时也因为过于出众的口才遮蔽了其思想的锐利与深刻。于丹试图还原孔子、庄子到现实生活中来，试图让这两位文化宗师来为现实生活中的人们传经送宝、指点迷津，可是急功近利的当代人却把这些圣训当成了风油精，当成了生活中点缀的文化快餐。走下"讲坛"的于丹，最需要的就是不断充电，时刻记住，这个社会不存在西方救世主的角色，学术依然需要沉下来，需要我们慢慢地积累，需要我们在积累中发生嬗变，所谓公众人物，面孔单一是大忌，也是最容易被喜新厌旧的公众淘汰出局的杀手锏。在马瑞芳老师看来，"百家讲坛"是张"魔鬼的床"，"人被捉到床上，长了截断，短了拉长。"量体裁衣的于丹需要更换行头，换一张面孔重新走进观众的视野。有时候，淡出恰是为了更好地复出。

姚淦铭先生　温文尔雅的姚淦铭先生在"百家讲坛"一亮相，就让人看到了作为学者的幸福就在于用丰厚的学养来滋养身心。学养是催发生命健康最好的滋补品。据统计，学者大多长寿，钱锺书、钱穆、季羡林、周有光等先生，学养是他们最好的营养品，也是最好的保健品。姚淦铭先生在"百家讲坛"主讲老子、孔子，他的《老子与百姓生活》、《孔子的智慧生活》两本书都让人看到了厚重的学养是如何渗透于我们日常的生活。学养是一个人修养、涵养的基础。学术不是学者独坐书斋的自娱自乐，就像厨师做好的饭菜不是供自己果腹充饥，而是要让众多的食客品尝欣赏。学术也要走进民间，让学术丰富提升我们的生活水平与境界。姚淦铭先生把老子、孔子的思想学说讲活了，讲到了我们日常普通的生活中去。他那慈悲温和的笑容，那深入浅出的讲解，都让我们感觉到学养也是生活的一日三餐，也是我们精神营养的钙片。正如姚淦铭先生在《老子与百姓生活》一书的后记中所言："希望在有限的时间内为观众每次提供一碗心灵的鸡汤，或一盏文化的香茗，或一杯精神的奶酪，或一道智慧的醍醐。"在当今人文学术日趋边缘化的情况下，人文学者有何作为？人文学科是不是已经濒临衰亡之境？其实，越是功利化的时代，越是需要人文来缓冲舒缓人们过于急躁、浮躁的心灵。市场经济时代，正是人文学者大有作为的黄金时代。老子、孔子为我们提供了心灵的智慧、提供了疗治我们精神创伤的药方。姚淦铭先生试图"通过媒体的演讲，让老子的智慧和观众、和千千万万的普通老百姓沟通，将其文化的、智慧的琼浆玉液直接灌溉人们的心田，滋润人们的血脉、澡雪听众的精神，丰美听众的灵魂，从而转换成为新的现代心智。"姚淦铭先生把自身学养与社会所需的文化诉求结合起来，他找到了学养输出的渠道，找到了自己幸福自足的落脚点与生长点，这就是姚淦铭先生给我们的学术启迪。

王立群先生　马瑞芳先生在其《百家讲坛，这张魔鬼的床》一书这样评价王立群先生："王立群几十年如一日，枯坐书斋，读书，写书，教书，眼看要以此终老，忽如一夜春风来，乘百家讲坛之风，成了学术明星，成了畅销书作家，日程排得慢慢的，天上飞来飞去，头像上了邮票。"当河南大学教授王立群先生在"百家讲坛"一露脸，河南众多的学者们就深深地记住了这位耳朵大如蒲扇、讲课嘴巴稍稍倾斜的学者。十年磨一剑，到了人生中老年期，王立群先生终于有了扬名天下的出头之日。《王立群读＜史记＞之汉武帝》、《王立群读＜史记＞之秦始皇》两本书立在我的书桌案头。一位学者如何忍受住孤独，默默地积累知识？王立群先生为我们树立了高标。作为人文学者，按理说，应该通读熟读精读历代中国文化经典，可是，当今学人几人能够坐稳冷板凳、心无旁骛、气定神闲地细细研读呢？王立群先生几十年如一日地研读《史记》，古人云，《史记》、《汉书》、《后汉书》可以佐酒，王立群先生把《史记》酿造成了芳醇的美酒，这就是学术的定力与功力。较之古人阅读经典，当今学人差之远矣；较之王国维、陈寅恪、梁启超、吴宓这些先生，我们不能望其项背。浮光掠影、浅尝辄止的阅读，让我们的学术视野狭窄，学术研究刀耕火种，学术成了我们徒有其名的虚假装饰，成为了我们苟活于世的借口。中国文化典籍浩如烟海，但是能够代表一个时代的经典作品粗算起来也就二百多部，这是奠定中华民族文化品格、文化气质、文化思维、文化心理的奠基之作、扛鼎之作，我们只有认真地阅读，才能使学术天地不再荒芜。王立群先生那深入细致扎实的文化功底，让"百家讲坛"酿制的好酒更加浓烈醇厚。学者必须苦练内动，才会增加自己的高度，增重自己的学术份量。聪明人往往下笨功夫，这是王立群先生人生成功的重要秘诀。

实际上，一个人对文学的关注点和关注面具有鲜明的时代性和地域性。文学史上的各种流派，其实也是时代和地域使然。文学的宿命就在于我们摆脱不了时代与地狱的拘囿。在当今中国文学生态环境中，文学往往就是一小圈人内部的自娱自乐。所谓的各种作品研讨会、新书发布会、作家交流会、作品朗诵会，其实也是圈内人士的自我陶醉与欣赏，是野地烤火，一面热。笔者年轻时孟浪，写过一篇《跳出文人圈》的小文，现在读来，颇感肤浅，但其中的血气今已几乎丧失殆尽：

"现在到处是作家，满街是记者。"一位朋友这样对我说。你信否？

眨眼间我也成文人了。文人圈内风景灿烂，既有耕耘不止、货真价实者，也有拉大旗作虎皮外强中干、金玉其外，败絮其中的"混混儿"。诚如作家路遥所言："文学圈子向来不是一好去处……这里出作家，也出政客和二流子。"

市场经济，物欲滔滔，金钱嚣嚣。文人是什么？是装在故步自封、清高孤傲套子里的"别里科夫"？是阳台上花盆中那丛寒酸怜人的绿景？一位弃文从政的友人郑重其事地告诉旁人："我基本上不看书，书读多了我就痛苦！"这是他们的心得体会。据悉，这位友人走上仕途前，曾在报社工作，翻翻他的所谓"作品"，多是些平淡如水、信笔涂鸦的应景之作，数篇插科打诨发嗲捧别人的所谓"报告文学"，用他酒后之言的话说："全是些马屁精般的广告词。"但他依旧以作家称谓冠之，脸不红耳不热，入作协，出专著，情场得意，官运亨通……文艺工作者圈内，他振臂一呼，应者云集；社交场里，他穿梭自如，游刃有余，左右逢源；文章，在他的眼里，说白了只是一些附庸风雅的"佐料"，只是他追逐物欲，官升三级的"跳板"。

有时会在深夜追问自己："我缘何被人称文人？是我的不识时务？是我的执拗般的清高？是我那早早染上的种种酸腐气？是我生活的拮据和清贫？是我们书架上床头旁的那些书籍。""我哪能配当作家，我只是位文学爱好者。"作家莫言的淡淡之语，不知让那些攀附文学枝权，靠此粉饰门面的人闻之脸红心跳否？真如一位哲人的劝世箴言："成名其实是件很可怕的事。"我常爱读一些作家成名之前的"习作"，浅薄也好，稚嫩也罢，字字句句显露着一种清纯，一种没有灰尘的明净。走红之后，作品最易感染的是一种矫饰虚伪江良才尽般的无病呻吟，人身上也不自觉地有种心理优越感很深的匪气、霸气、文痞气。

文人圈儿内，该较劲儿的是彼此的学识涵养，该品评的是各自的作品专著，探索成果。不是心怀叵测的人身攻击，袒露隐私；不是抢风头，占山头，拉大旗作虎皮。心浮气躁的时代，早已为这些不伦不类的所谓"文人们"提供了腐殖质很厚的土壤。腹笥瘰秕，张狂自大，横冲直撞，飞扬跋扈，活脱脱一个玩世不恭的文学浪人。被人抬举，我也忝列文人圈中，却常感羞愧难当，小报记者，职业淡淡，无顺达的好仕途，无滚滚的额外财源，无纤纤添香的红袖，这种恬静的氛围，我倒也优哉游哉，可时常有一拨"好心人"撩拨我，训导我，文人斯文，价值几何？心灵净土，固守何时？文人中，某某当"枪手"收入不菲，谁的作品削高就低下里巴人，口袋鼓鼓。文人卖血汗不卖心，弗然，真诚如沈从文所言："文人和妓女不二无别，只不过一个卖上身，一个卖下身。"愤激之言，真情可表。

跳出文圈，走出篱笆墙，身心俱爽，承认自己只是在文学海边捡拾贝壳的痴迷顽童吧，掂笔就不会居高临下盛气凌人，走路就不会趾高气扬，目中无人，常常一脚踩空，潜心著述，一心为友。跳出文人圈，脱去文人衣，一袭素装身，会离天地近，会离高渺远。脚踏黄土地，就会常听民间疾苦声，文章就不会有富贵气，人就会心旷神怡。跳出文人圈，外面风景灿烂。

中国自古至今，文章最讲究"生气"的灌注。"生气"是精神生命活力的象征。"生气"不仅仅关涉作家的才气，还关涉作家的脾气、精气，更关涉作家所处时代的社会风气，其实这也是作家的宿命、文章的宿命。刘勰的《文心雕龙》中言："纷哉万象，劳矣千想。玄神宜宝，素气滋养。水停以鉴，火静而朗。无扰文虑，郁此精爽。"韩愈也在《答李翊书》中反复强调"气"的作用："气，水也；言，浮物也。水大而物之浮者大小毕浮。气之与言也，气盛，则言之短长与声之高下者皆宜。"当代文章之衰，也缘于作家少了脾气，衰竭了精气，风气颓废，尤其是文艺评论，更是少了生命的烟火色，艺术家与评论家们要么耳鬓厮磨，要么彼此攻讦，在世俗社会风气的习染中，评论家们的文字缺乏应有的精神钙质，评论家们的头颅缺乏应有的重量与硬度。很多人怀念上一世纪二三十年代那种坦荡执着健康清明的文艺风气，其实就是追念一种文化风气，一种文化生命的博大情怀。我在年轻的时候，也在所谓的文学评论中"指点江山、激扬文字"，写下了数篇肝火很旺、剑拔弩张的文字，如对河南文坛及韩寒、余杰、乔叶的评论，就可以看出"少作"文字的生猛尖刻：

韩寒现象   韩寒又出书了。书店门口张贴的海报上面字大如斗，《像少年啦飞驰》，半通不通、令人莫名其妙的一个书名，也许就是我们这个喧哗浮躁时代的"个性与派头"。

我也赶潮似的兴冲冲地购之便读，如果说韩寒以前出版的《三重门》、《零下一度》两本书还能看出他有些冒冒失失的文学坯子的才气，那么这本书却分明在向人们传达出另外一个危险的信号，那就是这位前段时间搅得浪腾万丈被誉为应试教育叛逆者的愣头愣脑的男孩儿，花枪招数用尽，已快到了"泯然众人矣"江郎才尽的地步了。

在这个媒体爆炒，书商们利欲熏心的速效时代韩寒应运而生一夜成名。前些媒体盛传韩寒又要自编自导自演《三重门》，韩寒人气更旺炙手可热，这位羽毛黄亮亮毛茸茸的文学幼雏又在众星捧月般的虚假喝彩声中，匆匆地趁势烹制出这本半生不熟连他本人都觉得"不知道写了些什么"的书。翻阅此书，你看少年性情率真的语言也淡化成了白开水，活脱脱变成了一本自负男孩儿青春生活的流水账，一段段荷尔蒙分泌过多、虚张声势的青春梦呓。韩寒的人生路还漫长，但写作之路却看出快要到了悬崖尽头。鲁迅先生言杀人有两种手段：一曰棒杀，一曰捧杀。韩寒，你的写作死于捧杀也。看来若再不给这个被捧杀热昏了头的男孩儿吹吹冷风提个醒，真可要断送了前程。由韩寒常让人想到前些年红紫一阵的写《花季雨季》的女孩儿郁秀，到美国留学一年的她又趁余热忙不迭地推出一本儿《太阳鸟》，此书东拼西凑，粗糙顶手顶心，结果却"门前冷落车马稀"，阅读胃口浮躁挑剔的国内读者早已移情别恋跟着媒体炒作的风向标而迅速改换阅读的门庭了。近些年，如郁秀、韩寒、董芳芳这些少年作家，走马灯似的纷纷亮相文坛，真可谓"你方唱罢我登场"煞是热闹，但也仅仅是"各领风骚三五天"，再大的肥皂泡也有破碎的时候，再有天才写作本领，也必将在求新爱变的阅读风潮中被抢挑马下。韩寒，你这个催熟的木瓜也早该向市场躬手谢幕了。

韩寒，定定心稳稳神儿，要知道文学不是仅仅靠天边一闪即逝的流星之火，也不是靠短暂的火山般才情的喷发，它更需要作者深入生活的底层去积累素材，它需要对生活、社会理性挖掘的深度与广度。而你眼下写的内容无非是你学生时代的生活素描，从长远来看，这些也只不过是从人生的面包上切下的薄片儿，生活的大部头还在后面呢。瞧着你在名誉的波峰浪尖上狂欢不已，读者如我也真为你惋惜地悬心捏汗啊。再看推出的这本书，你真可谓是风驰电掣"坐地日行八万里"。"当局者迷，旁观者清"，老话不老，潜下心来多读书，天文地理多"充电"，因为从你这本书看得出，你脑中所存的干货已不多，编故事的零部件也山穷水尽，可谓"汲汲乎殆哉！"

韩寒，别被一些没根没梢的无原则的吹捧而改变了人生走路的姿态，什么"少年作家"、"神童天才"之论，别被这些虚假的皇冠压弯了腰，遮住了脸，认清自己，总结自己，历史上的无数事实也再一次提醒了你，多少青春年少、才情勃发的佼佼隽才、奇才、怪才，哪一个不是重蹈"伤仲永""怜江淹"的覆辙。韩寒，你可要当心哟。

余杰现象 当今论出书之快之多，谁能跟余杰相比。才思滔滔的余杰，真是井喷如注，隔三差五，"皇皇"巨著，刺人眼目。单说无凭，粗列书单，让您瞧瞧。从1998年余杰那本被媒体炒得火爆的《火与冰》开始，据我目力所及，随后便如过江之鲫发疯着魔般推出了《铁屋中的呐喊》（1998）、《文明的创痛》（1999年）、《说还是不说》（1999年）、《尴尬时代》（1999年）、《想飞的翅膀》（2000年）、《老鼠爱大米》（2001年）、《冷酷的情感无情的现实》（2001年）、《在困惑中挣扎》（2001年）等十余种厚如砖石、价格不菲的专著，出书劳模，后生可畏，信否？

市场经济社会，讲究速度效率。与余杰相比，那些十年磨一剑徘徊于书堆夹缝中青灯夜育，抱着书稿狼狈地奔走于各出版社之间的专家教授们，别喊"出书难了"，乖乖地"歇菜下课"吧。与余杰相比，那些兀兀穷年打造精品、好久不抱窝的作家们，也趁早识时务地另起炉灶转产改行吧。若还想铁了心吃这碗饭，那就放下架子扑下身子向余杰先生讨教几招吧。

包装、策划、炒作可是商品社会放之四海而皆准的通用手段。著书立说、名扬天下，也概莫能外。《火与冰》出版之际，什么"曾以手抄本的形式在首都几所名牌大学中悄悄流传"，什么"余杰是中国大陆的第一个李敖，北大的第二个王小波"，"一个北大怪才的抽屉文学"，诸如此语去挑逗人们好奇的阅读心理，激发读者的购买欲，此招果然奏效，余杰声名鹊起，出版社、策划者也都捞到了油水，皆大欢喜。乘胜前进，"铁屋困黑马，一嘶天下惊"的抽屉文学之二《铁屋中的呐喊》更给已经热到沸点的余杰加了桶汽油，火苗熊熊，一举成名，"余杰牌"水饺馆开张，一锅锅地下吧，不愁没人吃，正如老板余杰的自信之语："我让我的文字如同火山熔岩一样喷涌而出，我知道有人在等待着它们。"

心浮气躁的当代人，读书也喜搜奇择怪，四平八稳没有棱角的文章弃之如敝屣，顶尖带刺、有股芥末油的冲味儿，才能有卖点有喝彩声。"知识分子就是唱反调的牛蝇"，余杰深谙此理，一语道破天机，他是这样说的，的确也是这样"言必信，行必果"做的。嗓门高高，指点江山，激扬文字，先是兜售出怪才眼中的北大风光，才子情感中的《那塔、那湖》、《激越之爱》、《绝望之爱》、《爱的苹果》诸多篇什，满足了人们对北大这知名学府人情风物的"窥探欲"；接着再手握银针，专刺激名人的穴位：一会说张中行的文章如"酸梅汤"，一会又论季羡林之文章如"白开水"，再捎带着说张岱年、钟敬文、南怀瑾等文章都"没能避免遗老气、方巾气、布头气"；然后再以笔为棍，专敲中国知识分子的麻脆骨，"许多中国文人身上都有周作人气，知识仅仅是一种格调、一种情趣、一种摆设、一杯茶、一件书法，而不是自由的屏障，解放的动力"，这样沉着痛快的麻辣烫之论，又满足迎合了许多读者偏爱给名人头上捉虱的阿Q心理。

"为人性僻耽佳句，语不惊人死不休"，"两句三年得，一吟双泪流"，这些文火炖肥羊、慢工出细活的为文之道已经成明日黄花，短平快地出手，锣鼓喧天地叫卖，这才能混个脸熟，有市场效应、吸引读者的注意力。看看余杰出笼的一本本巨著的奥妙玄机就在此，拍打掉各种笔记的尘土，用自己那化腐朽为神奇之手，乔妆打扮，油头粉面一番，便变成了青枝绿叶露珠闪闪的"鲜货"；或者把各种著作小葱蘸大酱浏览吞咽一番，缩水变干货，加点自己诠释评点的嫩菜叶，便成了"黑色阅读"中的"热干面"，成了吃"泻痢停"后的排泄物。

总而言之，如下饺子般的余杰专著还在鱼贯而出，出书密招就在于别吃降压灵，慎服胃安舒，多吃泻痢停，这才是火气大大，消化不良，排泄多多。不信，您可一试。

乔叶现象 一个小家碧玉般纤细诗意的名字，轻柔纯净、玲珑剔透的文字，这就是乔叶，一个仿佛永远也长不大的女孩儿留给我们读者的青春"艺术照"。

曾记否？九十年代初，在工青妇诸多报刊上印满鲜红唇印的所谓青春美文，风光了一阵，一篇篇刚刚入路还流溢着奶腥味、柠檬味的"小学生作文"就这样被梳妆打扮一番粉墨登场了，逗引得那些胎毛茸茸正处于断乳期的少男少女们"哇塞"一片，青春美文的作家们也在这种喝彩声中更加膨胀了自己，温柔滑向矫情，写作成了作秀，真情变成了浆果，创造变成了捏造。青春美文，这颗在散文热中催熟的浆果也零落成泥，霉烂变质。而乔叶，这位当年青春美文作家方阵中的一只百灵鸟却没随诸多美文作家们纷纷改换门庭而喑哑了自己的歌喉。她依然执拗地想做青春美文的坚守者，最后一名为青春美文大唱情歌挽歌的葬花女。悲壮中的乔叶，越发显出尴尬相、窘迫态。

在乔叶的青春写作审美视野里，仿佛生活中的何事何物都可点石成金，都可削足适履地穿上青春的红舞鞋，都可戴上那个童年的红兜兜儿。捡一点生活的小碎片，再加上一点感悟的小尾巴，敷衍成篇。她似乎永远活在自己编织的梦里，"晨无鸟鸣，不算良辰，夜无好梦，不算良夜，失去意义的生活，连梦都没有。心灵空间里，要留有余地一半清醒，但更要留有一半梦"。她的这段"梦境"中的自白可算是只愿长梦不愿醒的心态写照。乔叶写作的套路化，已经成了她不愿意挣脱的温暖褓襁，逼仄的写作空间里，她恋恋不舍，愈益成熟拔节生长的骨骼里，却总是涌动着少女时代的绵软之音，把一切都蒙上了童话的色彩，一会儿是"紫房子"，一会儿又是"灰姑娘"、"玉米壁灯""小小红帆船"。乔叶甜嫩的声音也该有点成年人的粗犷的音色了。

　　情感的甜腻、矫情、媚俗，这是乔叶青春美文的又一特征。一切文章都用美丽的情感外衣来包裹，美丽的忧伤、美丽的痛苦、爱如香茶，就如八十老妪浊眼昏花，硬是拿腔捏调，一脸婴儿好奇状："哇，天多蓝！""哇，水多清！"使人在浑身起鸡皮疙瘩中，心中犯疑，"这人莫非吃错药了不成？"水灵灵的气息全无，只剩下一堆"破碎的美丽"面包上切下来的薄片。从乔叶已出版的《孤独的纸灯笼》《坐在我的左边》、《自己的观音》等诸多美文集看，她在自己那早已褪色的青春伊甸园里，打捞着已所剩不多的生活散珠，试图让读者和她一样陶醉在梦的晕眩里，沉迷在那已成明日黄花的生活诗意里，"也许因为生活的零点的缘故，对子夜向来有一种本质的温暖感觉。每个夜晚都要在走过子夜——走过子夜那份想要流泪的情绪之后，才能渐渐入梦。如果有雨——不愠不怒如歌如拆如行板似的雨，那就再添几分心事浩浩连广宇的苍茫和悲伤，然后便彻夜不眠披衣静坐漫待星辰。"（《夜点灯》）

　　青春的蝴蝶该摘掉了，少年的陀螺也该停止旋转了，瓶中干枯的花瓣也该扔掉了，脱去花格格，大胆地义无反顾地穿上红嫁衣，早早出闺门吧，你也老大不小了。

　　听说乔叶换笔写小说了，就如同听说一个毕业于幼师的小女孩儿终于到了幼儿园当了阿姨，一下子长大了。我开始遍寻其小说阅读，寻寻觅觅，终于在一家小说期刊上读到了名为《指甲花》的短篇小说，感觉乔叶还是用散文的笔调写小说，唯美得让人感到心尖儿发颤；还是那种娇美的腔调，就像花店里那些经过修剪、水冲、包装后的美丽花束，失去了田野鲜花的质朴、鲜活、真实。后来，又听说乔叶写了个大部头小说叫《认罪书》，急于想读，遍购不得。偶然出差西安，我在一家名叫汉唐书店的书坊里购得一本，回家细读，故事很前卫，也很稀松平常，无非又是一个前卫先锋小说家们写滥的情感故事，一个名叫金金的女孩儿，是母亲与一个哑巴偷情所生的"野种"，在被嘲笑与屈辱中长大的金金周旋于梁知与梁新兄弟之间，作为酒店服务生的金金先是与梁知演出了如幻似梦的婚外情，接着，在与梁知厮守不成的情况下，她又报复性地把情感投向了梁知的弟弟梁新，并快速地地与梁鑫闪婚，介入梁家生活的金金，开始了疯狂的报复行动，最后，得了癌症的金金在死神降临的前夕良心复活，开始了深深的忏悔。乔叶在这部长篇小说中动用了自己的生活积累，把道听途说的故事经过缠绵的情爱连缀在一起，努力摆脱散文化、唯美化的写作套路，通过在叙事中穿插"碎片"、"编者注"等画外音，来增加小说文化历史的沧桑厚重感，可是，乔叶这部小说通篇读来，依然是感到轻飘失重。原因在哪儿？根子上还在于乔叶心中割舍不掉讲哲理故事的散文情结，她的很多散文套路就是杨朔式的讲一个小故事，然后引申出一个小哲理，这些故事放置在散文里，似乎剪裁适当，读者也无心辨别这些故事的真假，只是把这当成了小情思、小哲理的奏鸣曲，可是，散文情结浓厚的乔叶错把讲故事当成了文学叙事，故事情节曲折动人，可是文学叙事是生命精神的深度显现。缘何很多作家在一阵写作的摸索、探索后，都把故乡当成自己写作的根据地，就是因为故土是写作之根，是自己生命阅历与经验积累最充分最熟稔的地方。写作是一种宿命，是与作家的生命经历相关联的宿命。回望中国文学史上的很多女性作家，她们的成功就缘于紧紧贴附于故土，如萧红的《生死场》、《呼兰河传》，王安忆的《长恨歌》等，都是作家对生命根据地的深入挖掘。学者王富仁先生这样描述中国几位女作家的话语方式："冰心以一个大姐姐、小母亲的口吻说话；萧红以一个执拗的女孩子的口吻说话；丁玲以一个不甘落男人之后的女子的口吻说话；张爱玲以一个对女人感到无可奈何的女子的口吻说话；苏青以一个悲悯女人命运的少妇的口吻说话。"那么，乔叶就是以一个貌似清纯实则世故的清高女子的口吻说话。

优秀的小说必须摆脱讲故事的窠臼，回到自己生命的源头，小说才有底气和蓬勃的生命元气。列夫·托尔斯泰的《复活》也是源于他最熟悉的俄罗斯文化，里面的玛丝洛娃和乔叶小说中的金金相比，似乎更有人性深度与宽度的穿透力。乔叶在脱离故土写作根据地后，认为自己写惯散文的笔，肯定会编出很精彩的故事，但是恰恰是编故事伤损了小说本身的叙事伦理品格。《红楼梦》似乎没有什么离奇曲折的故事情节，她成为经典的魅力就在于作者举重若轻、四两拨千斤的高超叙事能力，一个林黛玉进贾府的故事，一般作家写来肯定会写俗写滥，但是作家曹雪芹却能纵横捭阖，写出鲜活的人物，写出了丰富的思想。叙事说到底不是写作技巧，而是精神生命的呼吸。看来，写散文的乔叶，可以摘取生活的一片片绿叶，插在散文的水瓶里，鲜亮养眼。写小说的乔叶，就不仅是要摘取一片绿叶，而是要成为一棵扎根故土的乔木，才能把小说写得枝繁叶茂、蓊郁葱茏。

随后，年龄渐长，我心态逐渐变得平和，文字也就疏朗淡泊了许多。如在《我与河南作家》等文中，文字也就温和了许多，也更加理解了胡适先生所言的"容忍比自由更重要"这句话深刻的内涵。

生在河南，作为文人，平时唱和酬答的多是文人，我把他们作为精神的导师；人至天命，竟一事无成，我把他们作为砥砺人生的标尺。生活平淡，人生庸常，我把他们的著作当成滋养我精神生命的干粮。人事沧桑，时光悠然，我把自己与他们交往的点点滴滴固化在自己粗糙的文字里，好让我日渐衰退的生命里多一份温暖。

王怀让先生 第一次见到王怀让先生，是在大学期间来系座谈的《河南日报》社的记者们，记得还有史稼轩先生，还有一位赵姓女记者，原本也毕业于中文系。怀让先生高高的个子，亮堂堂的脑门，气宇轩昂。但是，那天他的话很少。这是我入大学后，见到的第一位作家，第一位诗人。第二次见到王怀让先生，已是大三某个树叶金黄的暮秋时分，他是陪同台湾诗人文晓村、杨平一行与中文系师生座谈。会场活泼，杨平、刘福智先生都在会场吟诵了诗作。王怀让先生是否也吟诵了自己的诗作，我已经记不清了。后来，怀让先生的"三人"诗作：《我自豪，我是中国人》、《我自豪，我是河南人》、《中国人，不跪的人》一直是我背诵不止的诗篇。参加工作后，我曾在一次学院某系举办的迎新晚会上朗诵了怀让先生的那首《中国人，不跪的人》，反响强烈，出尽风头，对学生心灵震动很大。"肺活量最大"的当代中国政治诗人怀让先生，被称为中国的"马雅可夫斯基"，他的政治诗，气魄宏达，气韵饱满，有排山倒海之势，有雷霆万钧之力。"谢谢天，是天给我明亮的思想/谢谢地，是地给我阔大的手掌。"这样的诗句，久久徘徊在我的心中。某一天，看报纸，才得知，怀让先生患癌症多年，一直与病魔抗争，终驾鹤西去。先生作古，诗篇犹存，这些不朽的诗篇，永远成为激励我们的铮铮誓言。

田中禾先生　我知道田中禾先生，是在大学读书期间的某个下午，迷迷糊糊被一同学拉到了河南省图书馆的报告厅，听一场文学创作报告会，主讲人就是作家田中禾先生。田中禾先生板寸头，个头高挑，戴着一副眼镜，上身穿一件体恤衫，下身穿一条牛仔裤，通身洋溢着作家洒脱儒雅的精气神儿。那时，他刚刚出了一本长篇小说《匪首》，话题就是从《匪首》开始谈起，田中禾先生讲了自己创作《匪首》的经过，他说根据出版社的意见，删去了整整10万字，"同学们，你们要知道，那删去的可都是钱啊！"诙谐幽默的话语活跃了会场的气氛。后来，田中禾先生又谈了阅读过的外国作家，娓娓道来，给我震动很大，我顿悟，作家决不是凭借一时的写作冲动再加上一点生活阅历就能够一挥而就创作出名篇巨著的，原来还需要这样的阅读积累。田中禾先生又谈了自己在兰州大学中文系读书，一心要当作家，辍学不上，回到家乡一干就是十年的生活经历，这样的决定现在看来简直匪夷所思，放着名牌大学不上，硬要回家种地当作家，用现在时髦的话说："这孩子，肯定缺根筋！"作家就是这样个性鲜明，作家就是这样超乎出我们一般人的思维逻辑。报告结束，又进行了答问，与会的有很多都是文学圈内人士，问题问得很到位，很有深度和锐度，对于先生的作品，我一本未读，自然一无所知，猛然觉醒一定要跳出目前青春美文的阅读，告别邓皓、赵冬、周德东们，读大家作品，才能有大家的气象与风范。报告会结束，我走上前去，请田中禾先生在我的硬皮记录本上签名留念，田中禾先生写下了"文学，心灵的颤音"的话语，字体潇洒飘逸，很有韵味。可惜，这个本子后来在无数次的搬家中丢失了，很是可惜。聆听田中禾先生的报告，是我大学期间最醍醐灌顶、记忆深刻的一次，也是我大学读书学习创作的分水岭。还记得，我回到宿舍，久久不能平静，赶快写出了《著名作家田中禾先生在省图做报告》的新闻，骑着我那辆破旧的自行车，一口气跑到位于陇海路上的郑州人民广播电台，把稿子怯生生地送交给了一位编辑人员。晚上，我一直守候在收音机旁，果然深夜整点新闻播出来了，我激动得久久未能入眠。不久，新闻录用通知单就寄到了我的案头；不久，三元钱的稿费让我收入囊中。大学毕业多年，直到我到学校教书，通过作家墨白先生，我又和田中禾先生见面了，还记得第一次聚会，我向田中禾先生说及此事，乐呵呵地笑着，酒过三巡，文坛多少事，都付笑谈中。后来又见到了田中禾先生夫人与在某杂志社做编辑的女儿张晓雪。我对其夫人一口一声叫"师母"，也曾称呼田中禾先生为"张老师"，又见大家都叫他"田老师"、"中禾老师"，我也顺其便一直叫他"中禾老师"。一次，聚会后，我提出要与田中禾先生单独照一张，准备放大后挂到我的书房里，先生幽默地说："千万别挂，我不是什么名人，只是个人名。"

卞卡先生　我知道卞卡先生是在大学读书期间的某个暮春的晚上，毕业于中文系的卞卡先生来母系与我们座谈。座谈的地点好像是在系办公室里。卞先生当时担任《散文选刊》的主编，散文集《大地风流》刚刚出版，还散发着清新的油墨香。卞卡先生个头不高，背头，戴着一副宽边儿眼镜，说话声音洪亮，先生先是从自己当年带着干粮考取市第七中学，又怎样在老师的鼓励下向报社投稿的经历谈起，又怎样考取大学中文系，然后又论及当今中国散文、杂文写作的现状，认为许多作品写得"披头散发"，作为编辑，就要为这些稿子梳理得眉清目秀。《散文选刊》只选已经发表过的作品，作为主编也只读发表过的作品，但是，对于母系同学们寄过来的原创稿子，我也破例要读。说到这儿的时候，会场掌声一片。沉溺酷爱散文写作的我，感到暖意盈怀。座谈会一直持续到很晚才散。随后，我曾经无数次到经七路 34 号省文联院内《散文选刊》编辑部，还记得我第一次到杂志社，提出要见卞卡老师，一位办公室女老师问其他同事："卞光兴在吗？"我才知道卞卡先生的原名叫卞光兴。实际上，那时我到杂志社购买杂志合订本、卞先生的系列书籍：《花信风》《采桑女》，请卞先生签名，破译着我对杂志社的神秘。卞先生的单人办公室不大，里面一摞摞的杂志，《散文选刊》就是从这些杂志中精挑细选出来的。还记得，卞先生还送给我几本登载他文章的杂志。后来，又参加了杂志社主办的"散文之友"写作班，最终结业成绩被评为二等奖。大学期间及大学毕业后，我多次到卞卡先生那儿求教，慢慢结识了杂志社的诸多老师们。记得有一次，卞先生遗憾地告知我，我写的一篇刊登在《安钢报》上的《祖坟的故事》本来准备选用，可是后来因为一位编辑说该文涉及"迷信色彩"终未采用。我大学毕业撰写的毕业论文也是研究卞卡散文的，题目就叫《论卞卡散文中的乡风水韵》，指导老师是姚晓婷先生，因为对文本和本人的熟悉，论文写得很快，姚晓婷先生评为 A 级论文。先生身处主编之位，却丝毫没有名人的架子。多年以后，卞先生从主编位置上退下来，一次在大街上，我刚好遇见正推着自行车走的卞卡先生，我与之打招呼，先生依然豁达谦逊，"退休了，可以静下心来好好写东西啦。"果然，我经常在报刊上读到先生那质朴的文章。在我书房里，至今还保留着几卷杂志合订本，看着当年卞先生的签名，我感慨良深，常常沉醉在对往昔青春岁月的无限美好回忆中。虽然先生写作的路子还很传统，几十年，变化不大，但是，我依然对卞卡先生与文字厮守几十年的精神感到由衷的敬佩。

王剑冰先生　大学期间，我经常奔走于省城的大小报刊书店，其中，《散文选刊》杂志社是我光顾次数最多的地方。认识王剑冰先生就是从那时开始的。剑冰先生继卞卡先生之后担任《散文选刊》主编，先生是诗人、散文家，也是当今中国散文界的活动家。剑冰先生个头中等，圆脸，眼睛圆而大，可能是经常熬夜的缘故，每次见到剑冰先生，眼睛总是布满红红的血丝。在我的印象中，剑冰先生大学毕业后，一直在经七路省文联大院内，饱受这一方水土文气地气的熏染熏陶。先生说话温和，语调多变，总感觉先生的话语里飘散着一股诗歌、散文的味道。至今，我的书房里，还珍藏着先生签名的几本书：《散文创作谈》、《散文时代》、《卡格博雪峰》、《苍茫》，先生文笔细腻，语言纯净，文字肌理清晰细密，特别是给先生带来极大声誉的散文杰作《绝版的周庄》，文章写得充满淋漓的水汽，写景抒情结合得血溶于水，情与理的缠绵柔肠百结，一唱三叹，文质兼美，雪菲玉屑。近些年来，我时常在报刊上读到先生的散文新作，更加挥洒自如老成持重炉火纯青。新世纪甲午年仲春，我在一次文友新作研讨会上又见到了剑冰先生，给我的感觉是，剑冰先生还是那个样子，几十年几乎就没有变样。谈及友人新作，剑冰先生还是那么不遗余力地推介评论。谈到这部官场小说，剑冰先生依然动情很深，看得出，他对传播社会正能量的作品依然充满着期望。研讨会结束，午餐期间，我们又坐在一起，先生很是谦和儒雅。有人说，诗歌属于青年，散文属于中年，小说属于老年。对于诗歌、散文、小说都能英英武武写出一片风景的王剑冰先生来说，他有一颗不老的诗心，永远年轻的散文心和返老还童、去掉世故的童心。

　　何频先生　我与何频先生神交已久。我是先读其书，后认识其人的。我先是购得先生的两本书：《鲜活的书话》、《羞人的藏书票》，文字写得很有书卷气，也很有沧桑底蕴，我很爱读。但是，一直未能亲面相谈，此成憾事。真是天随人愿，甲午年仲春，在一次文友作品研讨会上，写有我名字的台签与何频先生的台签紧挨着，何频先生已经落座，身体瘦弱，头发稀疏，额头光亮，我与其寒暄，先生话语中带有一口浓郁的焦作修武口音。从先生给我留下的地址里，我知道了先生原名赵和平，一个很有时代色彩的名字。后来，我和妻子又驱车到顺河路河南教育社拜访，先生为人热情质朴，不大的屋里，书籍多得几乎让人没法下脚，先生的水杯被茶垢濡染得几乎变成茶色，先生痴迷文字，他陶醉在那些文人轶闻雅事的书话里，文风散淡，包括那些花鸟虫鱼、草木园艺，先生多有涉猎，活在这些美好的人和物里，先生自得其乐，颐养天年，倒也是让人艳羡的一种诗意的活法。

汪渌先生　大学毕业后，《美与时代》的主编贾玉民先生是我的大学老师，一次，贾先生送我一套杂志合订本，我很喜爱。深夜，我翻阅杂志，偶然一篇文章的题目映入眼帘，《我也来篇"随笔"——对当前"随笔热"的断想》，文章才气很浓、才情正盛，署名"汪渌"，印象很深。"出生即死亡，流行而速朽，过眼为云烟，即便有精致的包装，也如易拉罐一样，饮罢即扔，没多少真正的营养价值，也不值得回味的，大抵如此。"多年后，有一次，我在文化路的大作书店里，见到了作家墨白刚买了一套《废名全集》，先生说要送给《传奇文学》杂志社的汪渌，我心中一惊，不由犯嘀咕："此汪渌莫非就是我记忆中的'汪渌'？"我有一种隐隐的预感，很可能两个汪渌就是同一个人，墨白先生认识的朋友，我们迟早会见面的。机会说来就来，一次，我和作家孙瑜闲聊，孙瑜提议要晚上邀几位文友坐一坐，她谈到了汪渌，我忙问："是不是《传奇文学》杂志社的汪渌？"孙瑜说正是，我激动的心怦怦直跳。汪渌，我崇拜很久的汪渌就要从杂志上走出来回到活生生的现实中来。记得，那是初秋的晚上，在丰产路的一家火锅店人声鼎沸的二楼，我们刚坐定，汪渌就来了。个头不高，小平头，圆圆的娃娃脸，牙齿缝中似乎还存有烟丝，说话声音粗哑。我叫了一声"汪老师"，他摆摆手，"自己弟兄，叫汪渌！"我也跟着孙瑜高一声低一声地叫起了"汪渌"，我先从那篇"随笔"文章谈及，汪渌嘿嘿一笑："那是我奉贾老师之命，随便胡诌的一篇，见笑，见笑！"从交谈中得知汪渌的简单经历，他毕业于一所中专学校会计专业，毕业后分到一个地方工厂里当了一名会计，不安于现状的他又考取了鲁枢元先生的文艺心理学研究生，大学期间，就出版了

《王蒙小说语言论》，近些年，一直写小说。我们又谈及中国文坛，汪淏噼里啪啦一阵乱轰，陡然转移到他欣赏并津津乐道的外国小说家身上，席间，汪淏话语如瀑，臧否人物不留情面，就如他吃饭喝酒、大口吸烟，撕破了文人的斯文，大大咧咧，个性张扬。此次饭局后，我又单独邀约汪淏在一饭馆小聚，他骑着自行车，从包里拿出了几本自己近年出版的小说及文论：《挥手从兹去：毛泽东的诗人形象与诗性世界》、《不与心爱者结婚：萨特与波伏瓦的爱情札记》、《匮乏岁月》、《我们的草莓河》、《孤独与激情》、《戏》。酒酣耳热之际，我又一次听到了汪淏那点评文坛犀利深刻直率过瘾的话语，汪淏的坦诚让我作为小文人心中那些用来捍卫自尊的虚伪无处可逃。汪淏的话语，如一把锋利的手术刀，飞快地割除了那些我们敝帚自珍艳若桃花的毒瘤，酣畅淋漓，酸疼胀麻，点穴到位。日久成习，几日不听汪淏"放炮"的语言，我都感觉自己活得很累。一日，我到汪淏的住处，书房四周都是书，几乎都是清一色的外国小说经典名著，中间放了一个床，躺在床上，伸手就可以取书而读。那时，他刚出了一本小说集《贾宝玉自白书》，送我一本。午饭在其住处的一家饭馆里，汪淏又开始了对我的尖锐批判："你太迷恋中国文化了，要多读外国经典名著；是不是某人让你给他写评论了，不要给这些人写，包括我汪淏的作品，也不值得一写。要写就给那些大家们写，那才够份量，那才够意思。"汪淏的话提神醒脑，让人感觉这是一位古人所言的"诤友"。评论家刘海燕坦言："汪淏偏激、强烈的生活方式使他周围的朋友、阳光和空气都震颤着。"（《理智之年的叙事·写作能改变一个人吗》）每次与人说及汪淏，我总想起鲁迅先生所言的"先生小酒人""白眼看鸡虫"的范爱农先生。朋友圈里，有人也曾经劝告已处不惑之年快要奔天命的汪淏"改改脾气"，但是，我在想，"改改脾气"的汪淏还是那位可敬可叹可畏可圈可点"只可无一、不可有二"的小说家汪淏了吗，还是那位心理年龄永远年轻的汪淏先生吗？

　　孙方友先生　我总感觉到您在冥冥中爽朗大笑。我哭您，是不了解您。在我与您交往碎片化的记忆中，您的笑声几乎溢满了我所有怀念您的空间。您从钟爱的文字里发出的笑声，冲淡着黏稠历史里那些带血的痰丝；您生活中的笑声，让那些砰砰作响的鸡零狗碎们哑然失语；您在那些内涵含混情感暧昧的人际交往中的笑声，让那些觥筹交错尔虞我诈刀光剑影的"两足兽"们黯然失色。

那是一个薄暮时分，我穿越熟视无睹面孔模糊的人流，东找西寻，在一个绿树掩映的复式楼房中见到了您——我国著名作家，被业界称为"小小说之父"的孙方友先生，接过我手提的一箱奶，您略显生气："看看，还提啥东西！哈哈哈！"个头高大，头发稀疏的方友先生依然在笑个不止，待我说明准备做一个河南小小说研究课题，想从先生处索取一些小小说文本的来意后，"好哇！哈哈哈！"您在一排排透明的玻璃书架面前抽出了自己几本小小说文集，一一签名，送给我。晚餐时分，您留我在家吃饭，我婉谢，说还要到作家墨白那儿，"哈哈，墨白是我亲弟！"这实在出乎我的意料之外，看着站立在那儿张着大嘴一脸惊诧的我，"哈哈哈，哈哈！真是我亲弟。"从此，在我不大的文友交际圈中，方友、墨白两位兄长成了可以推心置腹毫无遮拦一生一世相知相识的作家朋友。

自此以后，我们开始了绵软柔长的交往。每次文友相聚，方友先生的笑声依然清脆响亮滋润肺腑。当我们以文人相轻的挑剔与不屑臧否文坛各色人物时，方友先生总是在无做作的笑声中连连说："写得好！写得好哇！哈哈哈！"初见先生的这种做派总以为是先生置身文场明哲保身的一种处世哲学。交往日久，才发现先生对每位在文坛舞文弄墨的个体，都感同身受地保持着情感的尊敬与职业的敬仰。对于常年在文字里摸爬滚打孜孜刨食的专业作家来说，文字，是作家最钟爱最偏爱最酷爱的生命芯片。方友先生从一个农家子到成为一位著名作家，他要跨越无数深深浅浅的沟壑，他要徒步走过多少风风雨雨的日子，他要经历多少艰难困苦玉汝于成的生命嬗变，才能华丽地转身，一杆笔描绘出一部古陈州沧桑历史巨变的画卷，一双手长年累月摩挲文字构建出一座巍巍赫赫为

小人物树碑立传的小镇。"写得好哇！"这分明是先生在为天下那些蜗居
在文字壳儿里"破帽遮颜过闹市"的作家们以壮行色。有一次，我和方
友先生小聚，话题不知怎么扯到了女儿孙青瑜，青瑜一直从事方友作品
研究，颇有建树，成果不可小觑。方友言谈话语中一直流露着慈父般的
自豪与疼爱，咧着嘴哈哈笑着："女儿写的稿子，编辑们喜欢得不得了
啊！"谈起女儿为自己作品上网付出的努力，方友先生自豪而又欣慰：
"网上的东西都交给女儿打理，我不爱管这些事儿！"青瑜"近水楼台先
得月"的写作优势，对作家老爸其人其文都有迥异于别人的独到见解。
一家几代人都在吃文学这碗"灵魂饭"，这在浮躁喧嚣的当代可谓"风
景这边独好"。

　　方友先生唯一求我的事情是河南文艺出版社推出他的"小镇人物"
与"陈州笔记"系列丛书，电话中依然是他乐呵呵的笑声："老弟，你好
哇！你们学校图书馆能不能征订几套啊？"我马上与图书馆领导联系，说
了车轱辘的好话，但终因各种各样的原因，此事不了了之，方友先生也
没有催问，以后见了面我不说，方友先生也不问，还是一团火般的亲切
问候："老弟，你好哇！""百无一用是书生"，此言用之我辈不谬也。说
来愧疚，与先生交往数年，慵懒的我只为先生的作品写过一篇评论，后
相继发表在《小小说研究》和《语文知识》上。一日，电话中传来了他
那爽朗的笑声："老弟，你写得好哇！好文章就要多个刊物登啊！"近年，
我研究墨白先生的作品较多，在对墨白作品研究的时候，我隐隐感觉到
这两位兄弟作家写作风格不同的同时，似乎还有很多相通的地方，作品
都受到颍河那氤氲的水汽滋润，作品都钟情于颍河镇那一方水土的风情
画卷，我准备研究完墨白，接着就研究方友先生作品，为此我还搜集了
很多方友先生的文本，准备抽时间和方友先生进行一次长谈，但先生突
然作古，此终成憾事，悠悠苍天，奈何人哉！

　　方友先生托友人赠我一本他的最新长篇著作《葛天氏》，中国工人出
版社出版，谁能想到，这是先生最后赠书于我。站立在书房一隅，我从

书架上把方友先生的所有著作平摊到书桌上，轻轻摩挲，如烟往事，萦绕心头，先生一生坎坷，一杆笔横枪立刀，成为雕像，作品永存，沧海一声笑里蓄满了先生的文采风流。第二次去方友先生的家，是我和几位郑州文友手举花圈挽联，穿过熙攘的南阳路，来到了树木翁郁的小院，院落门前花圈排列，都是河南文艺界著名作家们敬送的花圈，见到了墨白先生及其从老家淮阳赶来的兄长们，客厅墙壁悬挂着先生那帧头发稀疏笑容灿然的遗照，夫人、儿女们的哭声，夏日的闷热气息，幽静的院落中，虬拔的葡萄藤蔓，黄绿的荆芥，茂盛的小葱，天地人间，悲悯苍凉。桌子上放置着当天郑州《大河报》、《郑州晚报》等各大媒体对方友去世相关报道的报低。多年前，我读过一首诗，"爷爷说/死了好哇/亲人们都来了"。翌日，郑州殡仪馆，热浪滚滚，河南作家们大都来了，我们齐聚在一起，送别方友先生，为文学的神圣祈祷，我们为文学的伟大祝福。方友先生，让我们在天上人间为天下苍生笑几声。

第二节　声音的重量

声音是生命存在的基本形式。人类在各种声音的制造中表征着自己的存在。向社会发声是个人社会成人的表征，在他对社会现象指手画脚、评头论足的文字中，表达着他参与社会活动的热情，同时通过表达也塑造着自身的社会形象，证实着自己的社会身份。我在年轻的时候，也曾在一段时间，神色庄重，一本正经，集中火力写了很多时评，那时候，我时时关注着各种社会现象，努力从这些社会现象中寻找着发言的着力点、切入点、射击点，如影视评论，我陆陆续续写下了对"梨园春"、"电影"、"赵薇"、"刘晓庆"、"李怡青"等"炮轰"般辛辣的短评：

梨园春，我为你捏了一把汗。

身为河南人的我，说起你也同样感到自豪，不管咋说，你也总算为形象不佳的河南争了脸面，多了份儿向外人说话有底气的资本。可我一期期地看下去，节目老是在模式套路结成的硬壳圈圈儿里打转转儿，慢慢的视觉疲惫麻木，兴趣寡淡。有几次我都要歪倒在沙发里昏然入睡，问及楼下许多人一脸无奈的他们也扬扬手，"就那么一回事！"梨园春莫非你真的要由辉煌走向暗淡？

世上万事万物，难道都有这样一个"成也忽焉，败也忽焉"，由日上中天到薄暮冥冥归坠西天的盛衰周期？成熟的反面就是腐朽陈旧，"二律背反"实难逃离。"梨园春"，我也算是与之有缘，改版之前，我也曾当过一回现场观众，那时她还算是娱乐节目中的"小不点"甚或比另一档节目"七彩虹"还要逊色。眨眼间，她摇曳生姿，鲜活水灵，弱苗长大树，丑鸭变天鹅，也落得像位妙龄二八女郎，媚眼身段儿处处馨香可人。一时间，"梨园春"可谓风头出尽，进京火爆，下乡惊艳，无数天南地北的观众胃液被逗起，握摇控器的手不自觉地就按向了周日晚上的河南卫视频道。曾听到这样一件事，那是乡下老家，适逢周日傍晚，两妇女叫骂撕打一团，众人竭力终不成，忽旁人喊"梨园春开始了！"霎时间，披头散发，满脸血痕的俩妇女遂松开手向家中急奔："老娘要看梨园春了，明天再说！"梨园春，诱人精灵，鬼斧神工。

可眼下的梨园春呢？内容重复得让人厌烦得提不起精神，《朝阳沟》、《卷席筒》、《打金枝》、《收姜维》……猛听亲切，久闻味同嚼蜡，放大了汁液醇厚的河南戏曲魅力的同时，也如开屏的孔雀，露出了豫剧戏曲内容要害的尾巴，剩饭都给烫煳味儿了。倪宝铎、庞小戈二位主持人相得益彰炉火纯青，可要是每期都是那几句诸如："好，又到戏迷一展风采的时候了！""好，请他们自报家门！""究竟谁是擂主，还得观众做主"的串词，耳熟能详，话语重复百遍口熟手溜，能不顿生腻烦之感吗？每次听着这熟稔能背的串词，我真为两位主持人捉襟见肘的语言枯竭症感到一种深深的担心和忧虑，真想贴到荧光屏上对他们耳语一番："伴随节目走红而花果红艳的老倪、小庞，可别这样浮飘着凑合应对，要可劲儿崛起粗壮自己的知识之根啊！"戏迷打擂"是梨园春的主打节目压轴戏，可小小的颁奖近日又增加了'知识就是财富'的小肉瘤，拖沓冗长得让人看了心焦。场景布局单一，冲击力怎么会强烈？梨园春像一节电力不足的电池，灯光忽闪不定，亮点骤暗，魅力锐减，走笔至此，让爱"梨园春"的如我一样的热心观众心生疑窦，梨园春到底还能打多久？要知道，春天的树木也有落叶的啊。

"梨园春"突围之路在何方？首先就要使我们的编导们明白"欲求木之长者，必固其根本，欲流之远者，必浚其泉源"的理儿，别从早到晚都呼吸着辉煌永久的迷醉空气，别步"综艺大观"、"快乐大本营"、"玫瑰之约"这类"繁华"过后成一梦节目的后尘，走出由于电视人文化素质的偏狭与文化心态的浮躁所形成的拘囿，集各路方家群策群力会诊把脉，沉潜在观众中采纳秘方验术，让节目重新由目前的惯性程式化去濡染更多的山野之气，泥土之味；其次节目还要重新打造精雕细刻，走出当前节目的粗糙与拘谨，内容短新快，生活味儿浓烈些。

秋天的田野里，庄稼和蒿草一起成熟。梨园春，走出辉煌中的暗淡，抖落掉蒿叶稗草，多些横枝斜杈，葱茏地伸向天空的高远。时常梳理羽毛，调试嗓音，把戏曲艺术的音箱再放大。我们期盼着。

电影，久违了。置身红尘都市，我发觉自己感官日渐迟钝、视觉愈益麻木。也曾在无数个双休日傍晚散步，路经离我们家属区很近的那家影院，引进国外大片的横幅招人耳目，买张票看场电影的念头却屡屡被我和妻的一番经济"小九九"最终不划算的务实论争碾碎轧平，删削殆尽。忽悠悠不觉间，结婚数载，我们看电影的兴趣日趋寡淡。

偶遇一位在电影公司上班的朋友，谈及现代人对电影的冷落，他劈脸便愤而说道："足不出户，香茶细品，电视剧、VCD任你随意观看；三两元钱，录像厅里，吞云吐雾。让你能在宵达旦过足了瘾，咱电影，咋能比过人家？"门前冷落鞍马稀的影院里，出出进进的两类观众居多："三点一线生活单调，周末排遣时光的莘莘学子；花前月下情浓似酒，影院里换胃口，插科打诨的恋人。电影，在节奏加快，娱乐方式多多的现代人眼里，一天天地成了大众快餐中的一道'家常豆腐'；成了他们生活日程表中一辆招之即来，挥之即去，随意乘坐的'面的'汽车。"

这不足为怪。小时候，我和伙伴们不辞劳苦，兴冲冲地看已看了数遍的《地道战》、《地雷战》、《烽火少年》的时光一去不复返。蜗居都市的人们谁还有这份儿雅兴？与妻谈恋爱时，浪漫复浪漫，穿梭郑州大小影院，坐包厢，逛夜市，看国产，观外译，周末看，生日看，发了文章有了稿费更要看，至如今结婚生子，识时务细掂量，想与妻携手重温昔日时光，她却常常感慨："想想那时候，咱真是花钱买罪受，傻气十足！"这几年，炒得嘎嘣响的大片，票价令人咋舌，从《红樱桃》、《狮子王》到近年的《拯救大兵瑞恩》、《泰坦尼克号》和现在的《国家敌人》、《失乐园》，等等，媒体爆炒，票价直升，固然拉回一批观众。但观后失望者多，满意者少。究其原因，委实缘于宣传过度与观感平平反差之大之所在也，能否借鉴书市"一元书"与"五元书"，让囊中羞涩的平民百姓、工薪阶层消受得起？

疏远电影的深层原因，追根溯源，还得从当前电影片子制作本身找起。看一看近年国产片，编导们煞费苦心去迎合观众口味，打情骂俏，耍舌斗嘴，节奏迂缓，情节荒诞，这样的片子，久看生厌，倒人胃口，如《甲方乙方》《没事偷着乐》，演前呼声正盛，涂脂抹粉，观后却后悔不迭，稀松平常，这样的喜剧片滑稽成了庸俗，情趣变成了扯淡，轻薄有余，厚重不足。稍有起色的片子，却仓促上阵，顾不得细推敲慢斟酌，被拿大奖、挣拷贝的功利思想挤压得拘拘谨谨、别别扭扭。如《鬼子兵》《咱爸咱妈》就是这类半生不熟的青涩果，咎由自取，观众疏远，不买你的账自是情理之中的事。

现代人疏远电影，和当今电影院服务滞后也不无关系，凭票入场，看后走人，观众得不到任何来自影院的关爱，哪怕是一叠廉价的卡通片，一副便宜的小墨镜。一声观后致谢的话，而外国影院却做到了这一点。

有朋自影院来，不亦乐乎。但愿不久的将来，我们也能如此。

赵薇现象　我真的落伍了，记得电视中正播《还珠格格》时，凝神写作的我时不时地会被隔壁正津津有味看"格格"的妻子和女儿的笑声吸引过去："这个小燕子，真逗人！"妻子常在我耳旁"吹风"。

经不起她们三番五次地"唆使"，我也耐着性子看，但观之感觉索味无聊，赵薇饰演的"小燕子"，那种在皇帝和太子间的撒娇哭闹，那种做作的插科打诨故作轻松状，我看之心中总起"鸡皮疙瘩"。赵薇一夜"飞入寻常百姓家"。你说小燕子，我说小燕子，如氢气球般的赵薇在这个浮躁得急功近利的年代，飘飘乎一夜间膨胀成了众百姓茶余饭后的"谈资"。大街上，青春亮丽的小燕子也频频占据着各种书报刊的高高枝头。有时候我真想冲破纳闷儿问一声"人们啊，你们中啥邪了不成？"犯得着为这样一个初出茅庐刚上了"演道儿"的乳燕鼓起腮帮，抡圆了捧吗？一窝蜂似地炒作"小燕子"，急不可待地烹饪粗糙得令人难以下咽的《还珠格格》续集，败坏了多少痴迷"小燕子"的追星族们的胃口，养肥了多少借"小燕子"而大捞了一把的盗版商、小书贩们儿，被爆炒的热风吹得迷迷糊糊的赵薇失去了本该潜心演艺，好好充电的韶华时光。

如氢气球般的赵薇，真担心你会被媒体、追星族们越吹越大而找不着北了。渗着水、掺着锯末的《小燕子——女生赵薇》一书，又一次为你这氢气球灌进去了一瓶氢气，你忙不迭地翩翩穿梭于深圳、上海、北京进行签名售书，影迷们、歌迷们、书迷们望眼欲穿"燕子"归，警察开道，镁光灯闪烁，深圳签名5分钟，来去却如一阵风，赵薇，你可真忙，真风光。据报道，首次印刷精美10万册的书已经告罄，不知道小燕子得了多少"润笔费"，出版商们却喜不自禁"油水"多多，就连《还珠格格》的作者琼瑶也出来为你这只氢气球加油助威了，琼瑶如伯乐，慧眼识良驹，拭去浮尘埃，发现了你这个"璧玉"。你成了一炮走红的"大腕儿"明星，乳燕展翅，真可谓"不飞则已，一飞冲天，不鸣则已，一鸣惊人！""我一眼就觉得赵薇是小燕子，小燕子非她莫属！"琼瑶这口气，也真把赵薇这个氢气球吹上了天。

赵薇，你这个不同寻常的氢气球，一夜之间身价百倍，于是乎，电视剧《财神到》中的主角"宝妹"你看不上眼，拖延违约，急煞得监制张国立也出言不逊，直骂你"缺德"。电影《缘妙不可言》你却欣然允诺，在你"总不能演同一类角色"这一冠冕堂皇的理由后面，制片方预付的50万定金，是不是也为你"弃财"从"缘"助了一臂之力呢？赵薇，在你醺醺然于五花八门的各种商业演出和广告中抛头露面时，你这个氢气球，可曾按下云头向下看看真实的自己，鼓胀的气球还是你吗？

最近媒体又爆出"小燕子"的男友是上海一家富甲一方拥有庞大房地产及金融业务的老总，赵薇否决了男友开公司捧她的评论，事业爱情双丰收的赵薇，能否静心学艺，超越自我，关键要看她走出目前这"热闹"场景的决心了。

走吧，小燕子，别在这种人为制造的热蒸气中放大了自己，夸大了自己，要知道，大气球碰着小草尖也会"嘭"的一声没了踪影儿。

电视剧《还珠格格》让名不见经传的赵薇红遍大江南北，但随之而来的各种毁誉参半的重轭，也使"乳燕"不堪重负，喘不过气来。

今年的中国电视金鹰奖颁奖晚会上，获得最佳女主角的"小燕子"赵薇因在记者招待会上迟到，有记者叫"滚回去"，赵薇三度落泪向传媒道歉。出道不久，社会阅历浅薄的赵薇，也算是饱尝了成名的代价，也算是暗暗领教了谁红跟谁急、鲜花加棒喝的某类"狗仔"记者的新闻趣味。

不经风雨怎么见彩虹，赵薇可知这个理儿？在你落泪时，你一脸的真诚地向记者们解释说："我事先并不知道晚会后有记者招待会，会后我正和中央台台长及两位朋友见面，得知消息立即赶来已太迟了"。胸无城府的赵薇真是想得太天真了，不从你身上抓点新鲜独特刺激的新闻"佐料"，风尘仆仆的他们怎能向单位交差，心中烦闷岂能善罢甘休？在这种境况下，你的解释多么孤单、苍白无力，相信"沉默是金"的唐国强在这方面是你学习的榜样。

娱乐圈向来就是"无风三尺浪",不然的话,整天若是"这里黎明静悄悄"那才成"咄咄怪事"。对处在风暴眼儿中的赵薇,我们的新闻媒体该怎么给她创造一个天高云淡的、乳燕腾飞的环境?又该怎样多一份谅解的宽恕,让"小燕子"衔泥筑巢搭建自己的艺术空间?一味地求全责备,一味地鸡蛋里挑骨头般地吹毛求疵,"燕子"不中途夭折才怪呢。成名很累,应酬多多。作为引导舆论的新闻媒介,应该给我们的"小燕子"一个歇息喘气的机会。口诛笔伐连篇累牍,道听途说添油加醋的负面新闻铺天盖地,任凭呢喃喁喁的"小燕子"长满百口,喊破嗓子,又怎能解释得了。正如赵薇回答内地传媒问她眼泪是因激动、害怕还是委屈时说的那样:"我不是害怕,也不需要宣传,我是个容易感动的人。"够了,已疲惫不堪的小燕子,这番话揪人心,感人腑,我们的媒体可否"得饶人处且饶人",放我们的小燕子一把?别让清纯亮丽的小燕子在这唾星四溅、连珠炮似的杀伐攻击中,折损了翅膀,苍老了芳心,压弯了脊背,嘶哑了喉咙。想想几年后"小燕子"若以这样憔悴的尊容面对热爱她的观众,可真是一种辛酸的悲哀,时代的不幸,扪心自问,这到底算是谁之过呢。成名了并不等于成功。"小燕子"赵薇的路还很长,我们的新闻媒体应该多给她一份儿呵护和关爱。"名气大了"的赵薇,能否潜心演艺,超越自我,不辜负广大观众对她的殷殷期望?

刘晓庆现象　崇尚共性,压抑个性的"温良恭俭让"的心理积习,在我们的民族深处真是积淀太深了。常招众人非议的刘晓庆,无疑是冲破这厚厚民族积习硬壳的"叛逆者"。

在常人眼里,叛逆的言行总是那么棱角分明振聋发聩。近日,刘晓庆在南京接受记者采访时,依然快人快语本色固然,一时舆论哗然,被人称之"刘氏怪论"。她坦言自己的"创业史":"我没有背景,又不是高干子弟,又没遗产,也没进过表演学院,从中学毕业后下乡,当工人,当兵,当演员,披荆斩棘,不知付出多少汗水,特别需要理解,猫被踩了尾巴忍不住叫了一声，人们只听到猫叫，没见到猫被踩尾巴。"看完这一番刘晓庆发自肺腑的感慨，我在常常佩服她泼辣果敢的勇气之余，也不禁联想到时下影视圈中的一些"明星、大腕儿"，他们敢这样面对媒体毫无遮拦地袒露个性，剖白心迹吗？她们敢这样理直气壮，底气十足地宣扬自己的奋斗经历吗？长期以来，浮躁的影视圈内，多少人日思夜盼着走捷径靠媒体泡沫似宣传膨胀而成名而一炮打响，一夜走红，又有多少人为保持自己在观众心目中的所谓形象"亮点"，唯唯诺诺谨言慎行，苟苟且且攀附媒体控制媚俗视听。刘晓庆，如一条孤独的鱼，哪管它流言似海，暗箭如麻，依然我行我素天马行空般地徉游在自己的个性之河里，明星出书还没热时，刘晓庆所著的《我的路》一书，早已问世；又是她，几年前接受外国记者采访时坦率地称自己是"目前中国最漂亮的演员"；又是她，率先开启"明星下海"的先河，当起了一家房地产公司的老总。又是她，在中国当代影视发展史上，她饰演了一系列个性鲜明，让人难忘的艺术形象，从最初的《小花》中的"小花"到《武则天》中的"武则天"再到《火烧阿房官》中的"任姜"。够了，刘晓庆抓起一阵阵的浪花涟漪，谁能与之比肩称雄？是否可以这样讲，刘晓庆，追求的永远是独特，她在自己独特的个性标杆上越跳越高。

引发这几年刘晓庆在广大观众心目中形象"不佳"的主要原因是她那一连串的"婚变"。在这个隐私大曝光的时代，明星婚变成了新闻由头。于是乎，一个个"屎盆子"飞面而来，全都扣在了刘晓庆的头上，什么"道德败坏""情感孽种"一股脑儿都泼在她的身上，面对这种暗枪毒箭，一般演员怕早就奄奄一息，束手待毙了，而刘晓庆却表现着豁达的气度，直言不讳地说这是由社会观念比较保守所致，追绯逐闻的记者们倒也吃了"闭门羹"讨个没趣儿。刘晓庆在记者面前，总是坦然自若，不像时下一些走红的明星谈起"婚事"，欲盖弥彰，羞羞答答环顾左右而言他，吊记者的胃口，给自己裹一层神秘的面纱。固守本色是刘晓庆的个性与特质，在这个飞花渐欲迷人眼的市场经济时代，她好像总活在自己构筑的理想之城堡里，她坦言自己心目中期待的是中国影视和世界接轨，国内影视剧节奏缓慢，不太好看。鲜活的话语中显露着她任何时候都不随意迎合的个性。"新论"也好，"怪论"也罢，刘晓庆就是刘晓庆，试想一下我们的影视圈中倘若少了她，将要失去多少生机与水汽。

李怡青现象 在这个被人称为"炒作"的时代，花10万元征婚，被媒体炒作得沸沸扬扬的李怡青，无疑是最大的"受益者"，要不然的话，我们亿万观众读者会在这个明星如云的时代，记住她的名字吗？

又据一家媒体报道，今年9月份，李怡青将要到北京电影学院深造，主攻表演专业。她对记者坦言："打算从表演技艺方面来面对观众"，看到这个消息，我不禁脱口而出对李怡青说一句："你早该充充电了。"

案头放着一本李怡青在巨款征婚的风波后凑编成的《我一直在等你》的厚书，价格不菲，内容良莠不齐，前半部分大多是叙述征婚始末，一副可怜兮兮受人鼓动上当受骗的委屈状，后半部分却是"白马王子"们那一封封火热滚烫的求爱信。翻阅之余，让人不禁要问："李小姐，你收招吧。"要知道浑水越搅越浑，不妨找个清静的地方歇歇吧。到象牙塔内修学静心，李怡青你这算是没犯糊涂，还算是明智之举，找对地方了。让安谧和谐、祛躁泻火的菁菁校园，吹拂一下你那急于成名的势利之脑，让知识的玉液琼浆好好地滋润一下你那在影视圈中急于浮出水面挣扎沉浮而疲惫不堪的心田。

正当我和千万观众读者一样，为李怡青上大学一事举手加额时，怪我自以为是"聪明"过甚。不几日，这位将远寻师学成为"天之骄子"的李怡青，却又在接受记者采访时，出尔反尔地说她花巨款征婚，并非是为了出风头，而实在是想真心地找到自己的"白马王子"。坦率的她又告诉记者她征婚未果，至今还没找到如意郎君。恕我在此直言，斗胆问李小姐一句："莫非你又发出征婚信号，欲在大学校园绽放爱情之花不成？"要知道，大学殿堂，帅哥酷兄摩肩接踵，真替你担心，学业未成，可能刚走出征婚风波又陷入情感漩涡呀。

　　九月将至，适逢李怡青整装待发进京求学之时，作为一名普通的读者和观众，在这里请允许我再为你"忠言逆耳"饶舌一番，过去的属于死神，未来的属于自己，别再朝花夕拾般念念不忘一提再提那巨款征婚了，那不是你炫耀的资本，那更不是让别人对你刮目相看的标签。坐在青砖红瓦的大学教室，你应该认认真真地潜心钻研，踏踏实实地用知识充实自己，完善信息，校正自己。记住那句伟人的那句教导："好好学习，天天向上"。宠辱耳边过，情意心中留，长知识，长才干，长思维，做一名无愧于时代，无愧于对你寄予殷殷厚望的亿万读者观众真正德艺双馨的"三栖明星"。

　　不多说了，李小姐，请一路好走，我们等着你的好消息。

　　后来，我写作时评的兴趣点慢慢转移到时政，如《"新闻大省"的喜与忧》、《"红歌"为什么这样红》，我开始用以笔为刀，开始对社会的赘疣进行手术式的割除：

"新闻大省"的喜与忧

　　外地出差，在旅馆与异省朋友闲聊，他们常跟我说："你们河南可是个出新闻的地方啊！"遇到外省新闻界同仁，他们也每每调侃道："河南可是个新闻大省啊！"此论调常不绝于耳，喜忧参半的情感常弄得我"甜蜜中带着忧愁。"

　　"得中原者得天下"，河南这中原腹地，历史文化积淀深厚，古树绽新枝，自然悦人耳目，地博人众多，自然万事悄然滋生。尤其是近年来，河南在改革大潮中，风中亮出自己的旗，不说这几年闻名全国的"经贸唱戏、文化搭台"的"洛阳牡丹花会""登封国际少林武术节"，更不用说，"商战"在郑州市，"不跪的人"在河南……河南在文化方面也是飙风凌厉，"粤秀文化"名震遐迩，孤胆女杰王玉荣，一身正气吴金印……河南这些响当当的新闻人物着实给河南省人扬了名、争了光。外地人说河南是"新闻大省"之论，身为一名河南人的我倍感欣慰，这不正说明我们新闻舆论监督力量的增强和透明度的提高吗？"新闻大省"之论，让人看出河南在改革开放的今天的胸襟与气魄，让人看出河南与时代同步中让世人了解河南的果敢与自信，不必脸红耳赤，不必讳莫如深。

"新闻大省"论，勿庸置言，也有令人堪忧沉思的地方，一位哲人说过这样一句话："一个英雄辈出的民族，未必是一个有希望的民族！"套用此话是否可以这样说，"一个批评与曝光新闻不断地地方，未必就是一个有希望的地方。"几年来，从河南传出的批评与曝光新闻可谓多矣："周口假药案"、"张金柱交通肇事、故意伤人案"到新近《今日名流》《南方文学》诸刊登载的《郑州冤案：村民组长曹海鑫不该杀》《杂文报》第1079期（4月13日）针对此案，头版刊发一篇署名的评论文章，让人对"新闻大省"的河南多了一层深深的忧虑。如果说两年前轰动全国的"张金柱案"，让我们感受到"法律面前，人人平等"的威严与神圣，那么这起"曹海鑫案"则是对法律的亵渎与践踏。在扬言"花上200万也要买下曹海鑫人头"的曹新豹一伙人的眼里，法律是一团可以任意揉捏的泥，是一张可以信笔涂鸦、信口雌黄的算草纸。《杂文报》这篇义正词严的文章，在置若罔闻的曹新豹子一伙人眼里，又能算得了什么呢？颇让人费解的是，当这一冤案公之于世，外界舆论大哗时，河南这个"新闻大省"上演的却依然是一曲"这里的黎明静悄悄"。各家新闻单位均对此事噤若寒蝉，缄默得让人窒息，窒息得让人透不出一口气。人们不禁要问："新闻大省"的河南，你怎么了！死者长已矣，生者何所道？被外人称为"新闻大省"的河南，"曹海鑫一案"如何匡正祛邪，梳理抖落掉蒙附在法律上的金钱与权势的尘垢？如何使新闻舆论这一锐器刺破那些甚嚣尘上，为虎作伥的气焰？置身于"新闻大省"的记者们，这是摆在我们面前刻不容缓的当务之急。"新闻大省"的河南，但愿能听到关于"曹海鑫一案"的正义之清音。

"红歌"为什么这样红

用色彩为歌曲命名，意境深远。"红歌"这一有别于意识形态层面的"革命歌曲"，又有别于烙刻时代年轮印痕的"老歌"，它是对我们这个多元化时代精神色彩的描绘，每一个时代都会在色彩学上得以呈现：从春秋战国姹紫嫣红的杂色到秦汉时期法家的血红和"独尊儒术"的苍黛，从魏晋"青青子衿"的勃发和谈玄说佛的幽深苍茫到大唐的斑斓多姿，从宋朝的灰暗到元朝大漠灰黄的熏染，到明清市井喧嚣回光返照中色彩的迷离到"万马齐喑""落了片白茫茫大地真干净"色彩的黯淡。我们穿行在色彩构织的历史画廊里，历史是有色彩的图画。当我们在"春天的故事"里拉开新时代壮丽的画卷时，我们发现很多人的心空缭绕不散的是自身那星星点点的缠绵情感和信仰缺失、道德感松弛、躲避崇高后面心灵的灰暗；我们陶醉在大众文化那绵软酥松的小点心里，幽幽怨怨，哀哀戚戚，缠绵悱恻，自我抚慰。"文章合为时而著，歌诗合为事儿做"，歌曲是时代心灵的颤音，"红歌"如一股强劲的风从我们历史记忆的罅隙里穿云破雾而出，它用自己生命的红色，强壮着我们被金钱铜臭锈蚀的心灵，呼唤着"位卑未敢忘忧国"的时代强音，抗拒着萎靡颓废里我们病变中弱化的崇高和责任。"红歌"震撼着让我们沉陷其中不能自拔的"情歌"与"为赋新词强说愁"绵软无骨的"悲歌"及大量情感裸露、文化嬉戏、情欲狂欢的"艳歌"，激荡着我们为历史记忆复魅的爱国情怀，冲洗着我们因左冲右突而变得灰暗无光的容颜，壮大着我们因情感颓废、心灵真空而缺血失魂软骨的侏儒身躯。"潮平两岸阔，风正一帆悬"，"红歌"来了！

"红歌"是一幅幅历史的画面，"红歌"的演唱，唤醒了我们"忆往昔，峥嵘岁月稠"的沧桑记忆。这些经过历史积淀还依然鲜艳不褪色的歌曲，是中华民族历史的回声，《歌唱祖国》的高亢，《没有共产党，就没有新中国》的激越，《黄河大合唱》的雄浑，《我家住在松花江上》的悲凉，《南泥湾》的清新，《长城长》的悠远，这些"红歌"已经成为我们回望历史一个个闪光的星座，成为飘荡在历史时空里一个个亮丽的音符。在这个价值观多元化的时代，很多人在为现实利益追逐拼杀的时候，我们的历史记忆就消弭在了分斤拨两、锱铢必较的算计里面了。"红歌"

让我们找到了与历史的连接点，找到了我们今天幸福生活下面的历史根系。"红歌"里面有"党史"、"民族史"，"红歌"里也有我们人民的"屈辱史"、"抗争史"、"奋斗史"、"辉煌史"。忘记了历史就意味着背叛，忘记了"红歌"就意味着与我们血肉相连的历史的割断。在当今社会，我们一些人津津乐道的是发财致富，谈兴正浓的是歌星影星们的绯闻艳史，孜孜以求的是个人利益的得与失，沉迷陶醉的是声色犬马，天天哼唱、曲不离口的是"记着我的情，记着我的爱"。我们一些人日益变成了趴伏在现实利益大腿上吮血不止的牛虻，蜕变成了蜷缩在一己悲欢得失狭小硬壳儿里的蜗牛，目光的短视使我们丧失了对历史星空的仰望，精神的萎缩使我们丧失了对厚重历史追问追忆的信念和勇气。

我们追溯"红歌"热的源头，就可以比较明晰地看到它是从我们"立党为公、执政为民"理念的深入贯彻开始，同党的执政能力、向心力、凝聚力的不断提高密不可分，也是我们人民表达对党的热爱、对幸福生活的珍惜、对民族振兴渴望的由衷抒发与表达。歌声是心声，歌声是民心，歌声是期待，歌声也是呼唤，尤其是在这个社会转型期，人民演唱"红歌"，是希望我们每个人都不要淡忘了历史，在对历史的深情回望中，在物欲金钱的喧嚣里，不要迷失了我们赖以维系的精神家园。同时也是我们意识形态文化在大众文化、精英文化不断的磨合激荡中文化精神张扬的显现。在这个文化价值观多元化的时代，特别是大众文化狂飙突进的时代，很多人就在这种流行的快餐文化里乐不思蜀沉沦萎靡，在娱乐化、感官化、情绪化、私密化的表达中，民族情感淡化，现实关怀大于终极关怀，价值信仰缺失，文化自信心弱化，文化价值观颓废。"红歌"的复苏，是我们历史文化记忆的复苏，是我们"前事不忘后事之师"历史文化精神的勃发，也是我们主流意识形态文化对泛滥的流行文化的有力校正。我们看到"红歌"一下子成为大众传媒的当红节目，学唱"红歌"成了文化时尚，"红歌"映红了我们的歌坛，滋润了我们在欲望的疯长中干瘪焦躁的心灵，照亮了我们一度迷离怅惘失落无助的心灵，刚劲代替了柔靡，豪情代替了伪情，激扬代替了低沉，蓬勃代替了消极，亮丽代替了灰暗，真情代替了矫情。"感人心者，莫先乎情"，就这样，"红歌"热了。

"红歌"是一曲曲民族精神的赞歌。随着全球化时代的到来，我们一些人，民族情感淡薄，意识形态观念弱化，在对金钱财富的崇拜中，丧失了判断是非的民族标准，历史感的弱化导致了虚无的民族主义思想，特别是在电视网络等各种媒体面前泡大的青年人，功利思想严重，民族自豪感和崇高感淡薄，在各种良莠不齐的文化消费里，他们缺乏审美的引导和民族情感的激发。"红歌"之"红"就是要唤醒我们，红色是我们生命的颜色，是我们民族精神的颜色，也是我们党的颜色，是我们国家的颜色。我们在这个色彩美斑斓的多极化世界，"红色"表明我们的身份，标明我们历史记忆的颜色，"红色"还是表明我们情感立场的颜色。"红"是我们现实生活的写照：红火的日子需要我们倍加珍惜，红彤彤的祖国需要我们去建设和保护，火红的时代需要我们去奋发。"红歌"是我们应该不忘历史的"战歌"，"红歌"嘹亮，这是催征的战鼓。我们看到，在全国各种形式大大小小的"红歌"演唱会上，那宏大的场面，那饱满的激情，那全身心的投入，那昂扬的旋律，都让我们看到了我们新时代奋发有为、积极进取的精神风貌，我们会在现实物欲的角逐中，依稀穿越历史的隧洞，回到那硝烟弥漫的战争年代，回到那定格在我们记忆中的一个个美好的历史瞬间，灵魂净化，精神飞升。"红歌"让我们超越现实功利得失的计较，回到精神世界的宏大视域里，回到我们高洁的精神王国里。"红歌"虽然是历史的回声，但我们依然感到这是我们民族前进的跫音。"红歌"的兴起，不是人为的炒作，而是我们时代发展的内在渴求。"谁校对时间，谁就会变老。"（北岛）谁校对历史，谁就会走向历史的反面。当我们面对"红歌"这样一种历史的存在时，我们应该庆幸我们的情感历程里有了这样丰富多彩的文化精神元素，它们滋润着我们的心灵，强壮着我们身骨，震撼着我们的灵魂。"情动于中而行于言，言之不足，故嗟叹之。嗟叹之不足，故咏歌之。咏歌之不足，不知手之舞之，足之蹈之。"就这样，"红歌"火了。

"红歌"是最有生命力的历史交响曲。一些人发生疑问，"红歌"还能"红"多久？这是不是一阵风？"红歌"是经历了历史考验的经典名曲，作词作曲都经历了艺术家们精雕细刻的锤炼，更重要的是作家艺术家们情感的投入，使这些作品一诞生就因为它们饱满鲜明的情感、铿锵悦耳的优美旋律、健康向上的艺术精神撼动了亿万听众的心灵，引起了他们强烈的情感共鸣，多年来，一直传唱不衰。我们今天重唱"红歌"就是它们具有顽强生命力的明证，这些"红歌"经历了历史风雨的洗礼，经历了无情时间的历练挑选，它们是历史发酵的陈年老酒，是书写我们民族发展、党的成长的优美音符，它们与历史的胶着性就意味着它们的长久性与不可替代性。历史是过去时，同时也是现在进行时，我们今天很多歌曲也走进了"红歌"的序列，它们也会慢慢地酝酿成熟，接受历史的考验。跳出"小我"，走向社会，记录时代人们共同的心声，气象宏大，境界高远，包括歌曲在内的一切艺术作品才能真正"红"起来，才能永远"红"下去。"红歌"从某种意义上讲，不是"唱红"的，也不是"捧红""催红"的，而是自自然然"长红"的，这种"红"是生命成熟的"红"，是健康的"红"，也是最有生命活力的"红"。"红歌"就是生命的歌，是饱含了民族文化基因情感的歌，这些"红歌"将与历史同在，与民族的心灵相通。我们以对历史的自信相信"红歌"会永远"红"下去，就如横穿历史的那条红线柔韧悠长。"红歌"是对当今歌曲的历史挑选，在这个泥沙俱下的歌曲泛滥时代，谁能够接受历史的挑选，谁能够走进历史记忆的深处？"红歌"的兴起，就是一把标尺，它能丈量出一首歌曲生命力的长短；它又是一杆秤，能称量出一首歌曲在历史天平上的分量。"红歌"为所有当今流行的歌曲树立了高山仰止的标杆儿，它们形成一股强大的冲击波，冲刷着流行歌曲身上的沉渣污垢，让时代发展的旋律更加劲健有力。"红歌"为什么这样"红"？就在于它嵌入历史的榫槽，汇聚了民族灵魂的颤音，抒发了人民热爱党、党热爱人民的赤诚情怀。

在这些时政文字中，我关注社会的深度加深了，但是后来才发现时评的声音会时时被汹涌的社会浪潮淹没，个人声音扩散的半径微乎其微，会被所谓正人君子的各种义正辞严的说教扼杀掉。澎湃的热血冻结在社会的冷漠中，写作的挫败感与日俱增。我也懂得了鲁迅先生在《呐喊》自序中的感喟："我决不是一个振臂一呼应者云集的英雄。"一个人会在这种螳臂当车的挫败感中感到势单力薄，形单影只，寡不敌众，慢慢地退缩到了个人情感的蜗牛壳儿里。屈原投江、孔子周游、陶渊明归隐、竹林七贤等等，其实都是社会成人过程中屡遭挫败的经典个案。他们转回内心世界，在哲理的沉思中，寻找精神的透气孔，构建自己心灵的避难所。于是乎，哲理散文的写作，又成为很多人在社会成人过程中经历挫败后一种精神的抚慰。曹明华《一个女大学生的手记》、汪国真发表在杂志上的"卷首语"、周国平那些系列夫子自道式的哲理杂碎文字等，这些巧克力、棒棒糖、花生米、爆米花般的哲理文字，总是成为我们摘抄本上最青睐的内容。我也在时评写作趣味锐减后，一个阶段，转入了哲理散文的写作。粗浅地写下了诸如下面的文字：

敲门　谁能数得清，人的一生要叩敲多少有形或无形的门扉？我们的出生从某种意义上来说就是敲响生命之门。生命的大门被我们那双稚嫩的小手轻轻叩击。生命的图景次第映现在我们眼前，悲欢离合上演殆尽，酸甜苦辣尝品一遍。暮鼓沉沉时，枯灯油尽，生命之门重重合上。生命其实说透了就是从开门到关门的一段时间距离。生活就是跨越这段时距的钟声与足音。

人与人之间似乎永远隔着一扇门。情感与情感的叠合似乎永远是一种奇异的诱惑，正如一位诗人在轻叩情感门扉时的叩问："读着你，也读着你太多的空白，宛如面对一摞缺页的稿本，而要真走近你、相识你、进入你，又要经历一番怎样酷烈的折磨呢？"是的，门就横亘在我们的交往的路上，即使门扉虚掩，你敲门如雷，你怎能断定你就能走入对方灵魂的深处？这是你的门，你的门紧闭着。门上有铃，有窥视孔，还有锁，这就是界限，你、我被分隔在世界的两边。我敲门，意味着我在你外面，我敲门，当然因为我想进去，然而，是你沉默着还是你的门沉默着？我焦急，我无奈，我惆怅。我无声地等待你开门，人的本质永远是孤寂的，所以我们才能不断地敲打对方的门槛以求解脱。"嘤其鸣矣，求其友声"，这又是一种怎样枉费心机的徒劳。我们却时时地在举手敲着、敲着。

"人类一思考，上帝就会发笑。"是的，"我思故我在。"但思考时面对的却是困惑复困惑，一种可悲的厚障壁。于是，我常常敲门，敲历史之门，敲先哲之门，敲一切或驱散我心中迷雾的志士贤达之门，敲历史之门……一道道门槛儿，我迈过去曲径通幽，心中变得一片清澈的澄明亮丽。生活中，我们也常敲门。食人间烟火，凡夫俗子的我们怎能随心所欲，超然物外？一分钱能难倒英雄汉，我们敲门乞求别人的施舍；芝麻大的事能难倒没权人，我们敲门渴望柳暗花明。我们敲门，躲避风雨；我们敲门，盼望温暖；我们敲门，化解块垒；我们敲门，期望应答；我们敲门，是想远离黑暗，亲近灯光和炉火。

生活中，我们也常常被人敲门。滚滚红尘，"躲进小楼成一统"并非易事。熙来攘往，六亲宾朋，不速之客，聊天的，办事的，推杯换盏的。孤寂时，被人敲门是一种惊喜；烦躁时，被人敲门是一种无奈，正如贾平凹在一篇文章中所言："时时备受诽谤，命运之门常被敲打，灵魂何时有过安妥？而家居之门也被这般敲打不绝，真是声声惊心，小儿发愿，愿明月长圆，终日如昼，我却盼永远是在夜里，夜里又要落雪下雨，使门永不被敲打。"人活于世，敲门冉冉不绝，故人间热闹非凡，你方唱罢我登场，敲门者与被敲门者，各怀心事，情投意合者，心有灵犀一点通，话不投机者，嘘寒问暖是假情。人生处处皆门，我们就在门里门外。

心理承受力 心理承受力的强弱，是一个人走向成熟与否的标志。人生一世，沟沟坎坎多，风平浪静少。尤其在这个心浮气躁的年代，物欲滔滔，诱惑纷纭，心理承受力的柔韧与脆弱，不啻为一个人立身行事的基座。生活节奏的加快，选择余地的多样化，是对人心理承受力考验的最大冲击波。在传统经济的日子中沉溺日久的人，猛被"断奶"，端起市场经济的饭碗，一百个不适应，义愤重重，牢骚满腹。十年寒窗的莘莘学子，面对自主择业的"十字路口"，一脸的迷茫，满脑子困惑……他们的心理承受力在这个猝不及防的生活弯道前打个趔趄，翻个跟头在所难免，关键是要调整好自己的心态，锻打自己的心理承受力。生活的断层处，最显豁的是生命图景的坚强与脆弱。心理承受力不是一种对生活的妥协退让，而是一种冷静的思索与俯瞰。对于一般人，起初对反常的生活尚有反弹和抗拒，渐渐地，这种反常的生活便包围了他，那些灰色的迷雾像煤气一样渗入了他的脑髓和血液，本来不乏活力和生机的人慢慢地就被锈蚀，连挣扎的影子也看不见了。有时常想，"时代不幸诗人幸"这句极富无穷人生况味的话，言之凿凿，曹雪芹正是在他家族发生急剧翻转的拐弯处，看出了人生繁华过后的苍凉，以一颗敢抚万仞山的心理承受力，演绎了一曲伤今怀古的《红楼梦》。人的心理承受力需要不断地锻打：志得意满者，"春风得意马蹄疾"时，别忘了"一帆风雨路三千。"失魂落魄者，"雄关漫道真如铁"时记住"自古英雄多磨难。"人的心理承受力就是在"不以物喜，不以己悲"的坦然面对中变得日复一日的顽固和不屈。生活节奏的加快，竞争氛围的加剧，都会使身处其中的我们变得疲惫，变得整天直喊累。心理承受力的调适成为我们现代存活于世的一种手段，一种离合器。

良好的心理承受力的培养，它的土壤就是一种海纳百川，有容乃大壁立千仞、无欲则刚的阔大胸怀，一种宽容、豁达的心理素质，一种"风物长宜放眼量"的远大韬略。市场经济的人们最易患染的就是一种浮躁病，急功近利的短期行为导致人们眼光的短视，心理承受力在这种追逐物欲的横流中，怎能堪受重负？怎能不四四面楚歌，岌岌可危？一位心理学家面对人们心理承受力的衰弱，无不忧心忡忡地思虑："精神支柱的坍塌，物欲汹涌的张扬，是导致现代人们心理承受力衰竭的根底。"危言耸听的话语中，道出的却是实情。人是脆弱的芦苇，一句小小的诘问，一缕轻轻的叹息，一声声低低的责备，都可能伤害他那颗敏感的心灵。锻打自己的心理承受力，我们才会在风雨中"仰天大笑出门去。"

关于应酬　生命是这样一株植物，它必须和同类植物成片地生长在地一起，才能开出绚烂的花来。应酬是一只在生命植物之间飞越的蜂蝶，一尾游弋于人与人之间的鱼。现代人的应酬实在多矣，宴会、舞厅、客来送往。应酬的话，应酬的艺术，应酬的礼节，足可以编成一部部厚厚的《应酬大全》了。

没有做作的热情，没有虚伪的寒暄，这是应酬中的人们盼望达到的最高境界。人不愿做一只蜗牛，永远蜷缩在自己的壳里。我们渴望从自己心灵的寂寞围城中突围。一位哲人说过，寂寞不是由于你离人太远，而是由于你离人太近了。在我们现代人的应酬中，其中那些华丽的语言，那些文雅后面透射出的功利目光，生活本身就是一系列无法躲避的人与人之间的相互围困。应酬的语言成了一堆任人拼搭的褪色积木，那么你所谓的"突围"，岂不是枉费心机乎？交往的应酬中，高朋满座，推杯换盏，但在那五光十色的应酬光环下，我们却时时感到公式化的尴尬，走过场似的拘谨，心灵与心灵之间隔着一堵厚厚的墙。

朋友是什么？正如作家贾平凹调侃的那样："是磁石吸来的铁片、钉子、螺丝帽和小别针，只要愿意，从俗世上的任何尘土里都能吸来。"在这个竞争激烈节奏加快的市场经济时代，人与人之间的应酬多是附着时代的烟灰尘屑，物欲滔滔。"在哪发财啊？"成了现代人应酬中一句极平常的口头禅，现代人的情感愈益走上歧路。"离了吗？"愈来愈成人们心照不宣的情感诘问。应酬在变得简单化，人与人之间在匆忙的应酬中直逼主题，直刺要害单位。弯弯绕云遮雾罩的应酬逐渐为现代人所不屑，逐渐被淘汰到了应酬的圈外。

平日逛书店，我最不屑一顾的就是诸如《交际指南》、《怎样赢得朋友的信任》之类"指点迷津"的应酬书，细想不免生出一种滑稽的笑声来，难道在人类自自然然，缤纷多姿的应酬交际中，靠这类书所列的条条框框就真能应付自如，左右逢源？就真的能叩击心灵，肺腑之语如瀑而泻？

应酬，说到底是一团包围交往中人们的暗香，平平常常，沁入我们交往的语境中去。应酬追根溯源是一种社会化的产物，它缘于人们心灵的呼唤与渴望。在现代的社会中，人们的应酬日渐增多，但人们却日渐感到心理的空洞，四面楚歌、陷入绝境的卢梭曾如是告慰自己："让我们全身心地沉入与自己灵魂交谈的温馨之中吧，这是旁人唯一不能从我身上夺走的。"每个人都想划一根火柴，点燃它，点燃这阒寂无声的空洞。我们应该这样为应酬画像：这不是一组例行不变的定律和法则，它应是一种心与心的碰撞。它不是一团随时点燃随时熄灭的火苗，它应是柔柔的微风，涓涓的溪流。它不是化妆品，它应是出水的芙蓉。它不是一柄敲开人心的利斧，它应是一座桥。让应酬走出繁文缛节，让应酬成为我们现代人洗尽铅华，走向纯净的一种生命对唱。应酬不是珠光宝气，它是渔歌晚唱，它是自由的风情。

时尚眉批 家用电器成为我们走向现代化的标志。它带给我们的是一种娇贵般的富足。家电更多的是传染给我们种种"富贵病"：彩电这位杀手，它不动声色地耗费着我们的光阴。卧躺沙发、打着饱嗝的现代人双眼紧盯画面，被它死死地拴牢了脖颈，"空心人""电视人"便层出不穷，代代传送。洗衣机让我们的一双手越来越退化，变得只会寻找按钮的位置，变得只知道衣服在双缸中洗涤、漂洗、甩干的程序。冰箱，真像一只不停储存松子的小松鼠，它不停地张开自己的袋子，让我们忘记了菜园子的股股清香，忘记了时令蔬菜的更迭；年复一年，日复一日，冰箱成了一个蔬菜供应站，成了我们填塞不止的大容器。家电，让劳动的含义一天天地变得萎缩。

你真热啊！深夜你打开收音机，一条条名目繁多的热线占据着每一个频道。"情感热线"、"法律热线"、"专家热线"……像一个个磁片，吸引着急不可奈的、殷殷求救的观众，倾诉与告慰无休无止。有时想，现代人怎么了？白日无穷地为名利拼搏厮杀，夜晚一个个原来都是病兮兮脆弱得不堪一击，热线仿佛成了这些"精神病"患者的牧师与良医。那些占据热线一头的主持人、专家们以百科全书的知识含量，以大慈大悲的仁者风范，以一种世事洞明的大慧，不厌其烦地说些不疼不痒，不酸不甜的软话、费话、空话、大话。热线是一条蠕动的青蛇，它的蛇信子捕捉着一切倾诉者语言的温度与含义。热线是加了海洛因的香烟，吸了便上瘾，在麻醉中获得暂时的解脱。

烦死你了，医疗广告。翻阅报刊，医疗广告密集如蚁，专家满天飞，百病均能治，神医能回春，理论直通神。这些"白衣天使"们，一个个身怀绝技，一个个攻克顽疾济苍生。病人成了他们争相抢购的紧俏商品，病人成他们施展绝技、播撒仁慈的唯一对象。我们生活在医疗广告里，我们身上的每一个器官成了他们手中银针虎视眈眈的猎物，成了他们时刻追踪的箭靶子。在医疗广告迷人眼的时代。我们真的病了，真的成了医疗广告的附庸，急匆匆地扑入它的怀抱里，急匆匆地吞咽它惠赐的良药。扯旗呐喊的医疗广告，你声音的调门能否温和一些？登载医疗广告的报刊编辑先生们，你们在大把大把乐滋滋数广告费票子的时候，看看这些医疗广告，心中反胃不反胃？现在五花八门的报纸真多。节奏快的现代人读报的速率真高。国内外时事新闻，电视中已看过，于是一翻而过；轶闻趣事，看两眼，嘴唇轻开，微微一笑；块头大的会议报道，人物写真类，见鬼去吧，谁有那个闲工夫，细斟慢酌？读报纸变成了只读标题，没兴趣的，一扫而过。单位订的报纸很多，匆匆翻阅，便成了包装纸，成了楼下收废品者的宠物。生活类报纸，看个热闹，图个稀罕。党报、专业性报，看两眼便犯困打盹儿。人们在种类繁多的报纸中穿梭，像嚼了一枚口香糖，悠悠闲闲地走马观花。

叛逆神秘 我渴望着一种清澈、澄明、纯净。神秘，总是一种无形的诱惑。人生的悲欢离合，生活的酸甜苦辣，都附罩着一种神秘的色彩，"欲说还休，欲说还休，却道天凉好个秋"，这是面对沧桑人世的无奈。

　　人生是一个裹着无穷况味的谜团吗？小的时候，我总爱对一个问题穷追不舍刨根问底儿，那时候，神秘的底蕴引发我对人生的爱，对生活的爱。那年春节。我携妻带女回到老家过年，我们那儿有正月初一到祖坟"浇汤"的习惯，父亲和我来到村东祖坟地，把飘浮着水饺的热汤浇到列祖列宗的坟头，然后点燃一挂长鞭。父亲和我站在发那儿看着空中飘零的纸屑，缄默良久。点燃一支烟的父亲指着前方的那块空地说："这是我将来的位置，再往前走那块就是你的位置。"父亲说得轻松随意，我愣愣地看着那块属于我的"位置"，心中不禁涌起一阵人生的悲凉，生命的底色昭然若揭。多年以后，尽管我工作和生活中遇到过无尽的挫折和烦恼，我总想起祖坟中那块属于我的"位置"。心中顿悟，人生，如若从终点回望它，枝枝节节删削殆尽，恩恩怨怨条分缕析，我们就会知晓"活着"的真正含义，人生会坦然许多，生活会洒脱许多。

　　神秘是一种原动力。爱是一种神秘，无尽的阐释也穷究不了爱的真谛，这无穷解性显示着神秘的莫测性。婚姻是爱情的坟墓，神秘的面纱被撕破，一切变得朗朗乾坤般透明：凑合着过吧，这是一种对神秘无奈的反抗。交际场是一个神秘莫测的海。涉世未深的你面对熙来攘往的人群，真有点手足失措感，多少微妙的人际关系，让你小心翼翼地穿梭；多少人心叵测的应酬，让你觉得人心真如一口没底的井。你面对的是一幅幅神秘的交际八卦阵图，你破译，你苦闷，你徘徊，神秘得让你觉得自己始终进入不了交际的内核，神秘得让你觉得自己始终是一个乳臭未干、羽毛稚嫩的孩子。油滑世故、左右逢源是对交际神秘感的破坏与污染，也是缭绕在交际神秘场中的一团团毒雾。诚实守信，坦率质朴是对交际神秘感的抗拒与破坏，也是叛逆交际神秘的一把达摩克利斯之剑。

　　历史是一种神秘，远古洪荒是一种神秘。人类在历史的长河中是怎样地孤筏泅渡，又是怎样地开疆拓土建设着自己的家园。刀枪剑戟，朝代更迭，群雄逐鹿，豪杰并起，攥一把历史的瞬间，你会挤压出多少神秘的质子。面对时间的流程，陈子昂《登幽州台歌》感叹"念天地之悠悠，独怆然而涕下"，张若虚在《春江花月夜》里连连质问："人生代代无穷已，江月年年望相似"。神秘的历史，让无数的政治家、哲学家、文学家们追溯叩问，一问三叹。神秘是历史的本色，神秘是历史的助推器。叛逆神秘，这是生命的启示，叛逆神秘，也是生活丰富多彩，让人留恋的吸引力之所在。神秘的叛逆，也是我们走向人生壮丽与辉煌的一种美丽的牵引器。叛逆神秘，你就会看到人生纵深处的风景，你会就走向域外的阔大。

第三节　文化的践履

　　游记文学是中国文化的精髓。古人非常注重文化的田野考察，讲究"读万卷书，行万里路"。郦道元的《水经注》、柳宗元的《永州八记》是游记文学的经典，《徐霞客游记》是中国游记文学的"圣经"。文化考察，就是回到大地，在名山胜水、坟茔古刹中，获取文化生命的元气、真气。正如当代学者王立群先生所言："优秀的山水游记作家，常常把山川景物作为彰发情致的工具，把自己对生活的感受、评价蕴含在山川景物的描写之中，构成情景交融的意境。"① 今人游记，因心态浮躁，才情浅陋，性情粗野，粗制滥造，敷衍成篇，不忍卒读。近年来，我热衷旅游，酷爱游记文学，只想在"心远地自偏"的远游中，逃避现实，返回大地，在我热爱的文化圣地，慢慢沉潜到思古的气场中，让文化复活，与逝者对话；让历史浓缩，变成大地上的一撮土、一座碑。文人骚客，游走才是生命的常态。游走的过程就是生命流浪的过程，是逃离与回归

---

　　① 王立群：《中国古代山水游记研究》，河南大学出版社，开封，1996.

的过程，是海德格尔所谓的"林中路"，是陶渊明的"桃花源。在游走河南、陕西、山西、山东、安徽、台湾、北京的过程中，我写下了以下粗浅的文字，算是我在田野文化考察中写下来的笔记：

河南地域文化考察

坐火车到河南，朦朦胧胧，白天如着一袭白纱的少女，突然间换上了黑色的晚礼服。红尘扰攘，花红柳绿，一切都隐匿在这浓得化不开的墨色里了。黑黑白白，阴阳交融，人生玄奥全在这太极图般的景色里了。夜色玄妙，世间神秘，远处点点灯光，如夜幕下闪闪烁烁的萤火虫，亮光仿佛是在夜色里生根发芽拔节生长的温暖种子。在夜色里穿行，恍恍惚惚，如走进柔软得薄翼纱幔的梦境，棱角不再分明，飘飘渺渺，包裹了人类所有的张狂与自大，软化了世间矛盾的锐利，屏蔽了市井的喧嚣。人也是一条条在夜色里游动的小虫，就如今夜我们在列车这条虫的肚腹里，看这一闪而过的黑色风景，如梦如幻，惆怅迷离，七彩的社会人生景色，全都置换成了一幅幅黑色的剪影。影影绰绰的村庄，灯光迷离，此情此景最适宜于故事的演绎。一个个车站，惊醒了沉睡的感知，如光照亮人类，敞开神秘，同时又拽扯出更大的神秘的影子，光亮的周围是更大的黑暗，夜色如漫溢的洪水，灯光如洪水中飘摇的小船，田畴相连，模糊一片，淋漓的水汽稀释着夜色的浓稠。列车，湿漉漉夜色枝条中的黑色花瓣，人是这黑色花瓣上滚动的露珠。大地辽阔，穿行在浓厚的夜色里，感觉自己也氤氲在亦真亦幻的梦境里。黑夜是恋人的白昼，大海是轮船的陆地，夜色，是人类梦境的温床。夜夜有梦，人生有梦，流动的夜色把人类的梦境拉得很长很长。

咣咣当当，天地间一条蠕动着的大虫，掉落在浓稠的墨汁里了。蜿蜒逶迤的大虫夜色里变成了一条黑色的线绳，撕扯得无眠的人类苍苍茫茫，宇宙洪荒，"弃暗投明"的人类就像这样一路走过来了，逃避着夜色的恐惧，又在期盼着夜色中神秘的降临，一路撕破夜色的缝隙，向着目的地进发，向着温暖的家园进发。陌生的地方有景色，远方有什么？也许远方除了遥远一无所有。蜗居在列车里灰暗的一隅，夜色笼罩，我在夜色里梦游，眼睛射出的光束在夜色里反反复复地搜索，盼望能够看到小时候乡村家里的炉火和油灯；看到水井旁那吱吱呀呀的辘轳声；看到夜色里猫头鹰那黄亮的眼睛；看到童年的我，歪歪扭扭写下的那句"知识照亮人生"的生命箴言，这条箴言一直引诱着我穿梭在寒来暑往夜色星辰里，早读的声音如清亮的小溪流进浓浓的夜色里；看到夜色里我和初恋的女友行走在青葱气息弥漫的麦田中，夜色珍藏了所有情爱的秘密。夜色如幕，思绪如行走在夜色里的列车，一路浩歌，走进绵长记忆的最深处。

　　大地沉睡，这条人造的黑色大虫依然不知疲倦亢奋地游走，就如"不舍昼夜"的江河，一路向前，向前，也如站台前来来往往的人群，立交桥下面疾驶而过的车辆，远处村庄城市那无数双眨巴着惺忪眼睛的不熄的灯火，浮躁喧嚣的尘世中夜色的催眠曲使这一切都显得安详静谧，夜色如轻轻拍打柔柔抚摸婴儿的母亲的双手。夜色里，不眠的人类依然在如虫般不停息地蠕动着。列车如钻头般把夜色打出一个个幽深的隧道，就如人类千百年来在历史的时空隧道里蜗行摸索。远远近近的灯光就如人类跋涉行进中升起的篝火，这些篝火忽明忽暗，扑朔迷离，多像懵懂无知的人类穿行在文明的隧道里，劈开夜色般的愚昧，迎接文明的曙光。

　　到河南省，必到黄河小浪底水库。我风尘仆仆，一路奔波，人来这里，只为看"浪"。惊涛拍岸，浪腾万丈，最为诱人感叹，荡人心魄。沟沟坎坎的山脉在这里簇拥着一汪水，那里卧躺着几座山，心中顿生疑问，小浪底，"浪"在何处？沿着蜿蜒的大坝向深处走去，并不见河水波涛汹涌之势，倒是一片翠绿匝地，偶尔一潭清水温柔得如怀春的少女，恬静得让人心生爱怜。我继续走着，一会儿黄河微缩景观区，一会儿是疗养院，路标箭头直指"消力塘"，不解其意，懒懒地往前走，赫然道道瀑布般的白练映入眼帘，如野马奔腾，如天河倾斜，快速地驱奔向前，倚在栏杆前，愣愣地看着这一方水雾弥漫、烟波浩渺的风景，"浪"得让人心胸开阔，"浪"得让人激情膨胀。"或因寄所托，放浪形骸之外"，看着水流打着漩涡在河槽里徘徊激荡，山河有语，汩汩滔滔，强大的水声似乎包含着无穷的表达渴望，想必这里原是一方洁白般的平静。水流懒洋洋地在山谷岔道悠悠向前，山坳处一缕缕炊烟如樵夫口中缥缈而出的烟雾，如山谷水畔一只翠鸟的鸣叫，可是突然有那么一天，静谧打破，人马杂沓，机器轰鸣……河流改道，大山被掏空，一切都按照一张图纸的布局被大刀阔斧地整容，一切都按照人的意志如棋子般被重新布局，至此，沉默的小浪底升腾起了喧嚣，原生态的朴素被钢筋劲水泥妆扮成了一派硬化了心肠的气宇轩昂，于是，这里就"浪"成了风景。

一条横跨东西河岸的吊桥，晃晃悠悠，如被"消力"后驯服的河水，浪花微微，水流潺潺，锐减了观赏的韵致，温柔宁静中如解甲归田的老兵，吹角连营在梦里，万马齐喑一场空。波浪滚滚，水才有无限的生命活力；人生有"浪"，才能激发冲天的豪气，才能"一春浪荡不归家，自有穹庐障风雨"，"浪迹同生死，无心耻贫贱"。我们浪迹天涯，寻觅天地之"浪"，看瀑布、看大海、看春潮、看"大江东去，浪淘尽"，"浪花淘尽英雄"，看麦浪，看人浪、看流浪，人生如水，我们有时恐惧风浪的侵袭，渴望回到风平浪静的静谧，但有时时渴望充当浪头立的弄潮儿。"禹门三尺浪，平地一声雷"，生命总喜欢在时代的浪潮中起起伏伏才能弹奏出华丽的乐章，才能激荡出生命的绝响。小心翼翼走过吊桥，眼前是一片葱茏茂密的绿化带，绿色堪染，心中惬意，与飞瀑形成一动一静的画面，映衬协调，相得益彰。几步远，便是小浪底的景区大门，返回尘世，水浪声销匿，人浪声蜂起，人如一尾鱼，浪迹尘世间，浪得虚名，浪得荣辱一身、愤懑满腔。"浪抚一张琴，虚栽五株柳。"浪到人生尽头，终浪成了"一抔净土掩风流"的荒冢野草，浪成了李白的"弃我去者昨日之日不可留，乱我心者今日之日多烦忧。"浪成了李清照的"三杯两盏淡酒，怎敌他晚来风急。"

夜晚住在山上一宾馆，山风阵阵，凉风怡人，山下又是一塘水，独在异乡为异客，今晚我是地地道道的"浪人"，听窗外雨声嘀嗒，想人生也是这般风一程、雨一程、浪一程，冲浪的人生，激发着人战天斗地的豪情，爱情是浪，婚姻是浪，事业是浪，浪花朵朵，这些人生的波浪起起伏伏，到头来都是风平浪静消散于历史的烟尘。"小浪底"，一个充满诗意的名字，浪花微微，日夜不停地诠释着人生的哲理内涵，人来小浪底，"浪"牵情怀，这里沟沟坎坎，水声阵阵，没有了浪，就没有了小浪底，人生的意义也就几乎丧失殆尽。

到郑州中牟，必到雁鸣湖。雁鸣湖，名字就让人浮想联翩，向往不已。暮春时节，离开都市，驱车前往雁鸣湖。油菜花金黄，麦苗吐穗，蒜薹清脆，好在这一方水土，滋养人；好在这田园风光，熏染人。一汪水，四周围堰树木葱茏，鸟声啁啾，蝉声悠长，只是不见排成人字形的雁阵，不闻划破长空的雁鸣。当地人告知，原来这儿雁群成堆，只是现在环境变化，当地人也多年没见大雁身影，雁鸣入梦，独留下这一片水天，空留下我们一声声盼望大雁归的长叹。就如我今天从都市风尘仆仆，一路寻觅，来这里寻梦，寻我童年的碧水蓝天，寻我少年的孟浪天真，寻我在文字里描绘多遍的干干净净没有污染的世外桃源。天朗气清，惠风和畅，我和友人信步湖畔，心情舒展，走走停停，湖草丰茂，水波浩淼，心远地偏，脑子里蹦出很多亮词丽句，似乎拿来描绘此时此地的心境美景都不恰切，索性扔掉文人做作的寒酸，"飘飘何所似，天地一沙鸥。"这儿很安静，我们在湖边坐卧俯仰，发思古之幽情，叹我侪才情之告罄。水来自滔滔黄河，河流改道，此处地势低洼，水积存在此，日日年年，终成一方风景，没有黄河波涛声，破灭了奔赴大海的梦，朝朝暮暮，随遇而安，与天地同在，与日月共存，生命不朽，生机永存。既然走不进大海，就在此地汪成朴素的风景。大海是理想，此时是现实，在现实中塑造自己，在现实中与天地融为一体。这是掉了队的一方水，它们没有跟上汹涌向前的团队，但它永不言败，既然成不了大海里的浪花一朵，索性就成为这千里平原沃土中的一圈圈涟漪吧。上善若水，水性温柔，患得患失的人类远不如水之从容淡定，远不如水这般豁达自足。既然成不了大海，就成为一汪湖水吧；既然听不到海鸥的鸣叫，就让大雁作为激发生命斗志的弹奏。这是另类的一汪水，干嘛非要随波追流，叛逆出去，在生命途径的任何一隅都可以亮成风景。大海之大，大在有更多河流的注入；雁鸣湖之小，小在有了更多大雁的驻足，有了水草的招摇，有了虫虾的嬉闹，有了今天我们可以观赏的那一片独特的风景。在当今社会，我们往往在追求大而忽略了小，忘了自己那一方小小的一隅风景，忘了自己那一片独自享用的小天地，忘了安妥自己心灵那小小的家园。

时光恍惚，多年后，我又与友人在傍晚时分再访雁鸣湖。湖面缩小，水深降低，四周饭店灯火辉煌，人声鼎沸，觥筹交错，车辆排成一条长龙，各色人等，奔赴雁鸣湖，不流连于风景，专陶醉于野味美食的芳香。这儿原是黄河古道里撇下的一滩水，野草丛生，鱼虾滋生，大雁栖息，蚊虫嗡嗡。忽一日，好事者圈堰围堤，整饬树木，规划景点，野趣之地也变成了旅游景点，你来我来大家来，热闹非凡，以这里的大闸蟹招徕食客，每年晚秋，饕餮者络绎不绝，四周饭店林立，哪有那么多大闸蟹满足食欲？当地人从外地贩运，真真假假统统都叫雁鸣湖大闸蟹，没有了往日的宁静，只有了今天大闸蟹的声声叫卖，有了汽车的声声怪叫，有了游客那饱食饭足后，杂沓纷披的脚步和肆无忌惮的欢笑。雁鸣湖，好好的一片风景，如今，也终难逃人类蹂躏的魔掌。雁鸣湖在呜咽，就如雁鸣只能在文人的诗词里翅膀翻跹；雁鸣湖在哀叹，这一方小小的水域，难道也成为当今人类肆意占领的乐园？人心焦躁，何处安妥自己的灵魂？雁鸣湖，梦境里的雁鸣湖，我来寻梦，梦圆斯地，梦碎斯处。

谁能想到，在寸土寸金被称为金融一条街的郑州市经三路北段路东，一个楼宇不高纯净雅致的小院里，却蕴藏着半部中国文学史？"阿堵物"的后面站立着有精神支撑的大写的"人"。这是文学的圣地，我向往之至，但总是无缘走进去览其全貌。金秋时节，适得著名作家、现任河南省文学院副院长墨白先生盛情相邀，我终于走进这座神圣的殿堂。院落小巧别致，一座檐脚高挑的三层阁楼，典雅古朴，芳草茵茵，郁郁葱葱的梧桐叶片，婆娑摇曳，静谧的氛围淹没了尘世的喧嚣。拾级而上，大厅里，一尊诗人杜甫的全身雕像映入眼帘，先生深目高颧，清癯简净，向着这位我崇拜的"穷年忧黎元，叹息肠内热"的诗圣，我深深鞠躬，表达着一位文学后辈由衷的敬意。文学诱人，根子上在于它是如王阳明先生所言的"持志如心痛"。文学最能显现一个人、一个民族的心灵质量，也最能呈现我们人类的精神细节。大厅南北两壁墙上分别是古今河南文学名人的青铜浮雕，群星闪耀，李斯、韩愈、李商隐、曹靖华、师陀、姚雪垠、乔典运，等等，或站或坐，神情庄重，目光深邃。是他们提升着人类精神的高度，理应被万世敬仰。以至于马克思也动情地说"政治家的生命一百年，文学家的生命是一万年。"在中国敬仰的神龛里供奉了太多的所谓政治家，因为在政客们的思维逻辑看来"文章可以及身，政治可以及物。"政客们身上散发出更多集阳谋与阴谋为一体的权谋智慧，文学家身上洋溢出的是精神拔节生长时的生命气息，而历史的天平总是倾斜于血腥的政客，莫非历史也偏爱暴力的表达？

到郑州市区，必参观河南省文学院。这是河南文学发展的流变史，也是一部简本式的河南文学家的展览室。简洁的布置，一幅幅制作精美的画面，一个个线条流畅的文学发展图，让人仿佛一下子走进了文学发展幽深的历史隧道深处。文学院一间间布局精巧的展厅，静谧严肃，你仿佛能触摸到中国文化那跳动的脉搏。门前的墙壁上挂着一些学校的爱国教育基地的牌子，我傻傻地想，现在的孩子能流连于这过滤掉了功利熏染的文学桃花源吗？正如诗人顾城的诗句，"小巷/又弯又长/没有门/没有窗/我拿一把旧钥匙/敲着厚厚的墙"。历史的回声、这些陌生而又遥远的名字能够把他们从对影星、歌星的崇拜中唤醒吗？推开厚重的展厅大门，文脉从遥远的先秦蜿蜒绵长。先秦到魏晋南北朝，李斯、贾谊、干宝、钟嵘等200多位作家书写人类精神文化的史书。隋唐五代，宋之问、白居易、元稹、李贺等诗人，把中国文学的星空装点得耀眼夺目。大家如云，文采风流，蔚为大观，走笔行文，如椽巨擘，酣畅写尽生命的尊严与精神的极致。当今文人，耽卧温柔富贵乡、花柳繁华地，没有多少人再愿意深入存在的核心进行心灵的历险。查尔斯·纽曼在《后现代气息》中所说的"所有的人都腰缠万贯，然而所有的人都一无所有"的生存悖论已经非常普遍。浮华扰攘，文人从"广场"退回"书斋"，但所谓"书斋"里的革命本身就是一场滑稽拙劣的游戏。笔尖磨秃，也断难达锦心绣口，根子上在于心灵早已变成了枯井。

两宋以后，河南文学虽星光暗淡，梦回东京，文人依然书写着政治史以外的中国人的心灵史、精神史，依然在积存着能量，期盼着"千岩竞秀，万壑争流"的文学胜景。这就是文化的风骨，这就是文化必须担负的历史宿命。"道者反之动"，包括文学在内的文化价值的创造形成一股股浩浩荡荡的湍流，在地下奔涌。就如鲁迅先生所言的"地火在地下运行，奔突；熔岩一旦喷出，将烧尽一切野草，以及乔木，于是并且无可朽腐。"文学依然在默默地制造着强身壮骨的钙质，依然在为虚弱的身体提供者滋补身心的营养能量。当我走进当代河南文学展厅时，猛然感觉天平开始失重般的倾斜，文学需要积淀、需要时间的发酵和筛选。当代文坛，杨兰春、张一弓、二月河又声名鹊起，震撼文坛。文学是寂寞的事业，在这个分斤拨两的年代，后生可畏的文学队伍依然在进行着排队整合再分流整合的过程。墨白先生告诉我，文学院还担负着培养河南文学新人的重任，每年都要选拔一批有写作潜力的新人成为所谓的"签约作家"，邀请著名作家来这里开讲座，为新人开小灶，吃偏食，搞圈养，但是杞人忧天的我仍然感到这只是治标不治本的权宜之计。文学院是我们朝拜的圣地，是我们不断吸取能量的动力源。浓缩的文学景观，需要我们在呵护的同时，为其添枝加叶，把这个文脉不断地延伸下去。这里是起点，终点永远在遥不可及的远方。我知道，今天我走进文学院，是为了明天更好地走出去。

　　到三门峡灵宝，函谷关是必去之处。启蒙之初，闻"老子"之名，我心中颇为震惊。按照中国人伦关系，只有年高德劭者才尊称为"老"，"老"之本意是"长发老人扶杖之形。"《说文·老部》："老，考也。七十曰老。"世俗民间，只有那些不自量力者、赫赫不可一世者才枉称老子。如戏剧《沙家浜》中刁德一的唱词："想当年老子的队伍刚开张。"鲁迅《阿Q正传》中的阿Q的口头禅："老子以前比你们阔多了。"想想，天下众人名字多矣，此人谓之"老子"，气魄大矣，此"老子"莫非为天下所有"老子"之宗师呼？大学读书，方知老子出生之时，貌如老者，两耳垂肩，其母名之为"老"。"子"乃敬称，恰如当今"先生"之意。我今日来函谷关，端的就是为了拜祭这位弥老愈年轻的"老先生"。

　　洛邑远矣，青牛背上的老子老矣。心境凄怆悲凉的老子，踟蹰西行至函谷关，遂放逐青牛，驻足歇脚，西望关外，山脉绵延，西风猎猎，征程漫漫，可曾有"函谷如玉关，几时可生还"之叹？司马迁所著《史记》载："（老子）居周久，见周之衰，乃遂去。至关，关令尹喜曰：'子将隐矣，强为我著书。'于是老子乃著书上下篇，言道德之意五千馀言，而去，莫知其所终。"一句"强为著书"，这位关令尹喜是要挟，还是挽留？又据《列山传》记载："关令尹喜，为周大夫。善内学星宿，服精华，隐德行仁，时莫知。老子西游，喜先见其气，知真人当过，候物色而迹人，果得老子。老子亦知其奇，为著书。"一句"果得老子"，关令尹喜是惊喜，还是惊叹？不管何种情况，老子留了下来，自此，血雨腥风的函谷关，因老子短暂逗留而多了一份生命的气息，"西望瑶池降王母，东来紫气满函关。"紫气是红色之气，也是老子著书时灵光之气。至此，"一丸岂虑封函关，千骑无由饮渭桥"的兵马萧杀之地，因老子潇洒的书写而多了一份文化的清正之气；晨昏昼夜，函谷关里那盏油灯透射出的光亮，亮闪闪照亮了历史文化的隧道，驱散了民族心灵的幽暗，终可见"宫清关秀客正来，霞蔚云蒸虹方起"的壮丽景象。

　　函谷关乃兵家必争之地，它西据高原，东临绝涧，南接秦岭，北塞黄河，关口交相重叠。老子却在这兵戈扰攘之地，著书立说，莫非也在是警告世人："天下神器，不可为也。"历史诡谲，常常把两极对立的事物并列在一起。太初圣宫，老子著写《道德经》处，树木葱茏，环境清幽，此乃著书立说之佳境。我每读史书，当读到宋崇宁四年（公元1105年），因"有甘露降真武殿后"，宋徽宗以为吉兆，"乃敕修殿宇行廊"，下令整修函谷关天宝观，并改观为"太初焉"，太初宫名自此开始。我总认为，与其说是天降甘露，倒不说是老子的"五千言"才算是普洒的文化甘露。老子"实为"老先生"之谓也，人老成精，物老为怪，"老先生"以沧桑老眼看穿尘世，弃绝红尘，天地为家，洞悟大千，勇者不惧，智者不虑。当今学人，有几人能如两千前的这位中国老者，端坐书室，坐拥书城，伏案书写，可曾这般"闻鸡展卷紫气间，依岭挽龙朝阳下"？浮华散尽，如此洒脱，甘愿独守孤灯一盏，漫漫长夜，烹文煮字，书写天地的箴言。区区五千字，惜墨如金，千锤百炼，字字珠玑，遂成不刊之论，光耀千古，泽被后人。放置当今语境，充其量只不过是专家教授手中的一篇论文字数，而今论文泛滥，著书随意，今人心灵焦躁，心如枯井，古今对照，后人汗颜。想当年，老子蜗居竹篱茅舍，思接千载，涵盖千古，穿越古今，让人敬仰。李耳老者，周朝国图之长，阅尽沧桑，心如静水，悲悯苍生，弃官远游，"八方岚气老君来，四面云山青牛卧"，关口"丸泥可封"，山谷幽深，鸟鸣上下，树林阴翳，老子蜗居山隅，远离尘世，青灯黄卷，布衣萧索，凝神思索，挥笔而写，汩汩滔滔，天地人心，全浓缩在了"道可道、非常道"的生命追问里了。五千余言，流布后世，代代解读，启人心智，澡雪灵府。其后"不知所终"乃是"大终"，"五千言"终成皇皇圣卷，也成他告别尘世的临终遗言。"飘飘何所似，天地一沙鸥。"老者常已矣，千言犹存天地间。吾读《道德经》，总是当成一首长诗来读，那清新的句子力透纸背，那百炼成金的语言熠熠生辉。我大学时一位导师，学生毕业，必背会《道德经》方允许论文答辩。在导师看来，作为学子，只有背诵，才能含英咀华，耐人回味。精神食粮，滋心养肺。在一工艺礼品店里，今人用竹简刻写的《道德经》，虽精美素雅，但未免雕琢太甚。《道德经》不仅仅要刻在墙上，书写在竹简上，更应该流淌在国人心中。吾登函谷关城楼，不见当年旌旗遮蔽日，战马嘶鸣震苍穹；也不见当年布阵调兵狼烟起，雄关漫道真如铁。文化基因，代代相传。回溯中国儒道文化源头，颇有感慨，源头巍然站立着两位老人，一位是五十而学易、六十写《春秋》的孔子坐车周游，惶惶如丧家之犬；一位是骑青牛的老子，悠悠然然，静默舒缓，青牛哞哞，如《道德经》字里行间里发出的那一声声沉重悠长的叹息。一车一牛，倒是可以解读出儒道或缓或急的生命步履。当年，年轻的孔子离开齐鲁，风尘仆仆，奔洛邑，拜老子，问及"礼"，仲尼遂发出"吾今日见老子，其犹龙邪"的感叹。两位中国文化宗师这一历史性的会面，终没有留下合影，看似憾事，实则给后来人留下无穷遐想的空间。

函谷关在兮，老子身影渐行渐远矣，灵宝小城犹在。吾来函谷关，不叹关口险，不谓灵府遗址奇，不感叹今日太初圣宫香火盛，也不欣赏大道院的辉煌、老子广场的壮阔、道通古今牌坊的壮丽、浑天太极仪的神奇、双虹桥的秀美，今人拓展延伸，附会穿凿，附庸风雅，遮蔽历史烟尘，这与逝者老子无关。端的只来拜老子，只来感受老子在此留下的那一团浓得化不开的"气"。这股灵气，贯通"庙堂之高"，延伸"江湖之远"。据《资治通鉴》载，天宝元年（公元742年）甲寅，陈王府参军田园秀上言："梦见玄元皇帝于丹凤门之宫中，告以'我藏灵符，在尹喜故宅'"，"上遣使于故函谷关尹喜台旁得之。壬辰，群臣上表，以'函谷灵符，潜应年号；先天不违，请于尊号加'天宝'字，从之。二日，辛卯，改桃园县曰灵宝。"唐玄宗李隆基《过老子庙》云"仙居怀盛德，灵庙肃神心。"公元713年，他巡行天下至函谷关，灵气覆照函谷关。函谷关在血雨腥风中多了一份书生意气的温柔缠绵，多了帝王气的神秘肃然。但在我心中，是这位老人的才气，才让函谷关多了秀气与神气，让灵宝多了名气与灵气。

到周口项城，必至袁府。乙未年，春阳暖身，我与友人出差豫东项城，顺便到了位于王明口镇袁寨的袁世凯旧居闲逛。四周田野广袤，袁府大道蜿蜒向前，直通袁府。门前立一石碑，碑面镌刻"袁氏旧居"四字。故居与旧居，一字之差，感情色彩，颇多微妙。大凡历史人物，所谓正面人物，多称故居；有争议的负面人物，便称之为旧居。高耸的门楼上"袁府"两字挺拔遒劲。府墙根儿，几位老人慵懒闲坐，倒也与如今袁府的气氛极为相衬。

行走在乡人陌生打量的眼光里，我们走进了这座神秘而又显赫的庞大庄园。排排青砖瓦房，斑驳沧桑，花木扶疏，庭院空空，院落深深，环境静谧。乡人告知，历史跌宕，荣辱浮沉，袁氏家族四处流散海内外，如今偌大的袁寨，竟无袁姓一人。人去府空，历史烟云尘埃落定。文史哲，吾之酷爱。近年来，我喜爱游学各地。每到一处，必钩沉历史典故，遍访文化历史名人古迹。我有癖好，喜人文古迹不喜风景名胜，窃以为，没有历史气息之地，山川景色再美，终感无趣无味。每至古迹，我喜爱购书，此类书虽印制粗糙，但却异常宝贵，此类书迥异于书坊流布之书。市面之书，少细节，多定论；面孔正统，少情寡趣。我在袁府门口购置两本书页泛黄的小书：《袁氏故居与袁氏家族》、《袁氏家族珍闻轶事》，两本书名中的"故居"与"珍闻"，流露着家乡人内心深处对于故土名人复杂而微妙的情感。此类书，多由当地热爱地方文化、珍爱故土名人的饱学之士，广泛搜集整理，乡土记忆，传说与史实杂糅，民间与官史相间，读之别有趣味。两本书信息密集，许多细节透视历史风云，悦人眼目。世人大多从历史教科书及影视作品中知道袁世凯，那是历史形象的粗犷定格，是细节抽空后的模糊轮廓，文字简约，形象单薄，汁水风干，干瘪枯槁，历史记忆，网眼粗大，细节遗漏。今来袁氏旧居，历史的气息依然流荡在那些家乡人代代相传的细枝末节里。书中介绍以儒家经典武装起来的袁氏家族也"明礼仪，尊考妣，重友爱，行善事"，要求

"袁府内不论哪位新媳妇到家，不分妻妾，拜堂祭祖的第二天，均发给一只荆条篮子，单等三夏大忙，拾麦茬一天。"中国家庭向来重视儒家思想教育，耕读传家，忠孝行天下，但人在尘世尤其是在宦海江湖泅渡，起起伏伏，是非曲直，教育信条，便会被肢解与曲解。名人故居，才能让人由死人变活人，由神鬼变成实实在在的真人。最惬意处，便是与乡人攀谈，俚语俗曲，勾勾秧秧，有血有肉，倒也新人耳目，长人见识。乡人告知，1915年，袁世凯生父墓侧长一棵状如龙形的紫藤，看坟人进京报告，袁世凯以为祥瑞征兆，遂命长子袁克定前往视察，克定回信曰："是藤滋长甚速，已粗愈儿臂，且色鲜如血，或天命所归，而重此瑞验耶。"袁大喜，拨经费，筑篱笆，好生保护。命运风雨飘摇，人祈求祥瑞护佑，求得心灵抚慰。人之常情，礼俗宜然，只是故事赋予袁氏，更为诡谲的历史增添了几分调侃嘲讽的色彩。

故土出名人，乡人多偏爱。两本小书，字里行间，对袁氏平生功过评价，颇有家乡阅人阅世的独特视角。书中章目"幼年童年，聪颖无比；少年游乐，喜武厌文；青年立志，外出谋职"，不论成长经历的传奇、离奇与神奇与否，倒也能看出乡人内心深处试图用民间记忆补写历史记忆倔强较真的可爱，这也算是一种民间的辩护，姑妄言之且姑妄听之。譬如，书的"后记"中的几段话颇有乡人"辩护词"的韵味儿："清末民初的中国社会，正处于历史转型时期，各种矛盾相互交织，新旧矛盾尖锐激烈。袁世凯生活在这种复杂的社会环境里，能够从一个小小的幕僚迅速地出人头地，成为北洋军阀的开山鼻祖，直至当上了清王朝总理大臣、民国首任总统，在中国近代史上风云一时，自然有其不同凡响之处。"这样的"辩护"也许只能出自乡人之口，才会变得顺理成章、合乎情理。"开山鼻祖"、"不同凡响"，这样的评价之词，必须逃离出历史语境的拘囿，才能存活于民间语境。紧接着的一段话，更能看出乡人"辩护"的执拗与恳切："相当于当时的权贵仕途而言，袁世凯走的是另外一条道路。他没有取得做官资格的科举之名，是从最基础做起，一步步登上高位的。他是个务实的实干家，头脑机敏，办事认真，敢作敢为，雷厉风行，严格要求，赏罚分明，无论在军队或地方，都有所建树，声名日隆。他的飞黄腾达主要得益于个人的奋斗与拼搏。"如果我们把这段话从书中剥离，让我们猜谜般地揣测描述的是哪个历史人物，我们断不会联想到袁世凯。可是，在乡人看来，历史的袁世凯应该是立体的而不是平面甚至扁平化的袁世凯。最后一段的评价更是"拔高"得让人咋舌："（袁世凯）罢官之前，袁世凯忠于清王朝，但不属于顽固守旧派。他继承了洋务派的衣钵，思想比较开明，尤其在甲午战争以后，主张改革，接受外来的资本主义先进事物。在推行某些新政方面，诸如编练新军、创办警察、废科举兴学校、提倡实业等等，均能走在全国前列，开创一代风气，为中国各项事业的近代化和工商业的发展做出了一定的贡献。"也许，一切历史人物的真实评价都需要在驳杂的声音中才能一步步接近客观与公正，才能逐渐拨开浓厚的历史尘雾看清历史本真的面目。乡土的包容性、草根性、民间性，才能让这样的"辩护"有了生存的空间，有了发言的舞台。乡土传播的情感性、神秘性，也为这样的"辩护"提供了丰富的历史素材。上述言论不是为袁世凯做翻案文章，而是民间话语的真实表达。就如这空荡荡的袁府，墙头那一丛丛春荣秋枯的野草，那长满青苔的地板砖，那沧桑斑驳的门扉，都在默默地独自言说，言说着这渐行渐远的一段历史、一个任人评说的历史人物。历史的鲜活与丰富需要不断地言说，言说能让历史复活，能让历史僵硬的面孔变得妩媚可爱。

到登封，必居鹿鸣山庄。我分别于甲午、乙未年，因公出差，两次客居登封鹿鸣山庄。环视山庄，嵩山脚下，楼房错落，山庄静坐，不见袅袅炊烟起，但见山间雾茫茫。漫步山庄，不闻"呦呦鹿鸣"声，但见山庄门扉开，绿树如染，花木扶疏，青葱蓊郁，恬静淡然。山有水则活，水有山则媚。小桥横卧，流水潺潺，喷泉如注。朵朵睡莲绽放，如佳丽倩影容颜，花瓣粉面如腮，花蕊朱唇轻绽。个个睡莲睡眼惺忪，似与客人酬酢唱答，君自何方来，要往何处去？答曰：我从聒噪尘嚣来，要寻桃花源处去。信步山庄，日晷湖畔，泉水清兮，不闻汨罗江畔屈子吟，但见桥下游鱼唼喋，鱼戏莲间。仰头观天，天高云淡，白云如棉，鸟飞翩跹，啁啾唱晚。山庄游走，果园之景美哉，不闻当年陶潜吟诵“归去来兮辞”，不见往昔陶翁悠然东篱采菊影，但见桃花灼灼怒放、葡萄青藤蜿蜒。桃李不言，下自成蹊。沿田塍小径，拾级而上，游目骋怀，在这里，你可追慕才子唐寅之遗风，悠悠吟唱“桃花坞里桃花庵，桃花庵下桃花仙”。在这里，你可以发思古之幽情：忆往昔，山城登封，因则天武曌“登嵩岳封天下”而扬名；因“千山抱一寺，一寺镇千山”的少林禅宗而铿锵有声。达摩嵩山面壁十年，今我来山庄偶居，心斋坐忘，只愿长醉不愿醒。

独坐山庄，窗外绿树婆娑，绿叶拂窗，我心之悠然。古人读书入境到“绿满窗前草不除”，今我在此，也老僧入定般“窗竹影摇书案上，山泉声入砚池中”。任凭山庄外车水马龙，市井扰攘，我独拥书一卷，看书中风景，风一程，雨一程。《说文解字》云“村”与“庄”原指植物聚集，“草奘大盛茂”。我来鹿鸣山庄，顿悟其意。看，嵩山青黛，草木丰茂；瞧，鹿鸣山庄鸢尾花花期正盛。两株枣树，沧桑古拙，串串青枣，风中摇曳。两盘巨石，屹然耸立。草坪茵茵，小鹿雕像，道法自然，活泼可爱。乡愁缕缕，村庄田畴，引人联想：《红楼梦》中的贾政踱步至大观园“稻香村”，突发“归隐之意”，未免让人喷饭酸牙。倒是“诗豪”刘禹锡“绿萝阴下到山庄”于我心有戚戚焉；《呼啸山庄》中那位徘徊于爱情与复仇间的吉普赛男孩儿希斯克里夫的矛盾心境，于我无关；《儿女英雄传》中的青云山庄，快意恩仇上演，尘缘未了，白白辜负了美景春色阑，于我无缘；承德避暑山庄，皇家园林，在学者余秋雨先生看来“完全出自一代政治家在精神上的强健”，此论偏颇正确与否，暂且不论，单单那“万壑松冈”，被御用文人纪晓岚视作“道旁介寿”、“塞上称觞”，陡减了草根气、褪去了平民色，于我甚远。单单那位号“六一居士"的欧阳修，超然淡然，颇合我意。相传，人问文忠公何谓"六一"？"醉翁"答曰：吾藏书一万卷，有金世遗文一千卷，有琴一张，有棋一局，有酒一壶，有一老翁。我居鹿鸣山庄，也幸获"六一"：一缕阳光，一抹山色，一朵小花，一尾游鱼，一副柔肠，一盏孤灯。鹿鸣山庄，无"稻香村"的穿凿，少"呼啸山庄"的缠绵，绝青云山庄的血腥，避承德避暑山庄的奢华，素面朝天，天然本色，八方客相迎，不论你是天涯孤旅客、夕阳断肠人，或是引车卖浆流、布衣萧索者，均可在此客居，都可因为"先生小酒人"而"微醉和沉沦"，彼此相见都会轻轻叩问："晚来天欲雪，能饮一杯无？"

　　闲居山庄，我不愿做官人、贵人、富人、名人，我只愿做一个简简单单的闲人。浮生偷得数日闲，闲云野鹤，心境安然。独居山庄，不带笔墨纸砚、画笔调色板，我只带来"耳"，听晨曦微露，山野中传来的第一声鸟鸣，山林里第一声晨练人的喊声；听窗外那柔柔细细的小雨，如何轻轻叩打窗棂，润物无声。我只带来"眼"，去看雨里雾中、朝霞夕阳中青山风景如何须臾变换；去看傍晚时分山庄的晚霞如何映照满天；山庄的灯火如何夜色阑珊，灿烂星斗如何让银河浩瀚；去看池中的鱼儿如何戏水，合欢树的花蕊如何绽放枝头；去看一轮明月悬挂山庄上空，看李白如何"酒入豪肠，七分酿成了月光，余下的三分啸成剑气，绣口一吐就半个盛唐。"我只带来"鼻"，早晨起来，去深呼吸第一口清心润肺的山野之气；去嗅那果园泥土里散逸的芳香；我只带了"脚"，做一次"逍遥游"，择一方土地，"天不管地不管酒馆，苦也罢累也罢喝吧。"做一次"信天游"，行行重行行，抬头看天，看云卷云舒；低头看地，看花开花落；再转头看看自己，学会"放下"，"为名忙为利忙，忙里偷闲且喝一杯茶去；劳力苦劳心苦，苦中作乐再倒一碗酒来。"我只带来了"口"，让那些流水庄稼烟火花草都变作我永远的回声。青山妩媚，山庄秀美。别人唱山庄，我不会唱，我只能写山庄，写不出来，我就喊。山外音书断，寂寞独一人。我对着大山喊，我对着大树喊，我对着山庄外的滚滚红尘喊，吐出闷气，释放怨气，排出浊气，喊出生气，喊出神气，喊出豪气。我只带来了"闲书"，沈复的《浮生六记》、袁枚的《随园诗话》，王维的《维摩诘诗集》、徐霞客的游记，白云相伴，草虫呢喃。一灯萤然，万籁无声。书本是案头的风景，山水是自然的文章。"读书之乐乐何如，瑶琴一曲来熏风。"在鹿鸣山庄，可以读山，读花，读树，读景；也可以读禅，读道，读理。节义傲青云，文章高白雪。鹿鸣山庄，本身就是一本厚重的大书，值得你一读再读。大道至简，来山庄，最好携一躯肉身来，去烦闷，洗征尘，听心跳，品孤独。你道成肉身，你超凡脱俗，你成了真人、善人、美人。

静居山庄，我不愿做学人、达人、完人，我本布衣，只愿做一个地地道道的山人。坐在山庄的木椅上石头旁，听一曲越调大师申凤梅先生的《收姜维》，"听山人把情由细说端详"，荡气回肠长精神。哼几句豫剧《朝阳沟》里银环的精彩唱段，"山沟里空气好，实在新鲜。在这里，一辈子，我也住不烦呀，哎呀，嗯呀。"身心通泰感温馨。唱两句曲剧《卷席筒》里"小苍娃我离了登封小县"，在凄凉的品味里感受这座山城的文化魅力。蜗居山庄，我品尝"芥菜丝"的菜根香，焦盖烧饼的面香，山杏的酸涩，山野菜的清爽。在鹿鸣山庄，我非我，我是我；非我是我，我是非我，恍兮惚兮。魂兮归来，遥望山庄，山高路远，景色迷离，夜夜入梦，朦朦胧胧，心中犯疑，我梦山庄，还是山庄梦我？我是山庄，或是山庄是我？七窍未开，混沌一片，全化成了水墨氤氲的风景了。我客居鹿鸣山庄，寻桃花源不遇，原本就在桃花源里住。不是吗？请君到山庄来走走。

到漯河，必拜祭字圣许慎。人至花甲，常生思古之幽情。世间山水美景，游览殆遍，几乎大同小异，虽悦人眼目，但总感没有那些植根大地的古人陵寝坟茔、寺庙古刹，让人顿生贯通时光隧道，荡人情怀，激发生命相通之感。老子在《道德经》中感叹："五色令人目盲，五音令人耳聋，五味令人口爽。"盖缘于色、音、味诉诸人之五觉，让人身心通泰，却难抵生命相通的表里。出差河南漯河，位于召陵区姬石乡的许慎文化园，是文化人必游之地。世俗者以游览坟墓为大忌，谓之不祥之举。掌事者遂把古人坟茔扩建为文化园、纪念馆，牵萝补屋，顺应风俗，慰藉人心。许慎文化园，概莫能外，也以墓地为主，拓展延伸，占地百亩有余，门前六书石柱巍然屹立，走进园内，状元堂、字神殿、叔重堂、说文馆等建筑，仿古而建，把一部《说文解字》抽绎成了绵长的历史经纬线。字里有乾坤，"字"之本意原指"乳也"，即生育孩子之意。许慎在《说文解字·叙》言："文者，物象之本；字者，言孳乳而浸多也。"此意义深莫大焉，文字千年，绵延不绝，遂构成华夏千年文明。导游告知，许慎一生官职低微，最高做至安徽洨县县长。许慎没有亨通于官场，但却能以一部字典名垂青史，幸乎，不幸乎？宦海深深，魏阙巍巍，小小部首，却能扭转文明书写的乾坤，能窥探中华文明的精神密码。作家贾平凹云："一部好作品，使多少人笑之忘我，悲之落泪，究其竟，不过是互不联系的方块儿字，凑起来，有的是至情至美，有的却味如爵蜡，这是什么样的魔术啊！"吾酷爱文字，盖缘于文字芯片，信息丰赡，耐人品味研读。大学读书，文字学课，吾孟浪轻狂，懵懂无知，学习浮皮潦草，今我来思，愧怍汗颜。导游告知，许慎高寿，八十九岁溘然长逝。一代文化宗师，潜心五经，陶醉文字，心游万仞，自得其乐，不蝇营狗苟于朱门高堂，不汲汲于富贵达人，文字纯净，倒也让人弃绝红尘，坐拥书城，何暇南面百城，寿终正寝，静心无欲使然。我尊敬的当代学者鲁枢元先生在一本书的序言中动情地说道："童蒙，即在我还不认识字的时候，我就把中国文字看得非常神圣。因为在我们老家的那条小街上，我总是看到一位驼背的白胡子老人，把人们丢弃的带有文字的废纸捡到篓子里，然后提到孔庙里恭恭敬敬焚烧掉。老人说，那是圣人仓颉的造物，不能随便糟蹋。"敬惜字纸，是古人最值得推崇的文明行为。许慎墓冢，青草萋萋，两通清朝郾城知县所立祭碑，岁月沧桑，字迹漫漶，导游告知，许慎一生清贫，家财贫寡，千百年来，虽朝代更迭，屡经战火兵燹，兵匪盗墓者从不光顾，免遭盗掘，墓冢保存完好。一部《说文解字》流传千古，无价之宝，对于追逐金银财宝的盗墓贼，不值一文钱。逝者已矣，长眠安息，滚滚红尘，熙攘利往，文字流布，一部《说文解字》让后人一读再读，一叹再叹，是非功过，任人评说。墓冢北方，土山高耸，巨石镌刻"蟾桂山"，取"蟾宫折桂"之意，吾观之思之，许慎一生，盖棺论定，其人生可算也"蟾宫折桂"，文字如丹桂飞花，嗅闻沁人心脾。环顾整个许慎文化园，现代仿古建筑错落有致，草坪绿色如茵，树木葱茏，四周田畴相连，游人稀少，吾来凭吊"五经无双许叔重"，生前寂寥，死后落寞。此非古今学者文人之共命运也？

　　到商丘，先游走在归德古城，街道古朴，人声鼎沸，商贾繁盛。护城河堤，杨柳婆娑，烟波浩渺。后友人极力向我推荐神火台。史载，阏伯任帝尧火正，负责祭祀火星，距今4000余年。阏伯台，在商丘古城西南三里，建筑巍峨，拾级而上，视野开阔，豫东平原苍茫一片。有历史考证癖的我，总想弄清先祖如何在告别洪荒中升腾起了那第一把火。火车从豫东平原呼啸而过，商丘缓缓苏醒，风吹到了早已熄灭的神火台上，灰烬簌簌飘散，历史的云烟也淡化成了庄子的一声哀叹、张巡祠中那发黄的历史碎片，归德古城湖面随风荡起的涟漪。我走在商丘的土地上，依偎着这一丛柔弱的文化火苗，慢慢地嗅闻着历史焦糊的味道。炎炎夏日，古城街道依然人烟阜盛，张巡祠里依然冷清，历史的硝烟早已灰飞烟灭，碧血沃睢土，鏊兵罗雀，靖乱卫国，功昭日月，在健忘的历史记忆里，那段历史在这位唐忠烈侯张巡的墓前也变成了一丛春荣秋枯的野草，变成了历史时空中一缕缕缥缈虚无的淡薄云烟。就如我，一介书生，也只是从韩愈那篇古文中对张巡略知一二。张巡祠前的门楣上有一幅对联："以丹心神力罗雀掘鼠气壮山河四海扬，四野清风吟百花诗页歌华夏英雄。"我来凭吊张巡，不是为了复原那段历史的细节，实际上，张巡固守睢阳城池的惨烈，也只是解读安史之乱的一个符号，是历史镜头中那稍纵即逝的一个画面，强大总要回归柔弱才能走进人的心灵深处，惨烈总要慢慢淡去血腥才能化为历史叙事的文字。历史如一盏风雨飘摇中忽闪的柔弱火苗，把历史明亮刺眼的真实重新拉回到朦胧模糊的暗影里，才能为历史腾出更大的书写空间。张巡祠旁边，有八关斋，里面矗立着颜真卿书写的《宋州八关斋会报德记》，颜真卿人生的悲壮也弱化成了后人对其书法艺术的鉴赏，体方笔圆，端庄雄伟，如舒同所题"宝储神品同鉴赏，珍藏御碑待君来"，颜真卿也慢慢地淹没在浓厚的历史烟尘里。友人送我一本《商丘文化概论》，从书中得知，商丘，史家考证乃居住在丘岗之上的子姓氏族的聚居地，火祖燧人氏，火神阏伯的故乡，远祖为契，"佐禹治水有功"，至今还有"禹王锁蛟井"遗迹，六世孙王亥，是我国最早的商人和商业的始祖。可是，为商丘扬名的不仅仅是这些美好的传说，因为虚无缥缈的传说还只是保留在历史遥远的回忆中，只能算是心灵的一种慰藉。倒是应天书院，让我触摸到了商丘文化的柔软脉息。书民间书院，读书圣地，学风纯正，文人切磋研磨，精研义理，终成大器。院深深，人迹罕至，空空如也。不闻当年读书声，不见当年读书人。那位居庙堂之高，又处江湖之远的文正公已经作古千年，只留下墙壁上那几行文字，那几幅泛黄的画面。据史载，大中祥符四年（1011年），范仲淹来应天书院求学，"昼夜苦学，五年未尝解衣就枕。"文正公在这里娶妻生子，又在书院掌学主教，学子八方而来，书院历200年而不衰。文火日盛，才子迭出。那位建壮悔堂的侯方域与李香君的情事，也让商丘的历史上平添了几多风流才子气。香君桃叶渡置酒、血溅情扇，那是何等的凄美！侯方域"卿含恨而死，夫惭愧终生"的感叹，又是何等的哀婉悲凉！风流总被雨打风吹去，阏伯台香火正旺，但也只剩下了"高台日暮园林碧，野圃霜寒送菊香"的无尽咏叹了。

　　阏伯台的火光一直朗照着这片宋国故地，照亮了那位鼓盆而歌的庄子身影，这位血液中流淌着楚人基因的落魄文人，好像一直对宋人没有好感。回顾历史，历史往往也眼皮高挑，有色眼镜看人。实际上，先秦诸子对宋人，都没有太多的好感。这是什么缘故？当代学者杨义先生在其著作《庄子还原》中这样分析道："（庄子）写楚国，他灵感勃发，神思驰骋，心理空间似乎比宇宙空间还要无际无涯；写宋国社会则似乎回到地面，描绘着各色人物的平庸、猥琐、狭隘甚至卑劣。""宋国人本是商人的后代，大概多少懂一点生意经吧，但在庄子的描绘中，他们简直是生意场上的笨伯，脑筋死板而封闭。"庄子在宋国待了一辈子，以旷世的才华，仅当了个漆园吏，甚至要借粟度日，卖草鞋充当补贴，实在是斯文扫地。因此，庄子对宋人，连他们古里古气的章甫帽，"皮"的衣服，直至曹商痣的做派，都是鄙视或蔑视的。到睢县，我在襄驿古城叹襄公。甲午冬末，豫东平原，寒风料峭，木叶尽脱，我与友人驱车至睢阳古城。冬阳暖身，县城北湖水波浩淼，湖畔芦花摇曳，垂钓人瑟瑟颤抖。走过一座石拱桥，仰面便看见一尊石质的宋襄公雕像，襄公深目高颧，清癯简净，远方眺望，神色凝重。旁侧有宋襄公简介，文字寥寥数语，春秋五霸之一，在位十三年，谥号曰"襄"，"襄"者，助也、举也，此谥号概括颇为传神，襄公一生高举忠义大旗，垂范仁德，但在春秋无义战的历史风尘里，患有政治幼稚病的襄公试图螳臂当车，倡导和谐温馨的战争伦理，此举颇显得滑稽而可爱，但终落历史笑柄。历史上的宋人形象颇耐人寻味，襄公乃宋人形象的典型代表。宋国是一个不太大的"大国"，又是不太小的"小国"，国力介于大国、小国之间，作为周初安置的殷移民，是能够延续商朝香火的地方，地位比较特殊。宋国夹在晋、楚、齐这些大国的中间，常有亡国的威胁，所以它不接受客卿，不敢把权利交给他人，害怕大权旁落。诸子在列国之间流动着，从孔孟以下，多受过宋人的冷遇或恶遇。游动列国的诸子，对宋人的封闭性很是反感。孟子的"拔苗助长"，是宋人；韩非子的"守株待兔"，也是宋人。这让我们明白，历史有时也是一种滑稽的书写，也会拉黑那些自以为是实则非的历史信息。

陕西地域文化考察

到西安，必看兵马俑。看兵马俑，看头儿有三：一看兵马俑排列的恢弘气势。历史尘埃落定，战争硝烟散去，血与火的温热冷却冻结，变成了如今默默静立的兵马俑，但是静谧依然能构成威压人心胸、激发人精神亢奋的巨大气场，依然能让你感受到往昔大秦帝国那昂扬的斗志、饱满的生命意志。气场依然在关中大地流荡。两千多年来，这强大的秦人气场一直熏染着三秦大地的子民们。埋在黄土里的兵马俑，聚集成强大势能的地脉，地脉绵延，这一股地气聚变成了三秦人生命勃发的精气神，聚变成了秦人横扫六合的猎猎雄风，聚变成了当今文学陕军厚积薄发的阵势，聚变成了陕西人锅盔像锅盖、面宽似腰带的饮食气魄，甚至聚变成了气冲丹田、响遏流云的秦腔，聚变成了激励玄奘漫漫西途，取经务诚，千灾百难，终修成正果，业立名成。可以说，兵马俑就是三秦大地气脉的龙头。二看兵马俑那健康的面相。靠耕战兴家强国的秦人，究竟是何面目表情，不是满脸横肉，呲牙咧嘴，面目狰狞，而是如兵马俑般目光柔和，表情平静，神色淡定，甚至还略带羞涩，肃穆恬静，似乎还能看出他们憨憨拙拙，表达嗫嚅。虎狼之秦，气色原本这般文静淡然。这就是历史，历史会改变我们妄加的推测与凭空的臆想。《史记》载大梁人尉缭对秦始皇的评价："秦王为人，蜂准，长目，挚鸟膺，豺声，少恩而虎狼心，居约易出人下，得志亦轻食人。"史学家考证，嬴政为鸡胸佝偻之人，此等容貌，必在自卑中裂变成强大的反作用力，静为躁君，身残之人，却疯长了其气吞山河的勃勃雄心。气场强大，精力旺盛，嬴政名为巡游天下，实则气场辐射，威仪震天下，他风尘仆仆，东到芝罘，"立石颂秦德焉而去。"这是何等的气魄！秦俑表情稳健自若，目光下垂，遮蔽了内心涌起的狂涛巨澜。今人面色多变，能学秦俑表情之淡定乎？三看兵马俑身段。秦俑个头不高，胖瘦适中，肩膀宽窄适当。小个头，大能量。秦人"好马及畜，善养息之"，遂为周"息马"，终被"分土为附庸"，马背部落，偏爱游走。铁马冰河，练人胆魄，激发斗志。游人如织，看兵俑，观马俑，关键是要祛除懦弱，让生命长出撼人魂魄的精神来。天下人苦秦久矣，人气消弭，巨大的气场最终由地上转为地下，赫赫帝国，风雨飘摇，岂不士气低迷，江河破碎！

　　骊山，秀拔耸立，山抹微云，青色如黛。烽火台依旧，但戏诸侯的烽火坑灰已冷，冷美人褒姒的美丽笑靥，已尘封于历史的烟尘。但见山顶道观香火盛，不见当年幽王人。自古骊山美人居，山下华清池，又现当年美人洗浴汤，仿佛嗅闻那散逸的脂浓与粉香。美人出浴，撩逗后人多梦想。华清池，帝妃肉糜之地，莲花汤里雾气腾腾，香气弥漫，温泉洗凝脂；海棠汤里，"侍儿扶起娇无力"，帝妃隐私，诱人窥探，引人联想，让人感叹，遂有白乐天《长恨歌》为之铺陈，后有《梧桐雨》为之渲染。今人游玩华清池，但是"宜春阁"、"龙吟榭"、"香凝池"这些名字，诱引后来人浮想联翩，为窥探欲极强的观者留下足够想象驰骋的广大空间，就如当今华清池旁那尊体态丰满、发髻高耸、双乳突出，几乎全裸的贵妃雕像，性感大于美感，情欲大于审美。雕像屹立，俨然成了观者意淫的好引信。华清池温泉潺潺，美人已去，她站在关中一隅，古都长安兴平县一个名叫马嵬坡的地方，她正在马嵬坡枪刀剑戟的紧张气氛中，在熊熊火把灯光的照射下，"新承恩泽"的杨贵妃，正徘徊于死亡的边界线上。强大的诛杀声让美人花钿委地，芳魂已逝，长眠于斯。美人离去后的一千二百多年后一个炎阳高照的中午，我来到了马嵬坡贵妃墓前，墓园依山而建，面积不大，园中唐献殿、碑廊、长恨歌画廊、望都厅，静默无语，千年前那个夜晚发生的一切，都消失在了蝉的鸣叫声里，消匿在了墓冢前那棵挂满猕猴桃的果树上，尘封在了这个半圆形的砖砌墓冢里，留下了坟头上当地人谓之"贵妃粉"的一抔黄土里，留下了38个春秋任人评说的谈资，留下了这"古冢携香，诗碑焕彩"的人生感叹。导游告知，此冢只埋了贵妃的靴子和袜子等，严格说来，只能是一个衣冠冢。美人魂散，她是否还在长生殿里窃窃私语，还在华清池里的温泉里"侍儿扶起娇无力"般优哉游哉？骊山太美了，美得妩媚；华清池的温泉太柔滑了，柔滑得让人心生暧昧之想。打破这宁静温柔乡的是周幽王烽火戏诸侯两千多年之后的一个夜晚，从华清池"五间厅"传来的枪声。"兵谏"让华清池从悠远的温柔乡中醒来，让华清池的"少阳汤"里多了几多钙质。"事变"又让华清池从帝妃的怀抱中挣脱出来，从此在血雨腥风的中国战争史上留下了鲜明的注脚。五间厅墙壁上的斑斑弹痕，也让美人白净的脸上多了几道历史的伤疤。如今，汩汩喷涌的温泉水，也在冲刷着那个夜晚的斑斑血迹。

城阙荒废，宫阁成土，蔓草萦骨，拱木敛魂，帝王将相都成了土。夏日炎炎，我去茂陵就是去看几座野草丛生的土堆坟茔。车到兴平，只见几座青堆在平原上突兀而出，十分抢人眼目。汉朝汉武帝刘彻与其爱将霍去病、霍光等人长眠于此。园内静寂，土冢旁荆柏丛丛，树木葱郁，蝉声聒耳。《红楼梦》中有首《好了歌》唱到："古今将相在何方，荒冢一堆草没了。"16岁即位的汉武帝，英英武武，据史书记载，刘彻在位54年，即位第二年动工兴建其陵寝，历时53年，耗费银两占每年赋税的三分之一。在帝王看来，死是生的延续，陵寝地宫要视死如生，大兴土木，修建陵寝，古之帝王皆然也。千古一帝的嬴政修建阿房宫占地近300里，离宫别馆遍布山谷，以南山为宫门，以樊川做池子。始皇冢动用70万民夫，挖空骊山，穿透三层息壤，规模之大，让人惊叹，但到头也是一抔黄土掩风流，只留下这静卧渭河之滨的数堆青冢，留下了坟墓周围的几座石雕，马踏匈奴的强悍，跃马的飞腾，石人与熊的和谐，卧牛、卧象的憨拙，这些造型各异的石雕，虽经千年，气场依然强大，气象依然博大，气脉氤氲，体型肥硕，线条简洁，粗犷雄浑，酣畅淋漓，大汉雄风，劲健疏朗。作家贾平凹先生在其《卧虎说》一文中分析道："静观卧虎，便进入一种千钧一发的境界，卧虎是力的象征"。茂陵是历史的一个点，但见微知著，依然从这些斑驳的石雕艺术中，看出撼动人心的大汉气象。它提振着生命精神的勃发，传递着势能强大的力量。气象犹存，人已作古，历史烟尘重重，正如诗鬼李贺在其《金铜仙人辞汉歌》中的喟叹："魏宫牵车指千里，东关酸风射眸子。衰兰送客咸阳道，天若有情天亦老。"茂陵形如覆斗，汉代诸陵之冠，被誉为东方的金字塔，但也只能是静默在"茂陵松柏雨潇潇"之中，任千年盗墓者觊觎，任史学家书写，任后人一说再说。

别茂陵，夜穿秦岭，四周黑色如团如浆，朦胧一片，车如萤火虫般在一个个几乎连成线的隧道中穿过，隧道如一根燃烧正旺的火绳。秦岭容貌模糊，那闪烁的光亮在眼前明明灭灭，亦真亦幻，扑朔迷离。晨曦初露，黑色的秦岭逐渐显出了她原本的倩影。山峦叠嶂，林木青翠。车停宁陕服务区，下车深吸一口气，空气清凉入心脾。遥望四周山脉，雾气缭绕不散，时令已近夏至，山顶积雪如白云，葱绿映衬，分外耀眼。山谷溪水潺潺，鸟鸣山幽。车过佛子岭、庙坪，友人告知，这里有国宝级的朱鹮、熊猫，造化钟神秀，秦岭沟沟坎坎，生机盎然，它们是秦岭的精魂。秦岭乃中国地理南北分界线，雄浑劲健中又显出独特的秀丽与妩媚。秦岭，秦人之岭也。风从虎，云从龙，秦人得山川之精气，威猛强悍。

过秦岭，便到汉中平原的汉中小城。小城古朴，《汉中府志》载："（汉中）临汉水之阳，南面汉山，故名汉中。"汉江水滋润汉中，气候湿润，人烟阜盛，历史悠久。每到仲春，广袤大地，油菜花开，大地金黄一片，似画但比画少了拘谨与规整。油菜花香，香得空气中能拧出香水来，直爽酣畅的香，香得让你想激动地哭、甜美地笑、醉人般地唱。房屋村舍旁，突然一片油菜花映入眼帘，金黄得让你爱恋，让你屏住了呼吸，放轻了脚步。友人告知，油菜花、石门栈道、拜将台，是代表汉中的三大文化符号。黄橙橙的油菜籽油、红红的辣椒油浇在热腾腾的面皮上，油汪汪，软绵绵，滋润了汉中人，男男女女，老老少少，个个长得面色水灵红润，日子过得喧腾红火。走进汉中小城，到处与汉文化撞个满怀，拜将台，引人遐想：张良、萧何、韩信，汉朝开国三杰，辅佐刘邦奠定大汉百年基业。东汉摩崖石刻《石门颂》载："高祖受命，兴于汉中，道由子午，出散入秦，建定帝位，以汉诋焉。"自此，汉人、汉族成为中华民族永久的身份符号。到汉中，必到"栈道之乡、褒姒故里"

的石门栈道风景区，沿褒河大桥北行，仿古大街，人流熙攘，褒谷口瀑布水声潺潺。过翠屏桥，石门大坝旁，四周悬崖峭壁，栈道依山而建，立门为柱，横木为梁，上铺木板，车马行走，极为壮观。从古石门沿褒斜道上行十余里，便到褒姒故里，这位冷美人让周朝历史多了几分凄美的浪漫，这浪漫的殉美事件，也被《诗经》凝练为了历史的定语："哲夫成城，哲妇倾城"，"赫赫宗周，褒姒灭亡。"周幽王输掉江山，博得美人一笑，在历史的天平上，孰轻孰重，政治家和文人墨客说法不一，唐人讽之曰："恃宠娇多得自由，骊山烽火戏诸侯。只知一笑倾人国，不觉胡尘满玉楼。"西哲言，审美高于一切，这在古老的中国文化史上还是一个老疙瘩问题。殉美与殉情在中国文化史上都是历史书写的边角废料，是中国文化盛宴中的一碟下酒小菜。

山西地域文化考察

人说山西好风光。到山西太原，晋阳并州故地，饮食风俗，油多味重，面宽质硬。面食众多，我独喜食肥肠面与刀削面。小住太原数日，晨光微曦，街口店铺，肥肠面馆，香气飘逸。肥肠面，乃取猪之大肠，洗涤干净，卤烧汤肥肉烂。面柔韧劲道，大火烹煮，热面挑至碗中，加肥肠卤汁，搅拌即食，肥而不腻，口舌生津，肥香爽口。品尝面食的同时，也可烧大肠、凉拌肠，皆可独成菜系，小酒一杯，小菜一碟，肥肠面一碗，人生乐事，莫过如此。我少时极厌恶猪场，因见屠户手持铁条，捅入肠内，粪便流出，净水反复冲洗，谓之不洁之物。山西肥肠面配以茴香等佐料，热水蒸煮，煮熟捞出，晾晒半干，便可烧煨食之。今至太原，肥肠原来这般馨香可口，诱人涎水。汉人饮食尊大，谓猪肉为"大肉"，猪场谓之"大肠"，"大"字显出汉民族对猪肉的尊重与推崇。食完肥肠面，再食刀削面，此乃山西面食之神。全国各地刀削面馆，屡见不鲜。师傅削面之功力，让人称奇。一手握薄薄刀片，一手托和好的面团，刀起面落，面似银鱼，拌以鸡肉汤汁，顶饥过瘾。三晋人饮食粗犷，气质硬朗，性情爽朗，豪爽古风犹存。晋人嗜醋，盖缘于晋人饮食过硬，必以醋水软化之。饮食塑造了晋人性格，我崇拜的当代著名作家韩石山先生，晋人品行，文人秉性，其为文通达清澈，角角落落，点点滴滴，皆能梳理出理来。戊辰年，我挎包里装着这些年我购置的韩氏各种著述，拜访韩氏。天气溽热，韩氏穿一大裤头，亲切随和，论及当代文坛，韩先生认为太过冷清，缺少上一世纪（20世纪）二三十年代学派争鸣、观点碰撞的热闹场景。观点交锋不断，煞是热闹。文学场应该经常发生故事，才会唤起人们的注意，才能灿烂成景。上一世纪，二三十年代，论衡派、太阳社、创造社，门派林立，如今文人胸襟狭隘，感情用事，稍一批评过重，便上纲上线，甚至诉诸法律，原本学术论争，变成各派对骂，人身攻击，搅合得少了趣味。文坛需要正当的掐斗，作家才能"掐出"才情，"骂"出风格，加深友谊。文学批评变成文学表扬，文学发展就会死路一条。文艺要推陈出新就需要艺术家们不断抖露家底儿，互揭其短，指三道四，作家才会永葆创作的锐气和精神的良知。近年来，韩氏小说辍笔，改换学术研究，尤其是在鲁迅、徐志摩、李健吾人物研究方面，颇有建树。韩氏游离于经院之外，清新活泼，观点玲珑剔透。别有情趣，摇曳生姿。韩氏转行，改换门庭，对当今中国作家很有启示，作家不是终身事业，文坛没有常青树不老松。井喷之后，才情枯竭，强压硬剂，重复制造，批量生产，倒不如另立门户，换副新笔墨，拓荒新天地。韩氏专设一书屋，专购学者文人全集，藏书丰富，考证翔实，英英武武，有滋有味做起了学术研究，当今文坛，能有几位作家如韩氏这般有自知之明，敢于承认写小说失去兴趣，急流勇退，转向学术田园，大干一番？能有哪些作家能如韩氏十八般兵器，都能舞得虎虎生风？中国文坛，应该用韩氏这面镜子照照自己。韩氏，山西临猗人，地气熏染，秉性健朗，骨骼铮铮，敢于鸡蛋里挑骨头，敢于对文坛新贵亮丑揭短，敢于在太岁头上动土，这般斗士、勇士心态，当今文坛，能有几人欤？山西出了个韩石山，也许只有山西才能出个韩石山。韩石山是第一，也是仅有的唯一。

　　恕我孤陋寡闻，我知道山西太原晋祠，概缘自当代著名散文家梁衡先生那篇收入中学语文课本的散文名篇《晋祠》，文字优美如诗如画，令人心向往之。戊辰夏，我游学至太原，坐车到市西南悬瓮山晋祠，柏林蓊郁苍翠，附近村民得天时地利之便，大多从导游业，讲解起来，倒也能如数家珍，娓娓道来。晋祠景点众多，亭台楼阁，森然布列。难老泉淙淙流淌，随水声步行至"读书台"，吾心向往之。导游告知，读书台又名伴桐厅，面阔三间，台柱有一楹联："小架几函云锦艳，空床三尺雪丝凉。"浓荫疏影，文人在此雅聚，环境清幽，远离市嚣，玩味三坟五典八索九丘，倒也别有一番情趣。荒山野岭，安设读书台，读山读水，案头文章，山水风景，古人多雅趣，王维在辋川读书，范仲淹在河南花州手不释卷。晋祠读书台，何人在此读书？《北齐书·列传》载："杨愔随父之并州，性既恬默，又好山水，遂入晋阳悬瓮山读书。"可如今，我来晋祠读书台，读书台前不见人，只留殿阁孤森森。"悬瓮山前别有天，滔滔活水几经年。古今多少兴亡事，天地同流难老泉。"读书台，苍苔青黛，草木扶疏，庭院深深，游人如织，读书台前，读书难入佳境，今人何处安置读书台？天地之大，读书台难觅，我到晋祠，徒留一声长叹息。

山东地域文化考察

　　我是坐着汽车一路风尘穿越齐鲁大地到烟台去的，夜色茫茫，天色晨曦初露，我们已经到了烟台的月亮湾。葱绿蓊郁的海边堤岸蜿蜒，环抱大海，山水辉映，似乎把肺叶熏染的污垢都荡涤得干净透明温润。一尊月下老人的雕像屹立在向海水中延伸的长坝上，海水烟波浩渺，这儿最是烂漫之地，海水的柔波与似水的柔情完美地结合在了一起。皮肤被晒得黝黑发亮泛红的渔民开始动员我们去坐他们的机电船，虽是拉客，但并不像别地死拖硬拽，坏了心境，灰了人的游兴。问之大海日头毒吗？答曰无遮无拦日光齐刷刷地飞瀑而下，天天享受日光浴，日光的颜色这么浓重，也是被深色的海水濡染的缘故吧。在这水天一色的环境里，色彩的明亮与深沉都是湿润润缠绵绵凉爽爽的，人就如掉到色浆里的一只只蠕动的小虫。

到烟台，必登烟台山。烟台山上的忠烈祠、一座座建筑风格各异的当年各国所建的领事馆，讲述着这座小城的沧桑历史。烟台山上的灯塔，悠悠百年。明朝为防倭寇袭扰，建烽烟台，烟台之名由此而来，一个用战争的硝烟命名的海滨小城。烟台山上的"冰心纪念馆"为烟台山平添了几许温馨柔和的色调。"一提起烟台，我的回忆和感想就从四方八面涌来。"冰心先生的这句肺腑之语，让我也急欲站在山上欣赏这座三面环海的美丽小城。烟台海水相偎，楼房错落，碧蓝青绿，如诗如画。导游告知，新世纪初（2000年），一种法国玫瑰新品种被命名为"冰心玫瑰"，这是欧洲玫瑰家族首次用中国人的名字命名。烟台，何尝不是一朵花朵硕大、猩红浓艳、香味扑鼻的玫瑰花，一幅风景妩媚的立体画轴！海滨浴场，海水湛蓝，沙滩柔软，海中畅游，身体与海水肌肤之亲，抚摸温存，陶醉往返。

从烟台向西沿海而行，便至人间仙境蓬莱。我大学时读《史记》载"齐人徐市等上书，言海中有三神山，名曰蓬莱、方丈、瀛洲，仙人居之。"对蓬莱心向往之；后又读宋人赵抃《登蓬莱阁》诗"山巅危构倚蓬莱，水阔风长此快哉。天地涵容百川入，晨昏浮动两潮来"，令我感叹。今来蓬莱，我急寻当年秦始皇、汉武帝寻仙访道处，急找八仙渡海口，急访田横壮怀激烈绝唱地，古人已去，八仙东游，但见丹崖耸立，海水拍岸，渤海与黄海，蓝黄相交。信步登上蓬莱阁，海风阵阵，海水茫茫，惊喜发现，阁上设有苏公祠，据史书记载，东坡与蓬莱有五天之缘。想当年，苏子瞻离黄山赴登州，四个月跋涉，做了五日登州府，品鲍鱼，观海市，留下《望海》诗："东海如碧环，西北卷登莱。云光与天色，直到三山回。我行适仲冬，薄雪收浮埃。"东坡又踏上了被贬谪的道路。坐轮船到长岛小住，岛上人烟阜盛，岛民院落，绿树婆娑，片畦之地，也种瓜种菜。岛民日子悠闲，日子悠闲街道平整，大海相偎。夜晚，华灯初放，海岛朦胧，人行岛上，亦真亦幻，如在梦中。世间至美，莫过如此。

安徽地域文化考察

来合肥，我必至包河公园。一代廉臣包拯长眠于此。我走进灯光灰暗的墓道，一口漆木棺材赫然出现在眼前。据说，里面有其迁葬时捡拾的遗骨。走出墓道，外面有其子孙坟墓簇拥在包公墓周围。时光迁逝，包拯之名遂为敬称"包公"与俗称"老包"所取代，遂被戏剧中的黑脸包公定格，也遂为民间演绎而永生于民间。在公园一隅，我购得程如峰先生所著《解开包公墓之谜》一书，正文前，有一副据说来自宋代画家之手的包公画像，包公面容白皙，慈眉善目，仪态安详，与戏剧舞台上的包公判若两人。历史书写的过程其实也就是脸谱化的过程。包公在脸谱中走出朝堂，走向民间。昼夜黑黑白白，日子朝朝暮暮。从色彩学看，黑白是色彩的两级，是绚烂归之于平淡，是变换走向了无极。黑白分明，忠奸明辨。黑色具有强大的视觉冲击力，它吞没一切颜色。戏剧脸谱化，就是人物角色化、政治化、社会身份化。画家唐寅也被民间唐伯虎点秋香的情事，在遮蔽其生命磨难中，变成了一位风流浪漫的唐伯虎。他那"桃花坞里桃花庵，桃花庵里桃花仙。桃花仙人种桃树，又摘桃花换酒钱"的诗句也被解读成了潇洒生命的逍遥。《世说新语》中对曹操"治世之能臣，乱世之奸雄"判语，也让曹操永远定格成了如易中天所言的"可爱的奸雄"。千百年来，文化色彩学内涵不断丰富，"小白脸"、"花蝴蝶"、"黄段子"、"绿帽子"、"青楼女"、"蓝妖姬"、"紫灵魂"，文化色彩的修辞学意义不断地延伸与拓展，包公面庞的黑色随着脸谱化的加深，变得更加浓重。霜重色愈浓，脸谱就是形象，形象就是紧身衣，它束缚了包公内在心灵的舒展；脸谱化就是简单化，它把包公简化成了舞台上那个声音沙哑、黑色遮蔽面部所有喜怒哀乐表情的木偶。近些年，影视剧中的包公，在跳出传统脸谱形象的同时，又把其重新脸谱化成一个插科打诨、足智多谋的小生形象。陈列室中，摆放包公的三把铡刀，我们听惯了戏剧《铡美案》包公对陈世美那义正词严的训告，常常陶醉在包公那除暴安良的精神愉悦与道义的快感中，却有意遗忘或忽略了血迹斑斑的铡刀所表达的血腥与残忍，省略了包公复杂丰富的生命情感。人类意识中，什么都可以二分法看待，即使恐惧血腥残暴也会自然地被分为出于善意的与恶意两种，我们都可以用所谓的艺术手段淡化了血腥与残忍。同一种方式死于敌人铡刀下的女英雄刘胡兰也在戏剧艺术化的巧妙删削中被审美化为一朵"铡刀下的红梅"。江竹筠在被称作"江姐"的温馨称谓中，又用扎过竹签的手绣起了美丽的红旗；莫言的《檀香刑》也在作家对残酷刑罚细腻生动的描写中，我们也会因为在"不在场"的安全心理启示下，获得阅读的满足；也会在司马迁《史记》中对秦攻打赵国，俘虏赵军四十万人的诛杀，简略为"尽坑杀之"没有任何感情色彩四个字。彩色的历史，最终都会变成黑白冰冷的文字。面色红润的包公也必然在变脸的戏剧中才能找到永生的场域，在黑色的面具中得到永生的护照。实际上，围绕着包公墓是在合肥或在河南巩义的争论一直不断，就如围绕诸葛亮躬耕之地是在湖北襄阳或在河南南阳、仓颉是出生在河南南乐或是河南虞城一样，千百年来，生者争死者的诉讼案纠缠不休，判断不明，这就是历史的可爱可叹之处。

台湾地域文化考察

台湾，我早已心向往之。七月暑期，我终于完成台湾之行。飞机从中原腹地郑州腾空而起，舷窗外，白云悠悠。机舱内，我阅读着台湾当天竖排繁体字的报纸，海岛文化气息扑面而来；听着空姐那清醇的吴侬软语，依稀感到海岛人如水的柔情。天高地迥，烟波浩渺，东南一隅，天涯成咫尺，两个多小时的航程，飞机便降落在台北新北市桃园机场，机场大厅富丽堂皇，待一行人兑换完台币、领取入台通行证、观光行程路线表后，便坐观光车直奔台北。沿途芭蕉树摇曳婆娑，水塘处处，一派南国景色。空气潮湿闷热，忽降阵雨，游人心中诧异，导游告知，午后降雨，也算台湾一大特色。车行缓慢，行进两个多小时后，终达台北101大楼，508米的大楼高耸云霄，气势恢宏，坐电梯，须臾便至88层观景台，台北全景，尽入眼帘，俯瞰市景，山脉环绕，雾气腾腾；楼房参差错落，绿色如浆。薄暮时分，台北灯火辉煌，雨季中的海岛，树叶洁净透亮。在一家名叫"康园国"的餐厅用餐，工作人员礼貌有加，连声向游客致谢，一行人倍感温馨，遂感叹，"家乡"就餐环境与服务质量与之相比，不可同日而语。夜晚入住台北中山区一家名叫洛基松江大饭店，门口服务生"欢迎"声音不断，司机与服务生一同搬放行李。此情此景，让人温暖唏嘘。

夜不能寐的我，在市内打车悠悠闲逛。在台北，开出租车者多为老者，温文尔雅，谈吐不俗。台北，可看可玩处甚多，我选择先到西门町商业区，灯火如昼，店铺林立，年轻人如潮，情侣对对儿，熙熙攘攘，叼着烟的女性三五成群，嘻嘻哈哈，不知所云。目睹此景，词人柳永的诗句突然从脑海中迸出，"市列珠玑，户盈罗绮，竞豪奢。"购书心切的我，又直奔位于敦化南路的诚品书店，深夜时分，书店依然灯火辉煌，人头攒动，淘书者、餐厅就餐者、购物者，虽络绎不绝，却无喧闹嘈杂之音，一切都是如小夜曲般舒缓，缓缓地显现着都市人夜生活的浮华与精致。我购书数本，满意而归。夜归至酒店附近一永不打烊的超市，除卖生活用品，还加热出售各种简餐，真是出乎我的意外。

台北早晨，晨光微露，早餐毕。阳光柔中透着火辣，我们至士林官邸，挺拔高大的槟榔树巍然成景，妩媚的枫香树秀美柔情，黄柳小树蓊郁成团。士林官邸，政客所居，入门右侧展示一辆"凯迪拉克"轿车，导游云此乃某政客夫人之坐骑，我淡然一笑。往前走，过慈云亭，至"凯歌堂"，十字架还在，只是斯人已去，"王侯第宅皆新主，文武衣冠异昔时。"我本布衣素食，留恋此地，终无意趣。遂驱车到台北国立故宫博物院，看所谓镇馆三宝：玉白菜、肉乳石、铜鼎，看玉器展，看清代家具，谁知游客摩肩接踵，匆匆一瞥，便又离去。离开博物院，车行路上，猛然看见路标箭头所指"钱穆故居"，暗自惊喜，却又一闪而过，只能听任导游安排，错过参观，此成憾事。夜宿南投县仁爱乡泰雅渡假村小木屋中，山色朦胧，灯光柔和，一早醒来，出木屋，看青山环绕，流水潺潺，树木苍翠，别有一番景致。

从南投坐车至日月潭风景区，但见青山苍翠，一湖清水，碧波荡漾。我肉眼凡胎，怎么也看不出日月形状，当地人告知须从高空俯瞰才能看出轮廓。我心释然，原本世上万物，美在似与不似之间。开游船的邵族小伙，个头高高，鼻头紫红，面色略黑，气色很好。他略带羞涩地介绍自己也不是纯正的邵族人，其父亲是邵族，母亲是汉族，他也只能算是个混血儿。据统计，目前邵族人只有 206 位，家族鼓励青年人与外族通婚。他不时地与游客打趣："没有结婚可以留下来；结过婚的拿来离婚证也可以，机会不能错过哟！"船至日潭与月潭交界处，泊至玄光码头，码头高处坐落着玄光寺、涵碧寺，我一边吃"肉蕉"，品当地用潭水烹煮的"茶叶蛋"名吃，一边凭栏而望，远处青山如黛，近处芦苇在水中荡漾。这一潭水，滋润身心，惠泽土著人民。水土滋补，人应感恩。陈眉公《小窗幽记》云："幽堂昼深，清风忽来好伴；虚窗夜朗，明月不减故人。"复登船，泊至一名叫"原力"的古朴小镇，阵雨骤至，遂避雨一店，主人极力推荐当地所产"牛樟芝"，该灵芝得山川灵气，长得大如牛耳，色泽红润，据说药效极佳，一方风物，可圈可点，让人惊叹。夜宿嘉义，导游告知，明日要品尝台湾第一好茶，心潮澎拜，久久不寐。次日，我终于喝到了阿里山冠军乌龙茶，后又做着绿皮小火车，走进阿里山，硕大的松柏高耸云霄，花草繁茂，空气湿润，风景如画。夜至高雄，爱河泛舟，别有情趣；海水深蓝，军舰穿梭，滨海城市，夜市人流熙攘，作为饕餮之徒，虽然看着各色小吃，食欲大增，但是每食之，总觉不合口味。车在中央山脉的山路上穿过，台东小住，便折而向北，在花莲北回归线纪念碑稍停，便又驱车北行，太平洋环绕海岸，直至宜兰，田畴相连，颇有家乡平原貌。台湾之行，拙笔小记，留存记忆。

北大印象

甲午年暑期，我到北大一游。从海淀区西三旗坐公交车，一路打听，我来到了位于中关村北大街与成府路交叉口北大东门。七月北京，空气闷热，校门口欲进北大参观者，人流涌动，更是热浪滚滚。很多人欲进校园，被保安拦阻。游人被告知参观人数已经超额。我徘徊门前，挺胸收腹，俨然一北大老者，保安问之，我坦然答曰："老师！"悠悠然混入北大。

北大，我魂牵梦绕的北大，我从历史教科书上了解的北大，从购置的各位北大学者著作中读到的北大，从无数图片上看到的北大，如今，真真实实地出现在我的面前。暑期的北大校园，依然人流如织，两侧古色古香的建筑表达着北大学府历史的厚重与沧桑。我急欲要看无数北大学子念念不忘的未名湖，原来是一滩水啊！湖畔的博雅塔高耸在葱绿的树丛中。湖水荡漾，依靠在湖边栏杆上的人们谈论着北大。我与友人经过多方打听，才找到了位于绿树丛中的北大老校长蔡元培先生的铜像，我们深深地向这位开北大乃至中国教育风气之先的老校长深深鞠躬，表达我们无限的敬意与追思。上一世纪，国运多艰，时局动荡，但是南开大学的张伯苓，浙江大学的竺可桢，武汉大学的李四光，至今还让人怀念感叹。可如今，中国大学校长多矣，可是真正能够彪炳千秋、领一代教育潮流的校长能有几位呢？官僚政客，掌管学府，"去行政化"呼声日炽，但体制依旧，效果甚微。学者陈平原先生在《北大人的精气神儿》一文中写道："北大最值得骄傲的，并非那些看得见，摸得着的、可用数字或图像表达出来的图书仪器、校园风光、获奖项目、著名学者，而是流传在口耳间、充溢在空气中、落实在行动上得'北大精神'"。"北大伴随着一个东方古国的崛起而崛起，深深地介入并在某种程度上影响着这一历史进程。"① 我走在绿叶婆娑浓荫庇护的"静园"，这是原来北大女生宿舍。轻轻地推开门，院内落叶铺地，常青藤遮天蔽日，仿佛还能感觉到当年那儒雅静谧的学术氛围。七月的北大，商店内出售着各种标

① 陈平原:，《茱萸集》，春风文艺出版社，沈阳，2001.

有北大字样的纪念品，我选购一些，作为永久的纪念。又在一家地下书店，意外购得孙郁先生撰写的《汪曾祺：最后一个士大夫》一书，格外欣喜兴奋。北大学生温文尔雅，那种作为北大人的优越感洋溢脸上。陈平原先生在《读书的风景·大学生活之风花雪月》一书中认为"北大学生气势如虹。"① 华灯初上的北大校园，恬静淡定。座座楼房掩映在浓密的树中。我们从一小门走出北大，一条饮食小街灯火辉煌，人流攒动，寻一雅致小店坐下，学生模样的服务生笑容可掬，饭菜可口，服务周到。

虽然今天的北大在市场的洪流中，未能免俗，但依然让老学子的我心生敬意。北大，是无数高考学子向往的地方，也是无数读书人心中的精神圣地。来北大，不只是为了走一走、看一看，更是为了了却心中朝拜的夙愿。北大，让学者找到事业与职业的神圣与崇高。北大钱理群先生在《论北大》一书中分析道："北大的力量正在于，它在以大无畏的批判精神'常与（社会的）黑暗势力抗战'的同时，更应该无情地揭露自身的'黑暗'，作大无畏的自我批判。"② 作为学人，北大也是我们呼吸其空气、吸纳其精神的家园。我购置了一本由孙轶主编的《北大先生》一书，我很欣赏书的前言对北大的评判："北大无论被人赋予了什么样的神秘色彩，她本质上始终是一个学术摇篮，而她的终极价值也在于她对真理的追求和贡献。"③ 这就是北大永不枯竭的魅力源泉吧。

文化发育是人一个人精神生命生长最快的助推器，推动着人们寻找文化的发展脉络，开展各种各样的文化活动。文化参与现实生活的创建，同时人也置身于自己所处的文化环境中，接受文化观念、文化思想的熏陶与教诲。尤其是文学"毕竟是自我提升的文学，是心灵的价值追问的文学"，当代涌现出来的文化事件、文化现象，我们还缺乏足够警惕与剖析。文化重在"化"字，教化、感化、内化、升华、深化、神化，其实

---

① 陈平原：《读书的"风景"·大学生活之春花秋月》，北京大学出版社，北京，2012.
② 钱理群：《论北大》，广西师范大学出版社，桂林，2008.
③ 孙轶主编：《北大先生们》，中国人民大学出版社，北京，2003.

都是文化"化性起伪"、"化识为智"的基本手段。文化考察也是在文化的追寻中，寻找一种生命最权威的告慰，最内在的精神支撑，"使我们在中心文化和边缘文化、亚文化和俗文化所构成的张力场中，为现代人的生存选择和文化身份加以价值定位。"① 文化发育需要经典文化的熏陶，同时也在要现实文化耳濡目染、潜移默化才能变成生命的文化自觉践履。

---

① 王岳川：《中国镜像》中央编译出版社，北京，1999.

附 录

王庆杰文学创作年表

■ **1993 年**

1. 散文:《半个都市人》,载 1993 年 4 月《日新文学》(郑州大学中文系内部刊物),又载 1993 年 7 月 15 日《教育时报》

■ **1994 年**

2. 散文:《潇洒走七月——写给七月高考的朋友们》,载 1994 年 6 月 25 日《青年导报》

3. 通讯:《一枝独秀最风流:临颍南街村纪行》,载 1994 年 6 月 25 日《郑州大学》报

4. 通讯:《暑假哪里去》,载 1994 年 7 月 10 日《教育时报》

5. 通讯:《走进象牙:九四高校新生入学写真》,载 1994 年 10 月 20 日《教育时报》

6. 散文:《朋友来了有……》,载 1994 年 10 日 28 日《郑州电力报》

7. 人物写真:《一本没有出版的人生"字帖":青年硬笔书法家乔晓波写真》,载 1994 年第 10 期《当代民声》,又载 1995 年 1 月 2 日《原色报》

8. 散文:《现代人:与尴尬握手》,载 1994 年 11 月 12 日《焦作工人报》

9. 散文:《女人是小孩》,载 1994 年 11 月 26 日《亚细亚人》周报,

又载 1994 年 12 月 2 日《河南购物指南》报,又载 1995 年第 3 期《跨世纪》,又载 1996 年 3 月 22 日《焦作工人报》

■**1995 年**

10. 评论:《美的联姻:读〈科学美与艺术美〉》,载 1995 年第 4 期《读书生活报》

11. 通讯:《大学校园小吃部》,载 1995 年第 17 期《读书生活报》,又载 1995 年 5 月 19 日《经营消费报》,又载 1995 年 6 月 3 日《教育时报》

12. 发刊词:《原色:生命的亮色》,载 1995 年 1 月 2 日《原色报》

13. 散文:《风度不是美丽》,载 1995 年 1 月 2 日《原色报》

14. 散文:《回望故乡》,载 1995 年 1 月 20 日《亚细亚人》周报

15. 散文:《心愿》,载 1995 年 2 月 18 日《亚细亚人》周报

16. 评论:《一枝红杏出墙来——我心目中的〈亚细亚人〉周报》,载 1995 年 3 月 25 日《亚细亚人》周报

17. 散文:《男为谁容》,载 1995 年 3 月 31 日《河南购物指南》报

18. 散文:《我送你什么》,载《郑州电力报》1995 年 4 月 14 日第 8 期,又载 1996 年 3 月 18 日《河南广播电视报》

19. 散文:《谎言也是美丽的》,载 1995 年 4 月 18 日《亚细亚人》周报,又载《当代新人优秀作品选》,长江文艺出版社 1995 年 10 月第 1 版,又载 1995 年 5 月 23 日 22《河南购物指南》报

20. 散文:《冷眼看缘分》,载 1995 年 4 月 28 日《河南购物指南》报,又载 1996 年 3 月 13 日《济源日报》

21. 散文:《扁担情结》载 1995 年 5 月 16 日《河南广播电视报》,又载 1995 年 6 月 2 日《河南购物指南》报,又载 1995 年 7 月 25 日《河南电力报》,又载 1996 年 3 月 29 日《焦作工人报》

22. 散文:《温暖》,载 1995 年 5 月 29 日《郑州电力报》

23. 散文:《一生偏爱疯丫头》,载 1995 年 10 月 6 日《河南购物指

南》报，又载 1995 年 9 月 8 日《河南电力报》

24. 评论：《一枝一叶总关情——我读〈河南购物指南〉报》，载 1995 年 7 月 8 日《河南购物指南》报

25. 散文：《不把婚姻当回事》，载 1995 年 8 月 11 日《河南购物指南》报

26. 通讯：《亚细亚情系大学生》，载 1995 年 8 月 26 日《亚细亚人》周报

27. 随笔：《心安是福》，载 1995 年 11 月 25 日《亚细亚人》周报，又载 1995 年 12 月 1 日《河南购物指南》报，又载 1996 年 2 月 1 日《安钢报》

28. 小说：《二叔，你好窝囊》，载 1995 年 11 月 28 日《河南广播电视报》，又载 1995 年 12 月 8 日《安钢报》

29. 散文：《祖坟的故事》，载 1995 年 12 月 16 日《亚细亚人》周报，又载 1996 年 4 月 11 日《安钢报》

30. 随笔：《爱你没理由》，载 1995 年 12 月 23 日《亚细亚人》周报

■ **1996 年**

31. 散文：《回望故乡》，载 1996 年 1 月 20 日《亚细亚人》周报

32. 诗歌：《母亲》，载 1996 年 1 月 22 日《河南新闻出版报》

33. 随笔：《给爱一点空间》，载 1996 年 2 月 2 日《河南购物指南》报

34. 随笔：《不妨横一回》，载 1996 年 2 月 9 日《河南商报·百姓参考》

35. 散文：《今夕何夕》，载 1996 年 2 月 17 日《亚细亚人》周报

36. 散文：《永远的诱惑》，载 1996 年 3 月 11 日《河南广播电视报》

37. 随笔：《学会宽容》，载 1996 年 3 月 12 日《郑州工人报》

38. 散文：《锻打情感》，载 1996 年 3 月 29 日《河南购物指南报》

39. 散文：《心灵的预约》，载 1996 年 3 月 30 日《亚细亚人》周报

40. 散文：《攒足成功的理由》，载 1996 年 3 月 30 日《亚细亚人》周报

41. 散文：《与春天同步》，载 1996 年 4 月 1 日《河南广播电视报》，又载 1996 年 4 月 10 日《郑州大学校报》，又载 1996 年 4 月 6 日《教育时报》，又载 2001 年 3 月 1 日《华夏文学》

42. 散文：《沟通是一张纸》，载 1996 年 4 月 6 日《亚细亚人》周报

43. 散文：《阳光下的独语》，载 1996 年 4 月 13 日《亚细亚人》周报

44. 散文：《爱情：莫让"面包"牵着走》，载 1996 年 4 月 14 日《郑州晚报》

45. 散文：《月圆月缺都是景》，载 1996 年 4 月 20 日《亚细亚人》周报

46. 散文：《愿生活多点弹性》，载 1996 年 4 月 27 日《亚细亚人》周报

47. 散文：《感悟风景》，载 1996 年 5 月 6 日《亚细亚人》周报

48. 散文：《搭建自己的精品屋》，载 1996 年 5 月 11 日《亚细亚人》周报

49. 散文：《成熟是纯真的果》，载 1996 年 5 月 11 日《亚细亚人》周报

50. 散文：《在现实和浪漫间散步》，载 1996 年 5 月 11 日《亚细亚人》周报

51. 小说：《豪饮沧桑》，载 1996 年第 5 期《中学时代》

52. 散文：《给自己把脉》，载 1996 年 6 月 1 日《亚细亚人》周报

53. 散文：《我是一座小小的岛》，载 1996 年 6 月 1 日《亚细亚人》周报

54. 散文：《想念农家小院》，载 1996 年 6 月 8 日《亚细亚人》周报

55. 散文：《母亲进城收旧衣》，载 19996 年 6 月 10 日《河南广播电视报》

56. 散文：《受伤的时候不回家》，载 1996 年 6 月 15 日《亚细亚人》周报

57. 散文：《栅栏》，载 1996 年 6 月 22 日《亚细亚人》周报

58. 散文：《生日送娘一束康乃馨》，载 1996 年 6 月 29 日《亚细亚人》周报

59. 散文：《莫欺我少年贫》，载 1996 年 6 月 29 日《亚细亚人》周报

60. 散文：《小鸟长大各投林》，载 1996 年 7 月 6 日《亚细亚人》周报

61. 散文：《浓与淡的断想》，载 1996 年 7 月 20 日《亚细亚人》周报

62. 散文：《心安是福》，载 1996 年 8 月 11 日《濮阳日报》

63. 评论：《〈亚细亚人〉周报：我的家园》，载 1996 年 8 月 24 日《亚细亚人》周报

64. 散文：《母亲的那条裙子》，载 1996 年 8 月 24 日《亚细亚人》周报

65. 散文：《盖房》，载 1996 年 8 月 26 日《河南广播电视报》，又载 1996 年 10 月 16 日《大河文化报》

66. 随笔：《冷眼直面："时髦"婚姻观》，载 1996 年 8 月 28 日《河南购物指南》报

67. 散文：《老师，请上坐》，载 1996 年 9 月 7 日《亚细亚人》周报

68. 散文：《伤痕》，载 1996 年 9 月 7 日《亚细亚人》周报

69. 散文：《伤痕》，载 1996 年 9 月 12 日《河南购物指南》报

70. 散文：《秋天永不退色》，载 1996 年 10 月 7 日《河南广播电视报》

71. 散文：《温馨在琐碎》，载 1996 年 10 月 11 日《安阳日报》

72. 散文：《享受人生》，载 1996 年 10 月 12 日《亚细亚人》周报

73. 散文：《我的第一张照片》，载 1996 年第 11 期《河南画报》

74. 散文：《人生三好》，载 1996 年 10 月 19 日《亚细亚人》周报

75. 散文:《摆脱浮躁》,载 1996 年 10 月 26 日《亚细亚人》周报

76. 散文:《心灵的颤音》,载 1996 年 10 月 26 日《亚细亚人》周报

77. 散文:《心疼自己》,载 1996 年 11 月 9 日《亚细亚人》周报

78. 散文:《乳名情结》,载 1996 年 11 月 9 日《亚细亚人》周报

79. 散文:《辉县情缘》,载 1996 年 11 月 12 日《辉县市报》

80. 散文:《刺》,载 1996 年 11 月 23 日《亚细亚人》周报

81. 散文:《恋人是鸟,爱人是岛》,载 1996 年 11 月 30 日《亚细亚人》周报

82. 散文:《包装情感》,载 1996 年 11 月 30 日《亚细亚人》周报

83. 散文:《纯真没有走远》,载 1996 年 12 月 7 日《亚细亚人》周报

84. 散文:《挺住意味着一切》,载 1996 年 12 月 10 日《天然报》

85. 散文:《升华情感》,载 1996 年 12 月 14 日《亚细亚人》周报

86. 散文:《我把流言当畏友》,载 1996 年 12 月 14 日《亚细亚人》周报

87. 散文:《走近冬天的温柔》,载 1996 年 12 月 14 日《亚细亚人》周报

88. 散文:《吸烟的女孩》,载 1996 年 12 月 28 日《亚细亚人》周报

89. 散文:《我的第一张照片》,载 1996 年第 1 期《河南画报》

90. 报告文学:《危难之处显身手——记南阳地区煤矿公司总经理孙忠宽》,载 1998 年第 6 期《中国商贸》

■ 1997 年

91. 评论:《挡不住你"磁性"的诱惑——亚细亚广场感怀录》,载 1997 年 1 月 1 日《亚细亚人》周报

92. 散文:《终圆记者梦》,载 1997 年 1 月 1 日《亚细亚人》周报

93.《冒点"傻气"又何妨》,载 1997 年 1 月 11 日《亚细亚人》周报

94. 散文:《雕塑自己》,载 1997 年 1 月 12 日《亚细亚人》周报,又

载 1997 年 2 月 18 日《济源日报》

95. 小说：《送礼》，载 1997 年 1 月 14 日《安钢报》

96. 散文：《人生无戏言》，载 1997 年 1 月 18 日《亚细亚人》周报

97. 散文：《夫妻是福气》，载 1997 年 1 月 25 日《亚细亚人》周报

98. 散文：《文学的魅力》，载 1997 年 2 月 5 日《亚细亚人》周报

99. 散文：《青瓷香斗》，载 1997 年 2 月 16 日《亚细亚人》周报

100. 散文：《老实》，载 1997 年 2 月 22 日《亚细亚人》周报

101. 散文：《尚实而不慕惠》，载 1997 年 2 月 22 日《亚细亚人》周报

102. 评论：《一位交往者心灵的自白——读〈交往者自白〉》，载 1997 年 2 月 25 日《郑州日报》

103. 散文：《生活在激情与幻想中》》，载 1997 年 3 月 1 日《亚细亚人》周报

104. 散文：《眼光》，载 1997 年 3 月 15 日《亚细亚人》周报

105. 散文：《母亲，我为您祈祷》，载 1997 年 3 月 15 日《亚细亚人》周报

106. 散文：《机遇》，载 1997 年 3 月 22 日《亚细亚人》周报

107. 散文：《爱你在心里》，载 1997 年 4 月 13 日《亚细亚人》周报

108. 散文：《淡泊户口》，载 1997 年 4 月 15 日《亚细亚人》周报

109. 散文：《品牌的魅力》，载 1997 年 3 月 29 日《亚细亚人》周报

110. 散文：《活着，就别心烦》，载 1997 年 3 月 29 日《亚细亚人》周报

111. 散文：《妻爱如刀》，载 1997 年 3 月 29 日《亚细亚人》周报

112. 散文：《沉淀生活》，载 1997 年 4 月 22 日《东方家庭报》

113. 散文：《三舅》，载 1997 年 4 月 30 日《亚细亚人》周报，又载 1997 年 5 月 28 日《济源日报》

114. 散文：《梳理生活》，载 1997 年 5 月 10 日《荥阳报》

115. 散文：《酿造生活》，载 1997 年 5 月 12 日《河南工人报》

116. 散文：《淡泊户口》，载 1997 年 5 月 18 日《漯河内陆特区报》

117. 散文：《倾听自己的声音》，载 1997 年 5 月 20 日《东方家庭》报

118. 小说：《为了最后的微笑》，载 1997 年 5 月 30 日《鹤壁日报》

119. 散文：《妞妞小记》，载 1997 年 8 月 28 日《河南通信报》

120. 散文：《远离冷漠》，载 1997 年 5 月 27 日《东方家庭》报

121. 散文：《固守清高》，载 1996 年 6 月 13 日《官渡晚报》

122. 评论：《婉丽的审美颤音——读〈审美流变论〉》，载 1997 年 6 月 17 日《东方家庭》报

123. 散文：《走近黄科大》，载 1997 年 7 月 1 日《黄河科技大学》校报

124. 散文：《难忘那个小药箱》，载 1997 年 7 月 14 日《河南卫生报》

125. 散文：《爱的泊位》，载 1997 年 7 月 17 日《郑州电信》

126. 随笔：《婚礼是个呼啦圈》，载 1997 年 7 月 22 日《东方家庭》报

127. 散文：《认清自己》，载 1997 年 7 月 29 日《荥阳报》

128. 散文：《妞妞》，载 1997 年 8 月 1 日《安阳日报》

129. 散文：《渴望深刻》，载 1997 年 8 月 11 日《期货导报》

130. 杂文：《莫把宠物当人看》，载 1997 年 8 月 22 日《官渡晚报》

131. 人物写真《一个打工仔的文学梦》，载 1997 年 8 月 25 日《河南广播电视报》，又载 1997 年第 11 期《当代青年》，又载 1997 年第 11 期《美与时代》，又载《青少年》1998 年第 3 期内蒙古少年儿童出版社，又载 1997 年第 24 期《辽宁青年》，又载 1997 年第 10 期《青年与社会》，又载 1997 年第 11 期《农村天地》，又载 1997 年第 11 期《综合治理大观》，又载 1997 年 12 月号《现代青年》，又载 1998 年第 1 期《时代风采》，又载 1998 年 2 月号《深圳青年》，又载 1998 年 2 月《读报参考》，

又载1998年第7期《文艺生活》

132. 散文:《笔名》,载1997年9月2日《中原建设报》

133. 散文:《秋天永不退色》,载1997年9月17日《教育时报》,又载《同一片蓝天》椹子主编,新疆青少年出版社,1997年1月第1版

134. 散文:《感怀紫荆山》,载1997年9月18日《紫荆山》

135. 散文:《看"小"自己》,载1997年10月25日《荥阳报》,又载1997年11月5日《河南农村调查报》

136. 散文:《本事》,载1997年10月27日《官渡晚报》

137. 人物写真:《黄土地上诗意浓:记农民诗人陈令训》,载1997年11月13日《河南农村报》

138. 散文:《一颗平常心》,载1997年11月15日《中原减灾报》

139. 评论:《橄榄青色耐咀嚼——读〈爱的神伤〉》,载1997年11月7日《河南电力报》

140. 散文:《盖房》载,《东方家庭》1997年11月18日报

141. 杂文:《一封撞人心坎的信》,载1997年11月25日《公关世界报》

142. 散文:《阳光下的独语》,载1997年12月1日《河南合作经济报》

143. 散文:《干姐》,载1997年12月5日《黄河报》

■ **1998年**

144. 散文:《爱拼才会赢》,载1998年1月19日《河南工人报》

145. 评论:《"俗"得拘谨,"俗"得矫饰——电视连续剧〈水浒传〉浅议》,载1998年2月18日《汴梁晚报》,又载1998年3月2日《河南广播电视报》,又载1998年3月1日《濮阳日报》

146. 评论:《情感沃土的朝拜——读散文集〈情土〉》,载1998年4月6日《河南工人报》,又载1998年5月29日《河南青年报》

147. 杂感:《闲话过年》,载1998年3月3日《黄河报》

148. 散文：《我为女儿写童话》，载1998年4月20日《郑州广播电视报》，又载1998年4月25日《周口日报》，又载1998年4月27日《新乡日报》，又载1998年4月29日《人口时报》，又载1998年4月29日《三门峡日报》，又载1998年5月4日《郑州晚报》，又载1998年5月7日《河南工人报》、又载1998年5月9日《河南日报》，又载1998年6月15日《驿城晚报》，又载1998年8月14日《今日女报》，又载1998年第6期《当代民声》，又载1998年第6期《分忧》

149. 散文：《奏响五月的畅想曲》，载1998年5月1日《河南新闻出版报》

150. 评论：《闪光的生活切片——读诗集〈OK，少男少女〉》，载1998年5月6日《三门峡日报》

151. 评论：《手下留情，切勿"抡刀就砍"——也谈"小女人散文"与"小男人散文"》，载1998年5月10日《大河报》

152. 评论：《生命光斑的追寻与审视：读邓康延散文集〈常常感动〉》，载1998年5月5日《荥阳报》

153. 人物写真：《文学，今生与你携手到白头——青年作家杨建民写真》，载1996年5月11日《灵宝晚报》，又载1998年第1期《函谷》

154. 随笔：《挑剔与不服气》，载1998年7月6日《河南工人报》，又载1998年7月22日《青年知识报》

155. 评论：《苦色，生命的原色——读长篇小说〈拥抱苦色〉》，载《河南科技报》1998年7阅30日，又载1998年8月6日《中国有色金属报》

156. 散文：《我把编辑部搬回家》，载1998年8月7日《河南新闻出版报》

157. 散文：《边缘人》，载1998年8月7日《郑州晚报》

158. 评论：《电视剧〈水浒传〉封杀不可取，重拍没必要》，载1998年8月1日《驻马店日报》，又载1998年8月14日《灵宝晚报》，又载

1998 年 8 月 22 日《教育时报》，又载 1998 年 9 月 11 日《质量时报》，又载 1998 年 12 月 9 日《天津广播电视报》

159. 散文：《认干亲》，载 1998 年 8 月 27 口《郑州晚报》，义载 1998 年 8 月 27 日《河南工人报》，又载 1998 年 9 月 2 日《河南税务报》

160. 散文：《生命中的缓冲》，载 1998 年 9 月 18 日《申城晚报》

161. 评论：《现代人的"流行杂志病"》，载 1998 年 8 月 20 日《南阳日报》，又载 1998 年 10 月 21 日《河南税务报》

162. 散文：《喝彩自己的风景》，载《洛阳日报》1998 年，又载 1998 年 10 月 23 日《国际经贸报》

163. 散文：《淡淡的中秋》，载 1998 年 10 月 6 日《随州日报》，又载 1998 年 10 月 9 日《国际经贸报》

164. 散文：《一篇文章结姻缘》，载 1998 年 10 月 9 日《河南新闻出版报》，又载 1998 年 10 月 28 日《河南税务报》

165. 散文：《为女儿订做胎毛笔》，载《河南商报》1998 年 11 月 8 日，又载 1998 年 11 月 13 日《人口时报》，又载 1998 年 11 月 22 日《大河报》

166. 散文：《寻找情感的防弹衣》，载 1998 年 12 月 16 日《大河报》

167. 散文：《闭门读尽家藏书》，载 1998 年 12 月 28 日《官渡晚报》

168. 散文：《感觉粗糙》，载 1998 年第 6 期《乳蕾》

169. 散文：《妹妹，你总想撞破都市梦的壳》，载邱洁主编《大江南北·抒情散文诗精选》国际文化出版公司 1998 年 12 月第 1 版

170. 通讯：《让学识亲近最饥渴的农民》，载 1998 年第 7 期《辽宁青年》

■ 1999 年

171. 随笔：《文学爱好者》，载 1999 年第 1 期《函谷》

172. 专著：《豪饮沧桑》，1999 年 1 月百花文艺出版社

173. 散文：《闲适过年》，载 1999 年 2 月 15 日《周口声屏报》，又载

1999 年 2 月 26 日《国际经贸报》

174. 评论：《〈豪饮沧桑〉自序〉》，载 1999 年 4 月 2 日《国际经贸报》

175. 评论：《〈雍正王朝〉淡化"宫廷情戏"的利与弊》，载 1999 年 6 月 10 日《河南工人报》

176. 评论：《乡风水韵的四重奏——读杜恩泽作品集〈浮萍〉》，载《灵宝晚报》1999 年 5 月 7 日，又载 1999 年 6 月 16 日《三门峡日报》

177. 散文：《做客在一师》，载 1999 年 6 月 1 日《调色板》报

178. 散文：《敲门》，载《鹤壁日报》1999 年 3 月 26 日，又载 1999 年 6 月 18 日《今晚报》，又载《青年博览》1999 年第 10 期

179. 散文：《头们儿的脸》，载 1999 年 7 月 6 日《河南青年报》

180. 评论：《土地与家园的拷问——读杜恩泽小说集〈溪泉水〉》，载 1999 年 7 月 7 日《灵宝广播电视报》

181. 散文：《受伤的时候不回家》，载 1999 年 8 月 3 日《河南青年报》

182. 散文：《凹哥》，载 1999 年 8 月 3 日《河南青年报》

183. 散文：《夏季到日照去看海》，载 1999 年 8 月 10 日《河南青年报》

184. 散文：《温暖的浸润——我在黄科大当老师》，载 1999 年 8 月 20 日《黄河科技大学报》

185. 杂感：《主持人，你累不累》，载 1999 年 8 月 24 日《城市早报》，又载 1999 年 8 月 27 日《河南新闻出版报》

186. 杂感：《给河南小吃梳辫子》，载 1999 年 8 月 24 日《河南青年报》

187. 杂感：《给"小燕子"松绑》，载 1999 年 9 月 7 日《河南青年报》

188. 评论：《看柯云路怎样〈重组生命世界〉》，载 1999 年 9 月 15 日

《河南青年报》

189. 评论：《柯云路"俯看"的是什么》，载 1999 年 9 月 24 日《城市早报》，又载 1999 年 9 月 15 日《河南青年报·特周刊》

190. 评论：《一种可贵的"小家子气"》，载 1999 年 10 月 15 日《河南新闻出版报》

191. 评论：《名家"点菜"不想喝彩》，载 1999 年 10 月 12 日《河南新闻出版报》，又载 1999 年 11 月 10 日《教育时报》

192. 人物写真：《一种从容的淡泊——散文家周同宾印象记》，载 1999 年第 4 期《躬耕》

■ **2000 年**

193. 评论：《走出当前绘画创作的误区》，载 2000 年 5 月 19 日《河南日报》

194. 人物写真：《伟大与真实的叩问——王宏剑印象记》，载 2000 年第 4 期《东方艺术》

195. 评论：《纯净与厚重的冶炼——杨建民诗歌审美嬗变刍议》，载《杨建民抒情诗选》中国文联出版社 2000 年 1 月第 1 版

196. 评论：《敲疼思想与情感——读〈杨建民抒情诗选〉》，载杨建民著《心灵假期》珠海出版社 2000 年 12 月第 1 版

197. 报告文学：《文学，今生今世与你携手到白头》，载杨建民著《心灵假期》珠海出版社 2000 年 12 月第 1 版

■**2001 年**

198. 评论：《何不于君指上听——读朱湘生〈无弦琴集〉》，载 2001 年 8 月 2 日《人民代表报》

199. 评论：《对重拍〈红楼梦〉的瞎操心》，载 2001 年 9 月 13 日《百姓视点》

200. 评论：《情感剧有多少真爱》，载 2001 年 9 月 13 日《河南工人日报》

201. 评论：《娃娃写书的冷思考》，载 2001 年 9 月 20 日《河南新闻出版报》

202. 评论：《"小心眼"·大气象》，载 2001 年 11 月 1 日《河南新闻出版报》

203. 评论：《文坛还是文坛》，载 2001 年 11 月 13 日《城市早报》

204. 评论：《花季的震颤——读孙禾青春美文集〈假如我不说爱你〉》，载孙禾《为自己订做天堂》天马图书有限公司 2001 年 10 月第 1 版

205. 评论：《直撼血性为文章——李国文其人其文》，载 2001 年 11 月 22 日《河南新闻出版报》

206. 评论：《赞叹中的遗憾——读〈本领的恐慌〉》，载 2001 年 11 月 22 日《河南新闻出版报》

207. 序跋：《爱在另一个角落·序》，载杨荣辉《爱在另一个角落》天马图书有限公司 2001 年 1 月第 1 版

■ **2002 年**

208. 杂感：《老师，您读书吗》，载 2002 年 1 月 17 日《河南新闻出版报》

209. 杂感：《别再骂春节晚会了》，载 2002 年 2 月 28 日《百姓视点》

210. 杂感：《老师，您写文章吗》，载 2002 年 3 月 1 日《朝花》

211. 杂感：《教育的恐慌》，载 2002 年 6 月 5 日《城乡地带》

212. 评论：《对河南文坛说些煞风景的话——一个读者的率直评说》，载 2002 年 6 月 5 日《城乡地带》

213. 杂感：《人体艺术的滥觞》，载 2002 年 9 月 5 日《大河报》

214. 散文：《大学"色香味"》，载 2002 年 10 月 17 日《文友丛林报》

■ **2003 年**

215. 人物写真：《割不断的殡葬文化情结——学者杨根来写真》，载杨根来编著《实用挽联挽幛精粹》，华夏文化出版有限公司，2003 年 4

月，ISBN962 – 5529 – 15 – 2/D. 1802

216. 人物写真：《翰墨林中一黑马——记青年硬笔书法家乔筱波》，载《观察与研究》2003 年第 2 期

217. 序跋：《何不于君指上听——读朱湘生〈无弦琴集〉》，载《无弦琴集》（修订版）内蒙古人民出版社 2003 年第 1 版

■ **2004 年**

218. 散文：《读〈清明上河图〉》，载 2004 年 6 月 22 日《经贸学苑》

219. 评论：《刘震云的"手机"秘密》，载《世界妇女博览》2004 年第 125 期

220. 随笔：《王庆杰的才气》，载 2004 年 12 月 3 日《河南工人日报》，作者，奚同发

■ **2005 年**

221. 散文：《回乡偶书》，载 2005 年 6 月 17 日《经贸学苑》

222. 评论：《让素质教育"还俗"》，载 005 年 11 月 15 日《教育时报》2

223. 评论：《鲁迅这把钥匙能开多少锁——读钱理群先生的两本专著》，载 2005 年 12 月 23 日《郑州日报》

224. 评论：《虚弱的膨胀评国学启蒙读书热》，载 2005 年第 19 期《中国科技信息》

225. 评论：《简评 < 大河报 > "河之洲"》，载 2005 年 10 月第 247 期

■ **2006 年**

226. 评论：《民营企业二次创业中的"六道坎"及其对策》，载 2006 年 5 月华龄出版社，周德章主编《河南社科调研文萃》

227. 评论：《浅论语文和哲学的关系》，载 2006 年 6 月《河南教育》

228. 评论：《语言的理想状态是透明的》，载 2006 年 9 月 12 日《郑州晚报》

229. 散文：《石人山看树》，载 2006 年 10 月 10 日《经贸学苑》

230. 序跋:《活在本真透明中——朱湘生素描》,载朱湘生著《朱湘生作文墨迹选》内蒙古人民出版社 2006 年 9 月第 1 版

231. 序跋载沉毅著报告文学:《村魂·村官周遂德的故事》沈阳出版社 2006 年 1 月第 1 版

232. 序跋载沉毅著报告文学:《郑风·爱心养老的故事》沈阳出版社 2006 年 1 月第 1 版

233. 序跋:《沉毅印象记》,载小说集《绝唱》,沈阳出版社 2006 年 1 月第 1 版

234. 评论:《文化自信的底线》,载《时代文学》2006 年 3 期

235. 评论:《散文功夫的内敛》,载《河南经贸职业学院学报》2007 年 1 期刊号:[省直] 009 号,又载《时代文学》2006 年 2 期

236. 评论:《惟有诗魂最宝贵:顾城诗文的诗学意义再阐释》,载 2006 年 5 月《大学生时代》

237. 评论:《历史是一种语境——以〈世说新语〉为例》,载 2006 年 7 期《文教资料》

238. 评论:《教育惩戒的理论根据及体系构建》,载 2006 年第 12 期《现代教育通讯》

239. 评论:《对大学毕业生撰写综合素质论文的思考》,载 2007 年第 6 期《现代教育通讯》

■ 2007 年

240. 杂感:《“基石”之喻,言深旨远》,载 2007 年 11 月 5 日《经贸学苑》

241. 评论:《惟有诗魂最宝贵》,载 2007 年 3 期《河南经贸职业学院学报》

242. 杂感:《建设和谐文化,意义深远重大》,载 2007 年 11 日 5 日《经贸学苑》

243. 评论:《文化视野中的语文审视》,载 2007 年 3 期《现代教育通讯》

■ **2008 年**

244. 散文：《"蝶变"在宝天曼》，载 2008 年 10 月 30 日《经贸学苑》

245. 评论：《高职教育中校园文化建设的思考》载 2008 年 1 期《河南经贸职业学院学报》

246. 评论：《大学生与〈红楼梦〉阅读》，载 2008 年第 3 期《河南经贸职业学院学报》

247. 随笔：《师德是教育和谐的阳光》，载 2008 年第 4 期《商科教育》

248. 评论：《从古今诗文标题拟定看当代文化的症候》，载 2008 年第 10 期《作家》

249. 评论：《在时代语境中由"剥离"走向"融合"：当前大学生思想政治教育工作向度的思考》，载《商科教育》2008 年 6 期

250. 评论：《浅论周国平哲理散文的魅力与缺憾》，载《河南商业高等专科学校学报》2008 年 6 期

251. 评论．《生活的"感觉"让副刊不"副"——简论《大河报》"茶坊"版的编辑定位》载 2008 年 11 期《新闻爱好者》

252. 随笔：《"河东河西"三十载》载 2008 年 12 期《党的生活》

■ **2009 年**

253. 评论：《浅论周同宾散文的坚守与突围》载 2009 年 1 期《长城》

254. 评论：《反讽语境里的幻象与真相》，载 2009 年 2 期《教育交流》

255. 评论：《孔庆东"愤青散文"的文化启示》，载 2009 年 2 期《大众文艺》

256. 评论：《浅论墨白小说叙事美学的人生维度》，载 2009 年 2 期《河南经贸职业学院学报》

257. 评论：《当代大学生写作中的"病灶"分析》载 2009 年 3 期

《沧桑》

258. 评论：《精神之根与审美之境》，载2009年3期《河南经贸职业学院学报》

259. 评论：《浅论高职教育中选修课程的设置》载2009年4期《商科教育》，又载《快乐作文》2011年第3期

260. 评论：《从古今诗文标题的拟定看当代文化的病症》，载2009年5期《作家》

261. 评论：《浅论当前职业教育中教师阅读的特征及体系构建》，载2009年6期《教育与职业》中文核心，又载2010年第4期《河南经贸职业学院学报》

262. 评论：《"百家讲坛"的社会文化学分析》，载2009年10期《电影文学》

263. 评论：《〈红楼梦〉生命美学维度初探》，载2009年11期《电影评介》

264. 评论：《浅论"问题学"提出的意义和研究思路》，载2009年34期《科技创新导报》

265. 散文：《树之伤》，载2009年6月12日《河南经济报》

266. 专著：《灵魂孤筏的泅渡：王庆杰书话评论集》2009年10月中国戏剧出版社

■ 2010年

267. 专著：《社会的穴位：王庆杰文化批评随笔集》2010年3月线装书局出版社

268. 评论：《迷茫下的剥离、游离雨迷离：浅论王婕小说＜再婚超市＞的叙事伦理》，载2010年第2期《河南经贸职业学院学报》

269. 评论：《浅而不薄的追求，雅俗共赏的精品：评陈涌泉先生剧本〈风雨故园〉〈阿Q与孔乙已〉》，载2010年第3期《河南经贸职业学院学报》

270. 评论:《教育"问题"机制发生探析》,载 2010 年第 4 期《沧桑》

271. 专著:《宿孽总因情:〈红楼梦〉生命美学引论》2010 年 7 月光明日报出版社

272. 评论:《〈红楼梦〉中音乐描写的文化学意义》,载 2010 年 7 月《新闻爱好者》

■2011 年

273. 评论:《"红歌"为什么这样红——当前"红歌热"后面的文化学意义探析》,载 2011 年 6 月 15 日《经贸学苑》

274. 散文:《母亲的土地情结》,载 2011 年第 7 期《百姓生活》杂志

275. 评论:《民间叙事的精神隐喻:孙方友"笔记小说"的文化解读》,载 2011 年第 5 期《小小说出版》,又载 2011 年第 3 期《语文知识》

276. 散文:《列车上看夜色》,载 2011 年 11 月 16 日《驻马店日报特刊·泌阳》

277. 评论:《贾平凹散文的文化意蕴》,载 2011 年第 3 期《知识窗》

278. 评论:《职业教育中语文教材编选的思考》,载 2011 年第 4 期《当代教学论坛》

279. 评论:《周泽雄散文随笔的"皮里阳秋"》,载 2011 年第 5 期《文艺生活》

280. 评论:《我不卿卿,谁欲卿卿》,载 2011 年第 1 期《河南经贸职业学院学报》

281. 评论:《浅论祝勇散文随笔的游走与坚守》,载 2011 年第 2 期《河南经贸职业学院学报》

282. 评论:《本色的生命质地》,载 2011 年第 3 期《河南经贸职业学院学报》

283. 评论:《生命的颍河镇》,载 2011 年第 4 期《河南经贸职业学院

学报》

284. 评论：《"输血"、"补钙"、"把脉"、"铸魂"》，载 2011 年第 4 期《成功·教育版》

■ **2012 年**

285. 评论：《再婚超市也徘徊》，载 2012 年 7 月 6 日《江苏工人报》

286. 随笔：《河南文学院散记》，载 2012 年 10 月 8 日《河南经贸职业学院报》

287. 评论：《文化批评的银针：读王庆杰文化批评随笔集》，载 2012 年 11 月 12 日《河南工人日报》，又载 2012 年 12 月 27 日《河南科技报》

288. 评论：《解读〈史官〉的五个关键词》，载 2012 年 11 月 17 日《新农村经济报》，又载《河南经贸职业学院学报》2012 年第 3 期

289. 评论：《神秘气场的逃逸与消解：麦启小说叙事的文化意义探析》，载《河南作家》20012 年第 2 期

290. 评论：《"英雄气短"与"儿女情长"》，载《时代文学》2012 年第 11 期

291. 评论：《〈葬花词〉与〈芙蓉女儿诔〉文化精神生态比较》，载《文学教育》2012 年 02 期（上）

292. 评论：《大观园与桃花源及乌托邦比较研究》，载《北方文学》2012 年 02 期（下）

293. 评论：《"英雄气短"与"儿女情长"：红楼梦的情感价值取向》载《时代文学》2012 年 11 期

294. 评论：《平静下面的湍流：墨白小小说的叙事艺术》，载《河南经贸职业学院学报》2012 年第 4 期

■**2013 年**

295. 评论：《生命情感的证词：读宿瓒总因情〈红楼梦〉生命美学引论》，载 2013 年 1 月 27 日《河南科技报》

296. 专著：《谁为情种：〈红楼梦〉精神生态论》中国书籍出版社

2013 年 1 月

297. 评论:《红楼梦》的生命美学载 2013 年 7 月 21 日《郑州日报》

298. 评论:《生命的颍河镇:墨白小说中的地域文化意义探寻》,载 2013 年第 4 期《语文知识》

399. 评论:《在演绎中复活历史的气脉》,载 2013 年第 3 期《大河文学》

300. 专著:《高职教育发展新视野》光明日报出版社,2013 年 4 月

301. 评论:《红学中的"一畦春韭绿":读谁为情种:〈红楼梦〉精神生态论》,载 2013 年 1 月 24 日《河南科技报》,又载 2013 年 4 月 22 日《河南工人报》

302. 评论:《黄土难掩是风流:墨棣长篇小说〈东土〉的文化旨趣》,载 2013 年第 2 期《创新出版》

303. 评论:《"风月宝鉴"在〈红楼梦〉中的文化意义解读》,载 2013 年第 4 期《名作欣赏》ISSN1006 - 0189,又载 2013 年第 1 期《河南经贸职业学院学报》

304. 随笔:《为天下苍生笑几声》,载 2013 年 3 - 4 期合刊《河南经贸职业学院学报》

■2014 年

305. 评论:《个人生命史与民族历史的辉煌激荡:读赵俊杰长篇小说〈箕山小吏〉》,载 2014 年 3 月作家出版社出版《心灵的清居和激荡:文学力作〈箕山小吏〉评论集》

306. 专著:《大学的那些事——教育境界论》线装书局出版　2014 年 8 月第 1 版

307. 专著:《赢在大学——教育生态论》线装书局出版　2014 年 8 月第 1 版

■2015 年

308. 专著:随笔集《学人镜像》,中国言实出版社,2015 年 7 月第

1 版

309. 访谈:《好书乃挚友，永远不相负》，载2015年4月23日《郑州晚报》

310. 游记:《鹿鸣山庄笔记》，载2015年　8月1日《鹿鸣苑》报

311. 专著:随笔集《往事片羽·精神发育的个案考察》，中国言实出版社，2015年10月第1版

后　记

　　秋日暖阳临窗，我把这本书稿整理完毕，开始伏案写下这篇后记。

　　我越来越理解古人"读万卷书，行万里路"这句话的深刻含义了，书是纸上山水，山川是大地文章，只有把二者结合起来，我们才能算真正读懂了天地人间这本大书。这些年，我逐渐产生了游学的冲动，有了游学的行动，于是书中收录了我很多游历的文字。我买来《徐霞客游记》一书，细读之，才感觉古人游学足迹的稳健与从容，顿感今人游学的轻浮与急躁。弘祖先生的文字洒脱，观察细密，心态淡定，一字一句间充满了对天地万物的敬重与热爱。我试着步弘祖先生后尘，涂鸦下书中所收录的文字。韶光渐逝，不知从何开始，我开始陷入了回忆的深渊，那些往昔旧事，那些人事沉浮，那些暗香浮动的细节，都让我唏嘘感叹，留恋不已，于是我开始了不厌其烦的忆旧，尤其是大学时光，经过二十多年的发酵，早已变成了陈酒般缠绵的故事，变成了润泽身心的生命追忆，变成了写作丰富的宝库，足够我为之书写挖掘一辈子了。写作其实就是对生活的再回味，对生活的再创造，对时空的再穿越。我在回忆中看到了自己生命的影子，看到了自己生活的足迹。这莫非是年龄渐老的信号，要把人生经历的一切都絮絮叨叨地反刍咀嚼一遍才能感到生活的踏实。甚至，我还分明感到，生命中的一切都要经过文字的封存才有存在珍藏的价值，生活只有经过文字的加工才能变成精细完美的生命场景，情感只有经过文字的打磨抛光才能变得晶莹圆润饱满。我是越来越陷入了文字的迷魂阵里了。这本书原来的名字叫《天堂里的苍蝇》，意思是自己总是在生活光鲜的背后看出肮脏丑陋的一面，总是幻想着在一团和气的氛围里搅得周天寒彻，惊醒那些生活在混沌麻木环境里的人们，使他们明白，天下活得不舒服的人活得不如意的人活得辛酸悲苦的人多着呢。所以，收录在这本书里的很多时评文字，也都是我心血来潮激情澎湃时写下的文字，观点未必新颖，但是确是发自肺腑的由衷之言，目的很简单，以此引起疗救者的注意。大狗在叫，小狗难道就不能汪汪叫两声吗？

我到书店闲逛，发现很多书无聊乏味，于是萌生了自己试图写下些有趣的文字，写作就变成了自娱自乐，这正是我现在的写作心态。写作不再端架子，不再滥抒情，不再装腔作势地虚伪说教，而是返回内心，尊重内心最真实的需要，尊重"我手写我心"最真诚的写作教导。收录在这本书里的文字，都是我最真实的表达。因为时间跨度大，里面的文字水准参差不齐，但这正是我歪歪扭扭深深浅浅大大小小的生命轨迹。往事如烟，缥缈萦绕在我的心头，这是我记录往事的内在动力源。"行道迟迟，载饥载渴。我心伤悲，莫知我哀！"今天发生的一切都无非是历史遥远的回响。我喜爱这种"回响"，因为"回响"是生命中最美的声音。

王庆杰

2015 年 10 月 25 日于郑州市郑东新区龙子湖畔